지은이 **김연경**

1975년 경남 거창에서 태어나 부산에서 자랐다. 서울대학교 노어노문학과, 동대학원 석사 과정을 졸업했다. 2004년, '러시아 정부 초청 장학금'을 받아 모스크바국립사범대학교에서 도스토예프스키의 『분신』 연구로 박사 학위를 받았다. 1996년《문학과 사회》로 등단한 이래 소설집『고양이의, 고양이에 의한, 고양이를 위한 소설』,『파우스트 박사의 오류』, 장편 소설『고양이의 이중생활』,『다시, 스침들』등을 펴냈다. 도스토예프스키의 『죄와 벌』,『악령』,『카라마조프가의 형제들』, 파스테르나크의 『닥터 지바고』등을 번역했다. 현재 서울대학교에서 러시아 문학과 소설 창작을 강의하고 있다.

19세기
러시아
문학 산책

19세기
러시아
문학 산책

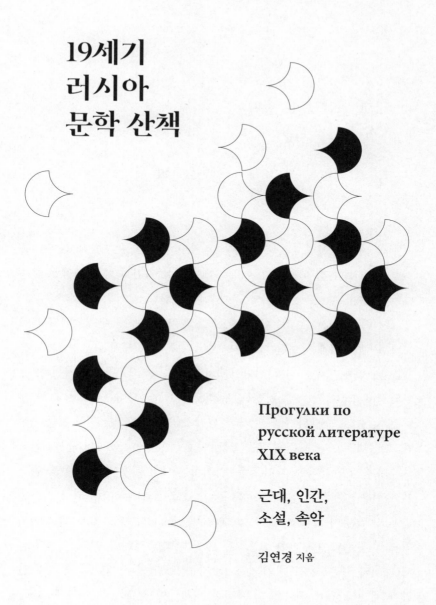

Прогулки по
русской литературе
XIX века

근대, 인간,
소설, 속악

김연경 지음

민음사

근대, 인간, 소설, 속악

이 책은 푸시킨, 고골, 레르몬토프, 투르게네프, 도스토예프스키, 톨스토이, 체호프 등 19세기 러시아 문학의 대표 작가와 대표 작품을 다룬다. 이들을 아우르는 핵심어로 근대, 인간(개인), 소설, 속악(俗惡: 속물성)을 꼽겠다. 앞의 세 요소는 르네상스, 특히 세르반테스-돈키호테와 셰익스피어-햄릿 이래 형성된 서유럽의 19세기 문학과 크게 다르지 않다. 문제는 네 번째 항목이다. 러시아어 poshlost'는 '속물성'으로 번역된다. 영어의 banality보다는 더 '평범-진부'하고 vulgarity보다는 덜 '저속'한 개념인 것 같다. 근대와 함께 탄생한 인간-개인은 '주인공-영웅'이든(푸시킨, 레르몬토프) '대중-단역'이든(고골) 이 속물성-속악을 피해 갈 수 없다.

유라시아 대륙에 자리 잡은 러시아는 대체로 아시아에 등을 돌린 채 유럽을 지향하는 입장을 취해 왔다. 표트르 대제 시절부터 본격화된 이 모방 욕망이 그들의 속물성의 기저에 깔려 있는지도 모르겠다. 19세기 러시아 문학이 묘파한 속물성은 훨씬 더 다층적이다. 그것은 특정 정체(政體)와 같은 '환경'의 문제라기보다는 '인간'의 문제다. 그렇기에 인간과 세계의 대립 구도는 더 복잡한 희비극이 되고, 여기에는 또 다른 개념인 신-구원이 요청된다. 고골과 도스토예프스키가 대표적인 예다.

등단할 때부터 생활 밀착형 소설을 썼던 톨스토이는 중년과 노년에 이르러 '육체와 정신의 이분법'에 더욱 몰입한다. '침체기'(bezvremen'e: 직역하면 '시간-시대 없음'이라는 뜻이다.) 즉 세기말의 작가로서 체호프의 문학은 전혀 다른 차원에서 시작된다. 그는 우리가 모두 '작은 인간'이며 이 '작음'은 인간 본연의 속성이라고 생각한 듯하다. 이른바 인텔리겐치아의 소명도 투르게네프를 비롯한 저 '삼두마차' 선배-스승 작가들과는 다른 식으로 받아들인다. 비단 희곡 덕분이 아닐지라도 체호프는 19세기를 마감함과 동시에 20세기를 여는 작가로 평가될 만하다.

이 책의 토대는 지난 15여 년 동안 모교에서 러시아 문학을 강의하며 학술지에 발표한 여러 편의 논문이다. 그러나, 연구서이면서도 학부생을 위한 교과서적 성격을 갖도록, 또 러시아 문학을 사랑하는 지적인 독자도 흥미를 갖도록 작가의 전기를 소개하고 전체 형식과 문체를 대폭 수정했다. 각주를 최대한 줄이고 외국어, 특히 러시아어로 된 개념어와 서지를 거의 다 뺐다. 학술 정보와 전문 자료가 필요한 독자는 이 책의 끝에 붙은, 대폭 간추린 참고 문헌을 보기 바란다. 책 제목에 '연구'

나 '강의'처럼 정형화된 단어 대신 가뿐한 느낌의 '산책'을 넣은 것은 빠진 주제(낭만주의 시인들, 벨린스키를 비롯한 사상가-비평가, 레스코프·살티코프-셰드린·곤차로프 등 사실주의 소설가들, 극작가 오스트롭스키 등)가 많기 때문이다.

* * *

'김연경' 앞에 '서울대학교 노어노문학과 93학번'이라는 명찰이 붙은 이래 나는 항상 노문학도이자 노문학자로 살았다. 2004년 3월 초, 「러시아 명작의 이해」 시간, 인문대 6동 1층의 한 강의실로 처음 들어설 때 입었던 10만 원짜리 감색 트렌치코트를 아직도 좋아한다. 그때부터 러시아 문학 연구서를 쓰는 것은 당연지사, 하늘이 두 쪽 나도 끝내야 하는 숙제였다. 박상순 시인이 민음사에 있던 2007년에 기금을 받은 것이 직접적인 자극이 되었다. 애초에는 20세기 문학이 3부로 예정되었으나, 작업 중에 현재의 목차가 되었다. 원래는 부제도 '문학은 어떻게 우리를 구원하는가'였다. 30대 초중반의 미혼이었고 하루에 담배를 두 갑

이상 피우던 시절이었다. 거의 10년 차 비흡연자에 만 45세를 넘긴 지금의 생각인즉, 문학은 아무도 구원하지 못한다. 그러나 내가 한없이 치사해질 때 그나마 문학이 있기에 벌레가 아니라 인간이구나, 라는 위안을 얻기는 한다. 이 책이 '러시아 문학은 속된 우리를 어떻게 위로하는가'라는 물음에는 어느 정도 답하지 않나 싶다.

훌륭한 학자가 되고 싶은 야무진 꿈이 물론 한때는 있었지만, 이제는 그저 '학자'라는 말이 부끄럽지 않도록 죽기 전까지 최소한의 소임이나 다해야겠다고 다짐한다. 미루고 미루다 이제야 첫 연구서를 낸다. 여전히 비정규직 신분이기에 학적 성취를 통해 존재를 증명하고 싶은 열망은 더 크다. 소년은 늙기 쉽고 학문은 이루기 어렵다. 한 학자의 충고대로 아침에는 죽음을 생각하는 것이 좋겠다.

2020년 여름
김연경

차례

러시아
근대 문학의
형성

근대, 인간, 환상

푸시킨의 「스페이드 여왕」

1) 푸시킨과 「스페이드 여왕」

러시아의 국민 시인 알렉산드르 세르게예비치 푸시킨(1799~1837)에 대한 러시아인의 숭배에 가까운 사랑이 우리의 눈에는 다소 낯설다. '신화화' 경향이 짙은 민족성과 무관하지 않겠으나, 거의 모든 러시아인들이 그의 이름과 문학에 대해 생각하기에 앞서 자연스레 그와 더불어 성장한다. 그들은 푸시킨이 (주로 말년에) 쓴 동화를 읽으며 유년 시절을 보내고 그의 낭만적인 서정시와 함께 사춘기, 청년기를 맞이하고 작가가 사실상 자신의 문학 인생 전반에 걸쳐 작업한 『예브게니 오네긴』(1833)을 문학(운문 소설)의 형식뿐 아니라 음악(차이콥스키의 오페라, 1879)으로 평생 체험한다. 강렬한 긴장이 돋보이는 소(小)비극,(「석상 손님」, 「인색한 기사」, 「모차르트와 살리에리」 등 모두 1830년) 시적 정신과 극적 정신을 산문 장르로 옮겨 놓은 중단편 소설 역시 러시아인이 애독하는 텍스트다. 이른바 '푸시킨 컬트'는 그의 문학에 대한 통찰과 공감에 의한 것이라기보다는 오히려 '이미지-이마골로기'에 지배된 것일 수 있지만 그렇기에 더더욱 흥미롭다. 동시대 작가, 가령 그와 호형호제하는 사이였던 고골, 그의 한참 후배인 도스토예프스키와 같은 19세기 작가는 물론 20세기의 많은 작가들이 '나의 푸시킨'을 노래하며 '푸시킨 신화'를 확립한 것은 문학 영역 안에서의 일이다. 하지만 소비에트 시기 그루지야 출신 서기장인 스탈린이 민중-프롤레타리아의 계몽을 위해 정책적으로 활용한 작가도 푸시킨, 정확히 그 기호였다. 무엇이 그를 이런 신화로 만든 것일까.

푸시킨은 무엇보다도 러시아 문학에서 좀처럼 찾아보기 힘든 '건강함'을 갖춘 작가다. 유서 깊은 귀족 가문의 후예인 그는 더러 예민하고 발끈하는 일이 있어도(이것이 결국 그를 죽음으로 몰아간다.) 천성적으로 밝고 경쾌한 성격에 균형 잡힌 세계관을 지닌 인물이었던 것으로 보인다. 에티오피아 혈통(외조부가 에티오피아 출신으로 표트르 대제의 시종무관이었다.)이 반영된 독특한 외모에 대한 자부심도 컸다. 높은 자존감과 낙관주의의 소유자답게 38년에 이르는 그의 생애는 굵직한 역사적 사건(1825년 12월당의 반란)과 다채로운 개인사를 포함하여 대체로 활기차고 생기롭다. 생활인으로서 그는 30대 초반, 전형적인 슬라브계 미녀 나탈리아 곤차로바와 결혼하여 네 아이를 둔 가장이었으며 리체이(귀족 왕립 학교)를 졸업한 고위 관료로서, 궁정 사교계의 구설수에 곧잘 휘말리면서, 19세기 전반(前半) 러시아의 최고 상류 사회의 중심에 서 있던 인물이다. 그리고 작가로서는 10대 중후반에 쓴 시 「차르스코예 셀로의 회상」(1814)으로 당시 문단의 거두였던 시인 데르자빈을 감동시킨 '신동'으로 출발, 사망 직전까지 모든 장르와 모든 주제, 모든 형식을 두루 빈틈없이 섭렵한, '모차르트'(천재성)와 '살리에리'(장인성)의 종합이었다. 푸시킨의 전일적인, 또한 '정상적'인 면모는 보편성과 평이함, 투명함과 간결함이 도드라지는 그의 문학에 토대를 제공한다. 이것이 그의 문학의 근본적인 미덕이기도 하다.

　시인이나 극작가가 아니라 소설가로서 푸시킨이 문학사에 남긴 족적 또한 상당히 크다. 넓은 맥락에서 그의 삶과 문학 전반이 근대의 초입으로 들어선 러시아의 운명과 맞닿아 있지만 운문 장르와 극 장르에서 산문 장르로 넘어갈 때 그의 혁신성은 더 부각된다. 푸시킨의 문학 활동이 절정을 이룬 1820년대와 1830년대, E. T. A. 호프만, '고딕 소설의 여왕' A. 래드클리프, W. 스콧 등 서유럽 문학을 모방한 다양한 소설이 쏟아진다. 대략 세태 소설(사교계 소설), 역사 소설, 환상 소설 등으로 세분되는 이 소설들은 서유럽의 감상주의와 낭만주의의 아류작에 가까웠다. 이 무렵 이미 '위대한 시인'의 직함을 갖고 있던 푸시킨이 산문에 손을 댄 것은 그 자체로 '내려섬', 심지어 '낮은 데로 임함'이라고 할 만한 대사건이었다. 고도로 압축된 형식과 엄격한 운율의 준수를 요구하는 귀족 장르인 시(그리고 희곡)에 비하면 당시 러시아식 정의로 '예술 산문', 즉 소설은 그 본질상 주저리주저리, 구질구질 말이 많은 '평민-민중 장르'였던 것이다.

　모방과 학습의 대가였던 푸시킨은, 시를 씀에 있어 바이런을 학습하고 희곡을 씀에 있어 셰익스피어를 학습했듯, 소설 습작에서도 서유럽의 선배-스승 작가에게 사사한다. 그러나 이야기를 축조하려는 그의 노력은 그 이전 이른바 남방 서사시, 「캅카스의 포로」(1822), 「바흐치사라이의 분수」(1821~1823), 「도적 형제」(1821~1822), 「집시」(1824)를 쓴 20대 때부터 시작되었다고 볼 수 있다. 그의 서사적 재능은 30대를 전후하여 쓴 서사시, 「폴타바」(1828), 「안젤로」(1833), 「청동 기사」(1833) 등에서 발현되며 특히 페테르부르크와 대홍수를 배경으로 '작은 인간', 즉 하급 관리(예브게니)의 불운을 그린 「청동 기사」에서 절정에 달한다. 이국적 배경에 주로 비극적인 연애와 파국을 다룬 낭만적인 서사시, 그리고 역사적 사건을 다룬 서사시에서 극히 산문적인 시공간에 역시나 극히 범속한 인물의 운명을 그린 근대적-동시대적 서사로서의 이월이 상징하는 바는 크다. '운문 소설'이라는 독특한 장르를 표방하며 사실상 평생에 걸쳐 쓴 『예브게니 오네긴』은 푸시킨의 서사적 재능이 시적 형식으로 표현된 독특한 작품이다.

　　1831년 결혼하여 이내 가장이 된 작가의 개인적 운명과 산문에 대한 관심이 맞물린다. 많은 메모와 소설 습작 끝에 『고(故) 이반 페트로비치 벨킨의 이야기』(1830)를 완성하는 것도 대략 이 무렵이다. 이 모음집에 포함된 다섯 편의 단편 「그 일발」, 「눈보라」, 「장의사」, 「역참 지기」, 「귀족 아가씨-농사꾼 처녀」는 당대에는 몰이해와 혹평의 벽에 부딪쳤지만 소설로서도 재미있을뿐더러 낭만주의 소설의 각종 코드에 대한 패러디는 물론 낭만주의적 세계관에서 사실주의적 세계관의 이월, 심지어 진화를 선보인다는 점에서 큰 의미를 갖는다. 결혼 이후에 쓴 「스페이드 여왕」(1833)은 극히 낭만적인 (따라서 '전근대적인') 장르인 환상 소설(고딕 소설)을 표방한다는 점에서 더 흥미롭다. 그것은 1830년대에 유행한 세태 소설 및 사교계 소설과 비교하면 일련의 초자연적인 사건이 플롯을 구성하고 '저 세계'의 존재와 힘의 개입 정도 및 양상을 문제 삼는다는 점에서 산문적이 아니라 시적이고 극적인 장르라고 할 수 있다.

2) 「스페이드 여왕」

(ㄱ) 기법으로서의 환상 — 환상과 실제, 시학적 망설임

「스페이드 여왕」의 환상은 톰스키의 이야기 속에 존재하는 백작 부인의 비장의 카드와 그것의 실재를 믿는 게르만의 내적·외적 움직임에 의해 형성된다. 구체적으로 부인과의 만남(3장), 부인의 장례식 장면(5장), 그날 밤 유령의 등장(5장), 도박 마지막 날 게르만의 착시(6장) 등 네 장면이 문제적이다. 먼저, 톰스키의 이야기에 매혹된 게르만은 리자를 유혹해, 3주도 지나지 않아 밀회 약속을 얻어 낸 다음 부인의 저택으로 잠입, 한밤중에 부인과 대면한다. 한창때 "모스크바의 비너스"(320)[1]로 이름을 날리며 오를레앙 공과 카드 도박을 하고 온갖 신비에 휩싸인 '영원한 유대인' 생제르맹 백작과 친분이 있고(아마 연인 관계) 비교적 고분고분한 남편과 네 아들에 덧붙여 중년에는 젊은 정부(차플리츠키)까지 둔 화려한 이력의 백작 부인이 실제 현실 속에서는 구시대(1770년대)의 유행과 화장법을 유물처럼 간직한 무도회의 "흉측한 장식물"(328)이 되어 있다. 그 장식(무도회용 화장, 의상과 가발)을 걷어 내고 잠옷에 실내모자만 쓴, 그리하여 본래의 늙음(87세)을 노골적으로 드러낸 모습이 오히려 덜 끔찍하고 덜 흉물스럽다. 이렇게 게르만의 눈으로 포착된, 모든 노인처럼 불면으로 고통받는 그녀에 대한 묘사가 사실적이다.

갑자기 이 죽음 같은 얼굴이 영문을 알 수 없이 변했다. 입술이 달싹거림을 멈추었고 눈에 생기가 돌았다. 백작 부인 앞에 낯선 남자가 서 있었던 것이다.

"놀라지 마세요, 제발 놀라지 마세요!" 그는 명료하고 조용한 목소리로 말했다. ……

노파는 말없이 그를 바라보았는데 그의 말이 들리지 않는 것 같았다.

---

[1] 이하 「스페이드 여왕」의 인용은 『푸시킨 전집』 6권(총 10권)(모스크바: 나우카 출판사, 1997)에 근거하며 인용문 뒤에 쪽수만 병기한다.

게르만은 그녀가 귀가 먹었다고 생각하여 그녀의 귀에 바짝 대고 같은 말을 반복했다. 노파는 아까처럼 침묵했다.

"부인께서는" 하고 게르만은 계속했다. "제 인생을 행복하게 해 주실 수 있고, 그런다고 무슨 값을 치를 일도 없으실 겁니다. 저는 부인께서 연달아 3장의 카드를 알아맞힐 수 있다는 것을 알고 있는데요……."

게르만은 중단했다. 백작 부인은 그가 자기에게서 무엇을 요구했는지 이해한 것 같았고 또 대답할 말을 찾고 있는 것 같았다.

"그건 농담이었어요." 그녀가 마침내 말했다. "맹세코! 그건 농담이었어요!"(339~340)

야밤 불청객의 등장에 그녀는 비명을 지르기는커녕 주로 침묵하고 의외로 담담한 편인데, 아무래도 노화와 감각의 둔화 탓으로 보인다. 이런 그녀가 게르만의 거듭된 질문에 대해 내놓은 답인 "농담"이 무엇을 지칭하는지, 그 범위가 어디까지인지 애매할뿐더러 숫제 이 대답 자체가 자신이 무슨 말을 하는지도 잘 모르는 상황에서 무심코 튀어나온 "농담"이 아닌지 의심스럽다. 이 장면 전체가 게르만의 시점에서 묘사되기 때문에 의문은 더더욱 증폭된다. 이어, 청각적 자극에는 비교적 둔한 반응을 보이던 그녀가 시각적 자극(권총, 게르만의 험악해졌을 표정과 몸짓)에는 "강한 감정"(341)을 보이며 "머리를 흔들고 흡사 일격을 피하듯 한 손을 들어 올"리더니 "그런 다음 뒤로 벌렁 나자빠지고"(341) 만다. 그녀의 돌연사는 굳이 말하자면 상세 불명의 심장 마비, 즉 자연사에 가까운 것으로서 조금도 환상적이지 않다. 한데, 원래 무도회에서 돌아와 볼테르 의자에 앉아 있다가 "뒤로 벌렁 나자빠진", 그렇게 사망한 그녀가 게르만이 리자와 만난 이후 이미 날이 밝아 올 무렵 다시 그녀의 방으로 왔을 때 "딱딱하게 굳은 채로 앉아 있었다."(346) 이 정황은 문체상의 애매함으로 돌리기에는 석연치 않은 감이 있다. 이런 의문에도 불구하고 부인의 사망을 전후한 장면은 사실주의 문법의 테두리 안에 있으며 이 경우 환상성은 기술적이고 문체적인 요소에 지배되는, 일종의 기법으로서의 환상이라고 부를 수 있겠다.

「스페이드 여왕」의 환상성이 심오해지는 것은 살아생전에는 순수한 물(物)에 가까웠던 백작 부인이 게르만의 강박 관념과 그로 인해 새롭게 재편된 세계 속에서 고딕 소설의 '살아나는 초상화'처럼 생명력을 얻으면서부터다. 그 첫 징후는 부인의 장례식에서 시신이 윙크를 하는 것 같은 장면인데, 이는 게르만의 예민한 신경과 억눌린 불안이 야기한 착시로 설명이 된다. 그러나 이 소설의 가장 핵심적인 대목인 유령 출현 장면은 여전히 논란거리다. 한밤중, 궂은 날씨, 슬리퍼 끄는 소리에 이어 문 열리는 소리, 오늘 장례를 치른 부인의 등장 등 '저 세계-신', 즉 초자연적인 존재의 '이 세계-인간'으로의 침투는 동물적인 공포를 불러일으킬 법하다. 한데 살아생전(게르만을 대할 때의 멍하고 과묵한 모습, 리자나 톰스키를 대할 때의 변덕스럽고 괄괄한 모습)과는 달리 근엄하게 또박또박 많은 말을 늘어놓는 모습이 당혹스럽다.

"나는 어쩔 수 없이 너를 찾아왔는데," 하고 그녀는 확고한 목소리로 말했다. "너의 부탁을 들어주라는 명령이 떨어졌거든. 3, 7, 에이스를 연달아 걸면 이길 테지만 하루에 카드 한 장 이상을 걸지 말아야 하고 또 그 이후에는 평생 도박을 해선 안 된다. 네가 나의 양녀 리자베타 이바노브나와 결혼한다면 나를 죽게 만든 것도 용서해 주지……."(349~350)

그리고 그 말의 내용이 너무나 현실적이고 심지어 속물적이어서 또한 당혹스럽다. 우선 하룻밤에 한 번씩, 총 세 번에 걸쳐 도박을 하고 그다음에는 도박에서 완전히 손을 떼야 한다는 것은 톰스키가 한 이야기의 반복이다. 둘째, 명시되어 있지는 않지만 '명령'의 주체로 역시나 톰스키 이야기에서 등장한 생제르맹을 가정해 볼 수 있다. 셋째, 리자와의 결혼 요구 및 조건부 용서는, 진짜 백작 부인이라면 리자의 운명을 별로 걱정하지 않았을 것 같으므로, 리자와 노부인에 대한 게르만의 은닉된 죄의식의 발현으로 읽힌다. 이렇듯, 게르만은 자신이 잠에서 깼다고 믿고 자신이 '본 것' 혹은 '유령'을 '기록'하기도 하지만 평소 술을 마시지 않던 그가 과음을 한 만큼 알코올의 영향으로 인해 일시적인 정신 착란에 빠졌을 가능성도 여전히 배제할 수 없다. 이런 유물론적인 동기화에도 불구하고 여러 의문이 제기되지만[2] 가장 큰 문제는 비장의 카드다.

"3-7-1"에 관한 연구는 이미 많은 성과를 거두었다. 이 숫자 조합은 톰스키의 이야기를 들은 다음 심란해진 게르만의 무의식적 연상의 결과로 볼 수 있다. 요약하자면 재산을 "세 배"(3), "일곱 배"(7)로 늘려 "안정과 독립"을 가진 자, 즉 "일인자"가 된다는 식의 연상(331)이다. 문제는 그것이 진짜로 비장의 카드로 판명된다는 점이다. 여기에서 1장에서 톰스키의 이야기를 들은 좌중의 반응("우연", "속임수", "동화"인데 마지막이 게르만의 반응이었다.)을 상기해 보자. 그중 사실주의에 가장 가까운 "속임수"의 가능성을 배제한다면(관록이 쌓인 도박사 체칼린스키의 정직함이 강조된다.) "우연" 아니면 "동화"의 영역이 남는다. 만약 단순히 우연(우연의 일치)이라면 오히려 인간의 이성과 의지가 가닿을 수 없는 미지의 영역과 그 어두운 비의(秘義) 앞에서 모골이 송연해진다. 게르만이 별로 닮지 않은 두 장의 카드('에이스-일'과 '스페이드 퀸')를 착각해 파멸해 가는

---

2 가령 유령의 출몰을 전후하여 한길에서 창문으로 게르만을 엿보다가 사라지는 존재는 누구 (혹은 무엇)일까?

과정 역시 그 내적인 메커니즘의 신빙성을 인정한다고 해도, 그렇다면 더더욱, '저 세계'의 개입 없이 오직 우리의 "무의식"과 "농담"의 연상 작용이 야기한 결과 앞에서 섬뜩한 공포가 야기된다. 카드가 (윙크하는 시신과 명령하는 유령에 이어) "눈을 찡긋하며 씩 웃는"(355) "노파"로 바뀌었거나 혹은 반대로 노파가 카드로 변신하는 것이다. 이는 살아 있는 물(物)이었던 노파가 죽은 다음에 오히려 파괴력과 생명력을 가진 존재로 바뀐다는 이 소설 전반의 아이러니와 맞닿아 있기도 하다.

요컨대 「스페이드 여왕」의 미학적 긴장은 토도로프의 유명한 개념을 빌리자면 '경이로운 것'(Marvelous)과 '기괴한 것'(Uncanny) 사이의 '망설임을 통해 형성된다.' 그가 프로이트에게서 가져온 낯설고도 두려운 느낌("das Unheimliche")은 '저 세계'를 축출했으되(그렇다고 자신했으되) 여전히 그 흔적에 지배되는, 적어도 그런 느낌을 떨쳐 버릴 수 없는 우리의 실존적인 불안과 맞닿아 있다. 「스페이드 여왕」이 지닌 이 복잡성을 작가적인 직관력으로 제일 먼저 포착, 의미화한 자는 도스토예프스키였다. 여성 음악가 율리야 아바자의 소설 원고에 대한 도스토예프스키의 혹평(더불어 게재 불가 판정)을 담은 편지(1880년 6월 15일자)의 일부를 인용해 보자.

그를 그토록 오랫동안 치료한 의사들이 그에게 심장이 없다는 것을 알아채지 못했다니요! 아니, 사람이 어떻게 신체 기관 없이 살 수 있습니까? 이것이 환상 동화라고 치더라도, 무릇 예술에서 환상적인 것은 경계와 법칙이 있는 법입니다. 환상적인 것은 당신이 '거의' 믿을 수밖에 없을 정도로 현실적인 것에 맞닿아 있어야 합니다. 우리에게 예술의 거의 모든 형식을 선사한 푸시킨은 「스페이드 여왕」을, ─ 환상적인 것의 예술의 최고봉을 쓰기도 했습니다. 당신은 게르만이 정말로 환영을, 그것도 그의 세계관에 상응하는 환영을 본 것이라고 믿겠지만, 그러다 소설의 끝에 가면, 즉 그것을 다 읽고 나면, 그런 환영이 게르만의 본성에서 나온 것인지 아니면 그가 다른 세계와 접촉한 자들 중 하나, 즉 인간들에게 적대적이고 사악한 정령들 중 하나인지, 어떤 결론을 내려야 할지 모를 겁니다.(NB. 심령술과 그 교리) 바로 이것이 예술입니다! 은자가 포도주 성병(聖餅)으로 심장을 만드는 부분은 너무 조잡해서 웃음이 날 정도입니다.(그래도 작가로서 저는 이 장면이 대담하고 그 나름의 색채를 갖고 있다는 점은 인정하지 않을 수 없군요.)[3]

이른바 "물질적" 환상에 가까운 그녀의 소설에 비해 「스페이드 여왕」은 단선적인 해석을 거부하고 끝까지 애매함을 유지함으로써, 즉 호프만적 '이상'과 '저 세계'의 존재 가능성을 상정함으로써 고품격 환상의 전범이 된다. 어떤 점에서는 모든 환상적인 사건을 차라리 "우연"이 아니라 "동화", 즉 '저 세계'의 소관으로 돌려 버리는 것이 더 편리하고 또 편안할 수 있다. 그러나 "동화"의 시대가 이미 저물고 있음을 명민한 푸시킨은 천재적인 직관력으로 간파한 것 같다. 초자연적 현상을 설명할 때 낭만주의기 동화풍의 순수 환상 소설과는 달리 '인간'(꿈, 알코올, 일시적인 정신 착란, 신경과민, 정신 분열 등)의 비중을 높이는 것은 동화의 패러디에 국한된 문제, 즉 단순히 시학적인 문제가 아니다. 중세에서 르네상스를 거쳐 근대에 이르면서 불가해한 사건, 즉 환상의 발생과 해명에 있어 '저 세계-신'에 맞서는 '이 세계-인간'의 몫이 그만큼 커졌음이 선언된 것이다. 소설 속에서 희생양으로 설정된 게르만이 근대 세계와 마주한 문제적 개인, 즉 러시아 문학 최초의 근대적 주인공으로 거듭나는 것도 이 지점이다.

---

3   『도스토예프스키 전집』 19권(총 30권)(나우카, 1972~1990), 88쪽.

(ㄴ) 세계(페테르부르크)와 인간(게르만) ── 선과 악, 윤리적 망설임

톰스키는 리자와 마주르카를 출 때 게르만에 대해 "진정으로 낭만적인 인물", "나폴레옹의 옆모습"과 "메피스토펠레스의 마음"을 가진 인물, "양심의 가책을 받을 만한 악행이 적어도 셋은 되는"(343) 인물이라고 말한다. 게르만에 대해 가뜩이나 낭만적인 표상을 갖고 있던 리자의 눈에는 백작 부인을 죽게 만든 그가 정녕 괴물처럼 보인다. 동틀 녘, 희끄무레한 빛이 비치는 가운데 팔짱을 끼고 얼굴을 찌푸린 게르만은 물론 나폴레옹을 닮았을 법도 하다. "나폴레옹"(야망과 의지)과 "메피스토펠레스"(악행)의 결합, 즉 강박증과 편집증의 단계에 이른 야망이 근대 세계(페테르부르크)의 전형을 형성한다. 문제는 게르만이 이러한 정의에 얼마나 부합하는가 하는 점이다. 실상 작가가 허심탄회한 문체로 묘사하는 19세기 전반(前半) 러시아 귀족 사회, 구체적으로 카드놀음에 열을 올리는 젊은 귀족 장교들 틈새에 신분도 부실하거니와(독일 혈통의 잡계급) 겨우 공병에 불과한 게르만이 왜, 어떻게 끼어 있는지 의문스럽다. 여기에서 그의 사회적 정체성에 덧붙여 성격적 특수성이 흥미를 유발한다.

게르만은 러시아에 귀화한 독일인의 아들로 아버지에게서 변변찮은 재산을 물려받았다. 자신의 자립을 공고히 해야 한다는 굳은 확신을 가졌던 만큼 게르만은 이자에는 손도 대지 않고 봉급만으로 살고 있었으며 자신에게 조금의 변덕도 허용하지 않았다. 게다가 그는 내성적이고 공명심이 강했기 때문에, 그의 동료들이 그의 과도한 검약을 비웃을 기회를 거의 갖지 못했다. 그는 강한 열정과 불같은 상상력을 지니고 있었지만 굳건함을 갖고 있었기에 젊은 날 으레 누리는 방종을 피할 수 있었다. 그래서 예를 들면 속으로는 도박꾼이면서도 결코 카드를 손에 쥔 적이 없었는데, 자신의 처지가 (그가 말하는 대로) 여분의 것을 얻으려는 희망에 꼭 필요한 돈을 희생하는 것을 허용하지 않는다고 생각해서였다. 하지만 그러면서도 그는 꼬박 며칠 밤을 도박판에 버티고 앉아서 열병 같은 전율을 느끼며 도박의 변화무쌍한 형세를 지켜보곤 했다.(330)

근면 성실한 봉급생활자와 허랑방탕한 노름꾼, "굳건함"(독일적인 것)과 "강한 열정과 불같은 상상력"(러시아적인 것)의 공존이 게르만의 성격적 특수성의 핵심이다. 인생의 목표(부의 획득)에 도달하기 위한 방법론 역시 이 도식을 따른다. 즉, "절약, 절제, 근면"(331)의 자세로 아버지의 유산과는 무관하게 꾸준히 저축을 할 것인가, 아니면 남의 눈에는 한낱 "우연"이나 "속임수"에 불과한 "동화"를 현실에서 실현해 볼 것인가. 이렇게 현실 코드(사실주의)와 환상 코드(낭만주의)의 충돌에서 후자의 길을 택한 순간, 그동안의 금욕에서 발휘된 그의 의지력이 정반대의 영역에서 진가를 발휘한다. 실상 그가 리자를 유혹한 수단은 오직 자신의 외모와 능력(특히 처음에는 독일 문학에서 번역했으나 어느 순간부터는 자기가 직접 쓴 편지)이다. 사랑에 빠진 연인의 배역을 연기하다가 어느덧 그것에 빠져든다는 점에서 과연 그는 "강한 열정과 불같은 상상력"의 소유자(시인)인데, 이것이 그의 냉혹한 이기주의의 근간을 이룸과 동시에 희극적인 결과를 초래한다.

앞선 장면을 다시 상기하면, 백작 부인의 여러 정황(고령, 무도회 직후의 피로, 경악과 공포 등)은 전혀 고려하지 않고 자신의 용건에만 집착하는 게르만은 너무 이기적이고(혹은 유아적이고) 역시나 그런 나머지 스스로를 은연중에 제2의 차플리츠키로 생각하는 그는 우스꽝스럽다.(87세 노파의 정부가 된다니!) 그의 "강한 열정과 불같은 상상력"은 '차플리츠키'

라는 이름에 잠시 동요했으나 여전히 침묵을 고수하는 노부인 앞에서 늘어놓는 일장 연설에서 특히 더 희극적으로 표출된다. 먼저 그는 이성적이고 현실적인 측면에 천착한다. 부인의 손자들은 돈의 가치를 모르기 때문에 유산을 쉽게 낭비해 버리겠지만 자신은 낭비벽이 없어서 재산을 잘 지킬 것이라는 내용이 요지다. 이는 부유한 귀족에 대한 반감과 안일한 편견에 사로잡힌 잡계급(무산 계급)의 성마른 토로에 가깝다. 이어, 여자(아내-연인)로서, 어머니로서 부인의 감정에 호소(감정적이고 낭만적인 차원)한 다음에는 "악마와의 계약"및 종교적 차원으로 넘어가는데 여기에서 희극은 절정에 달한다.

> "아마도 그 비밀은 무서운 죄악, 영원한 지복의 파괴, 악마와의 계약을 동반하는 것이겠지요……. 생각 좀 해 보세요. 부인은 연로하시고 살날이 얼마 남지 않으셨는데, 저는 부인의 죄악을 제 영혼에 짊어질 준비가 되어 있습니다. 저에게 부인의 비밀만 털어놓으세요. 생각 좀 해 보세요, 한 인간의 행복이 부인의 손아귀에 있다는 것을. 저뿐 아니라 저의 아들, 손자들, 증손자들도 부인의 기억을 축복하고 성물처럼 존중할 겁니다."(341)

상식적 차원에서 그 어떤 명분도 이렇게 뻔뻔한 (고로 희극적인) 요구의 근거가 되지 못함에도(왜 그녀가 그를 도와주어야 하는가!) 자기만의 열변에 함몰한 게르만은 투정을 부리고 떼를 쓰는 어린아이와 다름없다. 죽음을 목전에 둔 노인에게 서슴없이 내뱉는 한마디("부인은 연로하시고 살날이 얼마 남지 않으셨는데")와 권총을 이용한 공갈협박은 유아적인 자기중심주의의 정점이다. 타인의 죽음을 목도한 상황에서도 성공의 비법을 알아낼 가능성을 상실한 것이 너무 아까워 죄책감을 느낄 여유도 없다. 또한 사건의 전말을 전해 들은 리자가 눈물을 흘리는 모습에 감동할 여유도 없다. 백작 부인이 유령이 되어 방문한 이후는 어떤가.

> 물리적 세계에서 두 개의 물체가 하나의 자리를 점할 수 없는 것과 마찬가지로 두 개의 강박 관념이 정신적인 본성 속에 함께 존재할 수 없다. 삼, 칠, 일이 게르만의 마음속에서 죽은 노파의 모습을 덮어 버렸다.(351)

과연, 이 소설의 수수께끼 같은 제사 속에 포함된 "은밀한 양심"이 뜻하는 것도 저 "강박 관념", 즉 근대 속에 자리한 '경계적 인간'(바흐친 식으로 말해 "문턱에 선 인간")의 야망인지도 모르겠다. 그러나 문제는 소설 전반에 걸쳐 낭만적인 악의 후광을 입은 인물인 양, 적어도 극히 이기적이고 맹목적인 인물인 양 묘사되는 게르만이 의외로 무척 약한 인물이라는 점이다. 가령 백작 부인을 방문하기에 앞서 "호랑이처럼 전율"(336)할 만큼 흥분하고 또 거센 바람과 짙은 진눈깨비에 동요되는가 하면 부인의 저택으로 들어선 다음에는 리자의 방이 아니라 부인의 방으로 향하는 자신에게, 비록 이내 가라앉기는 하지만, 아무튼 "양심의 가책 비슷한 뭔가"(338)를 느낀다. 슬그머니 존재감을 과시하는 "양심의 가책"은 부인의 장례식을 전후하여 또 한 번 위력을 발휘한다. 게르만이 그녀의 장례식에 참석한 것은 "죽은 백작 부인이 그 자신의 인생에 해로운 영향을 미칠 수도 있"다는 생각에 "그녀에게 용서를 구하기 위해서"(347)였던 것으로, '저 세계'에 대한 그의 믿음(미신)이 암시된다. 장례식 당일 부인이 "한쪽 눈을 찡긋하며 냉소적으로 그를 쳐다보는"(348)듯한 느낌을 받는 것도, 장례식 직후 "내면의 흥분을 잠재우려는 희망"(349)에서 과음을 한 것도 그가 실은 그만큼 나약한 인물이었음을 증명한다.

요컨대 앞선 장에서 살펴본 시학적 측면인 환상-실제의 망설임만큼이나 중요한 것이 바로 게르만의 선과 악 사이에서의 '윤리적인' 망설임이다. 대도시의 형성과 더불어 탄생한, 주변(밖)에서 중심(안)으로 진입하려는 야망과 운동성을 갖춘 인물, 그리고 이 윤리적 망설임에 이르기까지 그는 명실상부한 근대적 주인공의 면모를 갖추고 있고 '페테르부르크 인간' 계보의 첫머리를 장식할 만하다. 그러나 작가는 이러한 인물에게 현실적인 차원의 파멸(파산과 광기)을 선고했을뿐더러 그것에 어떠한 미학적 후광도 부여하지 않았다. 게르만은 외피만 '나폴레옹-메피스토펠레스'일 뿐, 내적으론 피해 의식과 열등감에 전 나약하고 어리석은 공병에 불과하고 어처구니없는 실수(착시)로 "여분의 것을 얻으려는 희망에 꼭 필요한 돈을 희생"(320)한 신세로 전락한다. 이렇게 '에이스'(세도가/거대한 거미)가 되려는 그의 야망에 가하는 '스페이드 퀸'의 잔혹한 응징은 결국 소설의 바깥, 작가적 차원으로 귀속된다. 게르만의 운명이 고양된 비극이 아니라 우스꽝스러운 희극임은 소설의 결말, 누가 죽고 누가 사는가, 하는 점을 통해 더 또렷이 드러난다.

(ㄷ) 환상(농담)에서 현실(진담)로, 시(운문)에서 소설(산문)로

「스페이드 여왕」을 마감하는 「결말」은 전형적인 후일담을 연상시킨다. 기존의 연구자들은 결말에 제시된 권선징악의 메시지, 즉 게르만의 발광과 '살아남은 자들(=속물들)'의 결혼 및 성공을, 게르만의 비극성을 강조하며 주로 아이러니의 관점에서 읽어 냈는데, 그 성과를 토대로 이 부분을 다시 살펴보자.

게르만은 미쳐 버렸다. 그는 오부호프 병원 17호실에 앉아 어떤 질문에도 대답하지 않고 유난히 빠른 속도로 중얼거린다. "삼, 칠, 에이스! 삼, 칠, 퀸!……."

리자베타 이바노브나는 매우 상냥한 청년에게 시집갔다. 그는 어딘가에서 근무하고 있고 재산도 상당히 있는데, 예전에 늙은 백작 부인의 집사로 있던 사람의 아들이다. 리자베타는 가난한 친척을 양녀로 키우고 있다.

톰스키는 기병 대위로 진급하였고 공작의 영애 폴리나와 결혼한다.(355)

게르만의 말로와 대조를 이루는 것이 톰스키와 리자의 운명이다. 우선 리자는 백작 부인의 양녀이자 하녀로서 더부살이의 설움을 톡톡히 겪고 백작 부인에게 관성적인(무성의한!) 질투를 유발하는 미모를 갖고서도 정작 사교계에서는 인기를 끌지 못한다. 그리하여 때때로 자신의 처지를 한탄하지만 그럼에도 자신의 '분수'를 잘 알고서 자존심을 지키는 것이 그녀의 장점이다. "그녀는 자존심이 강했고 자신의 처지를 또렷이 느꼈다."(329) 이런 리자의 유일한 맹점이 소설에 대한 사랑인데 그녀가 게르만의 연애 공세에 쉽사리 넘어간 것도 그 때문이다. 톰스키가 묘사해 준 게르만의 초상이 "그녀 자신이 구성한 그림과 비슷하고 최신 소설들 덕분에 이 속된 얼굴이 그녀의 상상력을 놀라게 하고 매혹"(344)한 것이다. 그러나 백작 부인의 죽음 이후에는 은인에게 보답은 못할망정 그 죽음에 기여했다는 사실에 괴로워하고 부인의 장례식 날 게르만이 넘어지자 기절까지 한다. 여기까지 리자의 스토리는 카람진의 「가엾은 리자」[4]의 전통을 잇는 감상주의 멜로 소설의 공식을 거의 반복한다.

---

4 착하고 아름다운 평민 아가씨가 귀족 청년과 사랑에 빠졌다가 결국 배신당하고 자살하는 이야기.

달리 말해, 게르만의 스토리가 환상 소설과 심리 소설을 포괄한다면 리자의 스토리는 감상 소설과 세태 소설을 포괄한다. 이 맥락에서 「결말」은 감상 소설의 비극적(신파) 여주인공 리자가 세태 소설의 현실적(그렇기에 긍정적인) 여주인공으로 거듭났음을 보여 준다.

기존의 감상 소설이라면 그대로 파멸했을 리자가 독자의 예상과 기대를 뒤엎고 안정된 직장과 상당한 재산에 덧붙여 성격도 상냥한 청년과 결혼하고 양녀(아마 반쯤은 하녀)도 두고 있다. 남편의 재산의 출처가 의심스럽다거나(그의 아버지가 백작 부인의 집에서 빼돌렸으리라는 추정이 가능하다.) 더 본질적으로, 그녀와 그녀의 양녀(하녀)가 지난 시절 백작 부인과 그녀의 관계 및 운명을 반복할 것이라는 점, 요컨대 반복의 비극에 연연할 필요는 없겠다. 오히려 여기에서 부각되는 것은 낭만성(사랑의 환상)의 극복, 무엇보다도 자신의 신분에 대한 명민한 인식이 그녀로 하여금 현실 속에서 자기만의 자리를 지키도록 해 주었다는 점이다. 이런 결말을 놓고 볼 때 말 한마디 주고받은 적이 없는 나폴레옹-메피스토펠레스의 집요한 구애에 넘어가 도덕률과 금기를 뛰어넘는 야밤의 밀회를 허락한 (이어 백작 부인의 죽음을 재촉한) 그녀의 과거는 성장통의 역할을 해 준 셈이다.

한편 화자의 노골적인 정의대로 "경박한"(330) 톰스키(파벨 알렉산드로비치)의 운명은 그 산문적인 단조로움 때문에 오히려 흥미롭다. 19세기 러시아 귀족 청년의 전형인 그는 업무와 연애와 친교 등 대단히 바쁠 것임에도 연로한 할머니를 방문, 짧은 시간이나마 말벗 노릇을 해 주고 소설책을 갖다 준다. 이런 효도에 암묵적으로 전제된 그가 받게 될 몫의 유산 역시 건전한 생활 감각의 표현으로 읽힌다. '경박'에 가까운 경쾌한 성격, 폴리나를 상대로 벌이는 청년다운 '유치한' 연애, 농담과 진담을 순식간에 넘나드는 순발력, 더 근본적으론 귀족이라는 신분 등 그는 여러모로 게르만의 반대편에 서 있다. 비장의 카드 얘기를(할머니의 화려했던 연애 행각까지) 꺼낸 것도, 이미 시작된 게르만의 공세로 인해 가뜩이나 교란된 리자를 더 흥분시킨 것도 톰스키다. 그러나 정작 그에게 이런 유의 낭만과 환상은 현실의 건강한 삶을 위한 기분 전환거리, 그야말로 도박판의 흥을 돋우는 "농담"이거나 "마주르카 용 수다"(344)의 소재일 뿐이다. 「스페이드 여왕」에서 톰스키는 아무런 손해도 보지 않고 시종일관 승승장구하는 유일한 인물인데, 성격은 물론 신분과 삶의 궤적에 있어서도 작가를 제일 많이 닮은 인물이다. 그의 승진과 결혼(파벨-Paul과 폴리나-Pauline, 백작 가문과 공작 가문의 결합)을 통해 귀족 작가 푸시킨은 환경 결정론과 운명 예정설의 일면을 드러내는 듯도 하다. 이 맥락에서 게르만의 오류는 철저히 사실적인, 심지어 세속적인 담론으로 가득 찬 사교계-세계(Svet)에서 출몰하는 농담(수다)이라는 장르의 속성을, 그 세계의 의사소통의 법칙을 몰랐다는 데 있다. 농담과 진담, 환상과 실제, 낭만과 현실을 구별할 줄 아는 능력을 지닌 건강한 인물들의 세계 속에 "강한 열정과 불같은 상상력"을 지닌 인물을 위한 자리는 물론 없다.

소설 전체를 놓고 볼 때 환상이 아이(미숙)의 세계이고 현실이 어른(성숙)의 세계라면 양극단에 게르만과 톰스키가 있고 리자는 중간에서 잠시 방황하다가 결국 후자 쪽으로 간 형국이다. 그들의 운명은 다른 한편 운문-시에서 산문-소설로, 낭만주의에서 사실주의로의 이월을 보여줌으로써 작가의 개인사(결혼)와 함께 자연스레 형성된 문학 기획과 문학사의 흐름을 두루 아우른다. 환상 소설의 최고봉인 「스페이드 여왕」은 이렇게 러시아 근대 문학의 중심에 서게 되는데, 백작 부인과 톰스키가 나누는 2장의 대화가 시사적이다.

"폴!" 하고 백작 부인이 병풍 뒤에서 소리쳤다. "아무거나 새 소설 좀 보내 주렴, 제발 좀 요즘 건 빼고."

"어떤 거 말씀이세요, grand'maman(할머니)?"

"그러니까 주인공이 아버지나 어머니를 목 졸라 죽이지도 않고 물에 빠져 죽은 시체도 안 나오는 소설 말이야. 나는 정말 물에 빠진 사람들이 무서워 죽겠어!"

"요즘은 그런 소설은 없는데요. 아니, 러시아 소설은 어떠세요?"

"아니, 러시아 소설이라는 것도 있냐? …… 보내 봐라, 애야, 아무럼 좀 보내 다오!"(326)

그리하여 톰스키가 보내온 러시아 소설을 리자가 읽어 주지만 백작 부인은 두 페이지쯤에서 하품을 하더니 무슨 소설이 그 모양이냐고 투덜대면서 그냥 돌려주라고 한다. 괴기스러운 고딕-환상 소설도, 신파적인 감상 멜로 소설도 아닌, 그렇다고 서투른 러시아 소설도 아닌 진정으로 '새로운 소설'이 요청되던 시기, 바로 그 성취가 「스페이드 여왕」임을 푸시킨은 자신한 것으로 보인다.

우리는 왜 이토록 속물인가

고골의 『페테르부르크 이야기』

1) 고골의 딜레마와 죽음의 침상

삶보다, 적어도 삶만큼이나 죽음이 문제적인 작가들이 더러 있는데, 니콜라이 바실리예비치 고골(1809~1852)도 그중 한 명이다. 그의 소설에 대해 이야기하기에 앞서 그의 최후를 먼저 살펴보자. 말년, 즉 마흔을 전후한 나이에 그는 명실상부한 장편 소설 『죽은 혼』(1권, 1842)을 쓰기 시작한다. 당시의 문학적, 소설적 맥락에서 이 작품의 가치를 십분 인정한다 해도 이 소설은 끝까지 다 읽기가 힘들 정도로 지루한, 한마디로 힘겨운 작품이다. 고골의 건강 악화와 때 이른 죽음으로 인해 『죽은 혼』의 2권이 완성되지 못했다는 것이 학계의 정설처럼 굳어져 있지만 실상은 이 소설 내부의 미학적, 주제적 딜레마가 작가를 광기와 죽음으로 몰아갔다고 보는 편이 맞겠다. 애초 작가가 꿈꾼 것은 단테의 『신곡』에 맞먹는 방대한 소설-서사시를 쓰는 것이었다. 그러나 위대한 악의 현현은커녕 평범하다 못해 꼰질꼰질하고 허랑방탕한 사기꾼 지주에

불과한 주인공(치치코프)과 역시 그 비슷한 사람들이 만들어 내는 피카
레스크 형식의 플롯은 작가의 원대한 구상에 부합하지 않았다. '속악'(지
옥편)의 묘사는 비교적 성공적이었으나(『죽은 혼』 1권) 연옥편과 천국편
은 제대로 쓰이지도 못했거니와 작가의 육신을 지옥으로 데려가 버린다.
레핀의 그림이 대가적 필치로 포착했듯(일리야 레핀, 「고골이 『죽은 혼』 2부
를 태운다」, 1909) 말년의 그는 소설을 쓰고 그렇게 쓴 소설을 불사르길
반복하며 '친구들'과 고루한 설교 담론을 주고받는다.(『친구와의 서신 교
환선』, 1847) 그리고 그 나름의 독특한 메시아 콤플렉스와 부활의 열망에
사로잡혀 저 유명한 단식을 시작한다. 그렇게 시작된 죽음의 침상을 나
보코프는 고골을 직접 치료했던 의사들의 기록에 근거해 생생하게 묘사
해 준다.

> 니콜라이 고골은 (중략) 1852년 3월 4일 목요일 아침 8시경, 모스크바
에서 죽었다. 43세를 마저 채우지 못한 채였다. 하지만 저 충격적인 세대의
다른 위대한 러시아 작가들이 우스꽝스러울 정도로 단명할 운명이었음을 상
기한다면, 이것은 극히 성숙한 나이였다. 극심한 멜랑콜리의 발작 중에 악마
를 무찌르길 바라며 선언한 단식이 초래한 극도의 물리적 쇠약은 심한 뇌빈
혈을 (아마 위장염과 더불어) 초래하고, 그가 받아야 했던 치료법은 ― 강력한
완화제(관장약)와 방혈 ― 치명적인 결말을 가속화시켰다. 환자의 유기 조직
은 그렇지 않아도 말라리아와 섭식 부족 때문에 손상되어 있었다. 악마처럼
정력적인 한 쌍의 의사들은 (중략) 환자의 허약해진 유기 조직을 튼튼하게 하
는 데 신경을 쓰기는커녕 정신병에서 변환을 얻어 내려고 애썼다. (중략) 고
골은 오직 한 가지, 자기를 가만히 내버려 두라고 애원하건만, 의원들이 그의
애처로운 힘없는 몸을 얼마나 어처구니없이, 또 잔인하게 취급했는지 읽는
것도 무섭다. 병의 증상들을 전혀 이해하지도 못한 채 (중략) 닥터 오베르는

환자를 따뜻한 욕조에 담그고 그의 머리에 찬물을 끼얹은 다음 그를 침대에 눕히고 코에 반 다스의 기름진 거머리를 갖다 붙였다. (중략) 그는 알몸으로 침대에 누워 벌벌 떨면서 거머리를 떼 달라고 애원했는데, 그놈들은 그의 코에 매달렸다가 입안으로 떨어지는 중이었다. 떼 줘요, 일으켜 줘요! 그는 그놈들을 떨쳐 내려고 경련이 일 정도로 안간힘을 쓰며 신음했고, 때문에 비만한 오베르의 혈기 왕성한 조수가 그의 손을 꽉 잡고 있어야 했다.

이 장면은 볼썽사납고 동정심을 유발하여 항상 나를 찜찜하게 함에도 불구하고 나는 여러분이 그의 천재성의 이상하도록 육체적인 성격을 느끼도록 하기 위해서 그것을 묘사해야 했다. 배는 그의 소설에서 숭배의 대상이고, 코는 주인공-애인이다. 위(胃)는 항상 작가의 가장 빼어난 내부 기관이었지만 이제 이 위에는 본질적으로 아무것도 남지 않았고 콧구멍에는 벌레들이 매달려 있었다. 죽기 몇 달 전 그가 스스로를 굶주림으로 너무 괴롭힌 까닭에 위가 (중략) 예전에 명성을 날리던 그 수용력을 모조리 잃어버렸다. (중략)

고골의 길고 예민한 코가 문학에서 새로운 냄새들을 발견했음을 (그리고 새로운 날카로운 경험들을 도발했음을) 인정해야 한다. (중략) 설교자가 되려고 애쓰다가 이 천재성을 죽였을 때 그는 코발툐프 소령처럼 자신의 코도 잃어버린 것이다.[1]

비유컨대 배, 즉 위(왕성함)와 코(예민함)는 소설가 고골의 천재성을 지탱해 준 축이었다. 그의 문학의 의의를 한 줄로 정리하기는 쉽지 않으나, 그가 러시아 문학에서 ('정신'에 맞서) '육체'를 어떤 미화도 없이 소설화할 수 있었던 최초의 작가라는 점은 꼭 지적되어야 하겠다. 대도시-페테르부르크의 '생리학'과 더불어 가난한 하급 관리, 즉 '작은 인간'의 삶

---

1   블라디미르 나보코프, 『러시아 문학 강의』(모스크바: 디자버시마야 가제타, 1999), 31~34쪽.

을 다루며 확립된 이른바 고골적 생리학-유물론('자연파' 혹은 전(前) 사실주의로 불리기도 한다.)은 문학사적 관점에서 보자면 거의 혁명적인 성취라고 할 수 있다. 한데 그의 주인공들은 이렇게 육체적이고 속물적인 가치, 즉 의식주에 병적으로 집착하다가 세부적인 차이는 있지만 공히 파멸한다. 인간의 육체성과 속물성(poshlost)에 대한 고골 나름의 비통한 단죄는 결국 자기 단죄로 이어진다. 대식가로 널리 알려진 그가 부조리한 단식 끝에 사망한 것은 그의 소설 세계만큼이나 그로테스크하고, 그러면서도 아귀가 잘 맞는 것 같다. 유언장치고도 상당히 긴(번역본으로 총 8쪽이다!) 그의 글도 너무 장엄하고 또 그 때문에 어딘가 희극적이다.

> 내 시신에서 뚜렷한 부패의 징표가 나타날 때까지 시신의 매장을 금한다. 이 점을 언급하는 이유는 와병 기간 동안 이미 몇 차례 생명이 마비되는 순간들이 있었고 또 심장의 고동과 맥박이 종종 정지하곤 했기 때문이다. 나는 살아생전에 매사에, 심지어 매장과 같은 일에 있어서조차 어리석은 성급함으로 인해 발생한 불행한 사건들을 숱하게 목격한 바 있으므로 내 유언의 서두에 이 점을 못 박아 두는바, 내가 죽은 후에라도 내 목소리가 사람들에게 신중함을 상기시켜 주기를 희망한다.[2]

이런 유언, 그리고 무엇보다도 작품 자체의 그로테스크한 분위기 때문에, 입관한 다음 고골이 관 뚜껑을 두드렸다는 식의 일화가 전설처럼 굳어졌다. 실상 소설을 통해 드러나는 고골의 문학적 자아는 무척 불가해한 얼굴을 하고 있다. 그것은 파편적인 환유-유형으로 축소된 속물의 얼굴도, 속물적 세계 속에서 자기만의 이상을 창조하는 데 실패하고

---

2   니콜라이 고골, 석영중 옮김, 『친구와의 서신 교환선』(나남, 2007), 19쪽.

파멸하는 애처로운 광인-예술가의 얼굴도, 창백하기 그지없는 성상 화가의 얼굴도 아니다. 차라리 이 모든 것의 뒤섞임, 그야말로 '그로테스크와 아라베스크'여서 끊임없이 반복되는 무늬들 속에서 하나의 정형화된 얼굴을 찾아낸다는 것은 불가능해 보인다. 심지어 구원의 열망에 사로잡혀 고통받는 말년의 고골, 즉 경건한 수난자-메시아의 얼굴에서도 희극적일 정도로 예민한 자의식이, 동시에 그것을 억누르려는 병적인 의지가 엿보인다. 물론 이런 느낌은 그의 전기와 무관하지 않겠다.

고골은 독특한 성이 보여 주듯 러시아 본토 '대러시아 제국'이 아니라 '소(小)러시아'로 불린 우크라이나(키예프의 한 지역) 출신이다. 약관도 되지 않은 청년은 청운의 꿈을 안고 대러시아 제국의 수도 페테르부르크로 상경, 가능한 한 모든 분야에서 자신의 재능과 운을 시험한다. 관청의 관리, 연극배우와 화가, 심지어 대학의 역사학 교수에 이르기까지 대부분의 시도가 실패로 끝났으나 문학은 그나마 (완전히 실패한 첫 작품 『간츠 큐헬가르텐』을 빼면) 성공적이었다. 우크라이나 전설을 토대로 쓴 연작 소설 『지칸카 근촌의 야화』 1권(1831)이 페테르부르크 문단의 인정을 받음으로써 그의 작가 인생이 시작된다. 그는 푸시킨, 벨린스키 등과 친교를 쌓는 한편 『지칸카 근촌의 야화』 2권(1832)을 출간한다. 이어 잠깐 몸담았던 역사학 교수 자리를 버리고 문학에만 전념하여 역시나 신화적 분위기의 『미르고로드』(1835)[3]를 출간한 바로 그해에, 전혀 상반되는 분위기, 즉 근대 세계의 풍경이 엿보이는 『아라베스키』를 발표한다. 여기에서부터 세계 문학사가 아끼는 고골의 문학이 시작된다. 「결혼」, 「검찰관」 등도 많은 사랑을 받고 있지만 그럼에도 고골의 소설

---

3   낭만적인 역사 소설 「타라스 불바」를 비롯하여 「비이」, 「옛 기질의 지주」, 「이반 이바노비치와 이반 니키포로비치가 싸운 이야기」 등이 수록되어 있다.

적 성취에 비할 바는 아닐 듯하다. 『아라베스키』 문집에 수록된 「넵스키 거리」, 「초상화」, 「광인 일기」, 뒤이어 발표되는 「코」(1836), 「외투」(1842) 등 페테르부르크를 배경으로 한 다섯 편의 단편 소설을 묶어 '페테르부르크 이야기'라고 부른다. 우선 그가 포착한 세계의 형상(「넵스키 거리」)을, 이어 그의 인간학(「코」, 「외투」, 「광인 일기」)을, 끝으로 그의 작가적 고뇌와 이상이 드러난 예술가 소설(「초상화」)을 살펴보자.

2) 페테르부르크 이야기

(ㄱ) 세계 속의 인간 —— 「넵스키 거리」, 「코」

환유적, 파편적 세계 — 「넵스키 거리」

고골의 페테르부르크 이야기 중 가장 난해해 보이는 「넵스키 거리」는 페테르부르크-세계의 우울한 알레고리로 읽힌다는 점에서 이 이야기들 전반의 서문이자 선언문과 같은 성격을 지닌다. 고양된 찬양과 아이러니를 오가는 문체를 통해 포착된 넵스키(페테르부르크의 중심)는 '아무것도 아닌 것', 즉 '무'의 향연을 보여 준다. 거리의 아름다움, 소통과 오락, 소비의 공간으로서의 효용성 등도 양가적인 느낌을 준다. 즉, 넵스키 거리의 아름다움은 악마의 농간(화장술!)에 의한 것이고 그 속에서 소통은 항상 결렬된다. 그곳의 어마어마한 속도감과 마법적인 환상성은 영국의 수정궁이나 파리의 아케이드를 연상시키지만, 고골이 포착한 1830년대 페테르부르크 인간은 아케이드를 배회하는 '산책자'(flâneur) 및 '몽상가'가 아니라 아케이드에 전시된 물건 같다.

오후 2시부터 3시에 이르는, 넵스키 거리를 움직이는 수도라고 부를 수 있을 법한 이 축복받은 시간에, 인간의 가장 훌륭한 작품들의 주된 박람회가 열린다. 어떤 사람은 최상의 해리 털이 달린 멋진 프록코트를, 또 어떤 사람은 그리스풍의 아름다운 코를 보여 주고, 또 어떤 사람은 훌륭한 구레나룻을 기르고, 또 어떤 여자는 예쁜 두 눈과 놀랄 만한 모자를 쓰고, 또 어떤 사람은 멋을 낸 새끼손가락에 부적 반지를 끼고, 또 어떤 여자는 매혹적인 구두를 신은 발을 보여 주고, 또 어떤 사람은 놀라움을 자아내는 넥타이를 매고, 또 어떤 사람은 경탄을 불러일으키는 콧수염을 기르고 있다. 하지만 3시가 되면 박람회는 끝나고 군중도 줄어든다.(3: 10)[4]

인간 박람회든 관리들의 향연이든 황혼 녘의 휘황찬란한 활기든 페테르부르크에서 인간은 모두 코, 눈, 발, 구레나룻, 콧수염, 프록코프, 모자, 반지, 발, 넥타이 등 자신의 부분만이 강조될 뿐, 존재로서의 전일성과 주체성은 획득하지 못한다. 대체로 근대의 성취는 절대 분리될 수 없는 유일무이한 존재이자 욕망, 사유, 행동의 주체로서의 개인(주인공-영웅)의 발견에 있지만, 고골의 인물들은 오직 유형학적 존재로서의 대표성만을 지닐 뿐이다. 「넵스키 거리」에는 모종의 전형으로서 한 화가(순수)와 한 중위(속물)가 등장한다. 우선 피스카료프는 거리에서 우연히 만난 미인에게 반하지만 그녀가 매춘부임을 알고 좌절한다. 꿈이나 아편을 동원한 환각 속에서 그녀를 만나는 생활 끝에 다시 현실 속의 그녀를 찾아간 그는 또 한 번의 환멸을 겪고(청혼했다가 거절당한다.) 면도날로 목을 그어 자살한다. 한편 후자는 역시나 길을 걷다 호감을 느낀 미

---

4   이하 인용문은 『고골 전집』(총 7권)(모스크바: 후도제트벤나야 리테라투라, 1985)에 근거하며 인용문 뒤에는 권수와 쪽수만 병기한다.

인을 쫓아갔다가 그녀가 (작가 실러가 아니라!) 철공 기술자 실러의 아내임을 알게 된다. 그럼에도 호시탐탐 기회를 노리다 마침 남편이 없는 순간을 이용, 그녀를 유혹하려다가 발각되어 실러와 그의 친구인 (소설가 호프만이 아니라!) 제화공 호프만에게 된통 얻어맞지만 금방 잊어버리고 제 갈 길을 간다.

이 경우 피스카료프는 아름다움과 숭고함을, 피로고프는 추함과 저속함을 상징한다는 식의 이분법은 고골 시학의 극히 표층적인 부분만을 설명해 줄 따름이다. 고골 소설의 핵심어인 속물성은, 한 학자의 심도 깊은 분석이 보여 주듯, 윤리적이고 도덕적인 범주를 포함하되 그것을 넘어서는 미학적 범주로 이해되어야 한다. 일찍이 고골이 「이반 이바노비치와 이반 니키포로비치가 싸운 이야기」의 마지막에 "이 세상은 참 지루하군요, 여러분!"이라고 썼을 때 그를 사로잡았던 우수도 드높은 이상을 상정하되 영원히 지상적 삶의 굴레에 매여 있을 수밖에 없는, 인간의 본원적 한계에 대한 절망적인 인식의 산물이었다. 다만, 전원시적 공간(미르고로드)에서 문화적 공간(페테르부르크)으로 이월하는 순간, 속물성은 신화적인 순환성이 아니라 기계적이고 물질적인 환유의 고리 속에 유폐된다. 피스카료프의 비극과 피로고프의 희극의 전말을 모두 보여 준 다음 작가는 이런 말로 소설을 마감한다.

하지만 가장 이상한 것은 넵스키 거리에서 일어나는 사건들이다. 오, 이 넵스키 거리를 믿지 말라! (중략) 모든 것이 기만이고, 모든 것이 꿈이고, 모든 것이 겉보기와는 다르다! 여러분은 훌륭한 프록코트를 입고 산책하는 저 신사가 몹시 부자일 거라고 생각할 테지? 천만의 말씀. 그 자체가 그 프록코트로 이루어져 있을 따름이다. (중략) 제발 가로등에서 멀리, 더 멀리 떨어져라! 그리고 가능한 한 더 빨리, 어서 빨리 그 곁을 지나쳐라. 그 녀석이 여러분의 멋진 프록코트에 악취 나는 기름을 질질 흘리는 정도에만 그쳐도 차라리 다행인 거다. 하지만 가로등 말고도 모든 것이 기만을 내뿜는다.

이 녀석, 이 넵스키 거리는 언제나 거짓말을 하는데, 무엇보다도 밤이 응축된 덩어리처럼 그 위에 드리워져 하얀 크림색 건물들의 벽이 도드라질 때, 도시 전체가 굉음과 광채로 변하고 무수한 마차가 다리 쪽에서 몰려오고 마부들이 고함을 치며 말 위에서 날뛸 때, 그리고 악마가 오직 모든 것을 가짜의 모습으로 보여 주기 위해 직접 램프의 불을 밝힐 때는 더욱더 그렇다.(3: 38)

근대가 만들어 낸 각종 신화는 넵스키 거리와 마찬가지로 '기만'이고 '꿈'에 불과하다는 작가의 깨달음이 강조된다. 가로등조차 그것이 비추는 대상들처럼 기만에 불과할 뿐, 어떤 진리와 이상을 현시해 주지는 못한다. 물론 이런 현상의 기저에는 모든 가치가 계량화됨으로써 정작 본질은 무의미해지는 자본주의의 물신 숭배, 그것에 대한 비판과 풍자가 깔려 있다. 그러나 고골을 괴롭힌 보다 근본적인 문제는 시공을 초월하는 인간 본연의 약점으로서의 속물성, 그리고 악마조차 벗어날 수 없는 우리 삶의 본원적인 옹색함이다. 이 문제가 요령부득의 환상 문법으로 쓰인 「코」에서 소설화된다.

유형으로서의 인간: 「코」

어느 날(3월 25일) 이발사 이반 야코블레비치가 아침에 갓 구워 낸 빵 속에서 사람의 코를 발견, 그것을 처리하기 위해 애쓴다. 같은 날 아침, 코발료프 소령(8등관)은 자신의 코가 떨어져 나갔음을 알고 난감해한다. 카잔 성당 앞에서 사람(더욱이 5등관)으로 변신한 코를 만나지만 의사소통에 실패, 코를 되찾으려는 다양한 시도를 하지만 역시 실패한다. 그러던 중 경찰관이 코발료프의 코(사람에서 다시 코로 변했다!)를 들고 나타나지만, 같은 건물에 사는 의사까지 불러와도 제자리에 붙일 수가 없다. 이런 난감한 상황은 역시나 어느 날(4월 7일) 아침 코가 밑도 끝도 없이 다시 제자리에 붙어 버림으로써 종결된다. 그리고 코의 상실 및 발견, 인지, 귀환, 인간과 코 사이의 변신 등을 둘러싼 온갖 수수께끼는 전혀 해명되지 않은 채 모두 안개 속에 묻혀 버린다. 이 모든 것이 코발료프의 꿈일 수 있는 가능성은 제목을 비롯하여[5] 곳곳에 암시되어 있다. 달리 말하면 작가 스스로 꿈이라는 장치를 감추어 버리고 대신에 환상의 동기화를 능청맞고 의뭉스럽게 회피하는 식의 화법을 택한다. 「코」의 '불성실'하고 '무성의'한 환상성, 즉 초자연적인 사건에 대한 동기화의 부재(의도적인 회피)는 낭만적 환상 시학과의 대결 과정에서 파생된 것이다. 대체로 초자연적인 현상에 대한 신비스러운 동기화는 저 세계 및 초월자의 존재를 상정하는 것으로서 낭만주의적 이원론(dualism)의 시학적 발현이었다. 하지만 고골은 「코」에서 코-인간의 변신을 둘러싼 신비적 가능성을 배제함으로써(혹은 무시함으로써) 이런 이원론의 신화를 와해시킨다. 그렇다고 해서 앞서 살펴본 「스페이드 여왕」처럼 환상의 또 다른 동기화 방식인 심리주의와 정신 병리학에 의존하지도 않는다. 분신 테마를 다룸에 있어 낭만주의 환상 시학이 도달하고자 한 궁극적인 지점은 근대적 개인의 내적 메커니즘의 규명이었지만, 요컨대 여기에서 근대적 인간은 과잉된 자의식과 욕망의 화신이 아니라 한 편의 소극(笑劇) 속에 엑스트라처럼 붙박인, 내면이랄 것이 아예 없는 속물일 뿐이다.

---

5   제목 "코"(nos)를 뒤집으면 꿈(son)이 된다. 그리고 등장인물들의 이름(이반 야코블레비치, 코발료프, 그의 하인 이반 등)이 철자 순서만 바꾸면 대략 동일하여 사실상 동일인이 아닌가 하는 의심을 낳는다. 코가 사라진 날짜와 돌아온 날짜는 14일 차이인데, 달력(그레고리력과 율리우스력)의 차이를 감안하면, 사실상 하루(1박 2일)다.

코발료프와 코가 만나는 장면을 보자.

　　"저어기 좀 이상해서 그러는데…… 제 생각에…… 당신은(귀하) 자신
의 자리를 분명히 알고 계실 겁니다. 한데 제가 갑자기 당신을 발견하고 보
니 대체 어디입니까? 교회이지 뭡니까. 그렇잖습니까……."
　　"죄송하지만, 무슨 말씀을 하시는지 통 알아먹을 수가 없군요…… 설
명을 좀 해 보시죠……." (중략)
　　"물론 저는…… 그러니까 저는 소령이올시다. 코 없이 다니는 건 저로
서는 불쾌한 일입니다, 그렇잖습니까. 보스크레센스키 다리 위에서 껍질 벗
긴 오렌지를 파는 아줌마라면 코 없이 앉아 있어도 무방하겠지요. 그러나
조만간 틀림없이 도지사 자리에 앉게 될 인물이 이래서야 어디 말이 됩니
까……. (중략)
　　"무슨 말씀인지 통 모르겠소." 코가 대답했다. "좀 속 시원히 설명해
보시오."
　　"그러니까…… 오히려 제가 당신의 말을 어떻게 해석해야 할지 모르겠
는데요…… 이 경우 모든 일은 지극히 명백한 것 같습니다만…… 아니면 굳
이 제 입으로…… 그러니까 당신은 바로 제 코란 말입니다!"
　　코는 소령을 바라보더니 눈썹을 약간 찌푸렸다.
　　"이봐요, 잘못 아셨소. 나는 어디까지나 나 자신이오. 게다가 우리 사이
에는 어떤 밀접한 관계도 있을 수 없소. 당신의 제복에 달린 단추를 봐도 다
른 관청에서 근무하는 양반이 분명하니까요."(3: 43~44)

　　대체로 「코」의 모든 대화들이 다양한 말장난과 모순 형용, 요령
부득의 '불성실함' 내지는 '무성의함'에 기반한 의사소통의 결렬을 보
여 준다. 여기에서도 고골은 본질을 호도하는 화법, 핵심을 비껴가는 화

법을 고수한다. 사람과 코의 대면이라는 극히 환상적인 상황과 인물들이 주고받는 극히 산문적인, 심지어 속물적인 말들의 결합이 미학적 효과를 만들어 내고 그것은 (다음 절에서 볼 「외투」와 비교하여) 희극적 그로테스크에 가깝다. 애초 코발료프의 정체성은 코 위의 여드름에서 코로, 그 코에서 얼굴로, 그 얼굴에서 '코발료프'라는 인간으로, 더 넓게는 존재 전체로 확장된다. 사회적 코드(관등) 역시 몸이나 몸의 특정 부위와 같은 범주에 포함된다. 그러나 그를 구성하는 '부분'(조각/파편)은 완벽한 의미에서의 '전체', 즉 텍스트 바깥에 상정된 본질적인 이데아로서의 '인간'으로 나아가지 못하고 그 이상의 현상적 투영인 '유형'으로서의 의미만을 지닌다. 그리하여 텍스트를 장악하는 것은 부분들의 모자이크와 같은 조합, 즉 생리학적이고 사회적인 틀 속에서만 존재론적 의미를 갖는 비전일적이고 파편적인 인간들이다. 한편, '코'는 분신의 지위를 획득함으로써 주체성을 부여받았고 또 "나는 어디까지나 나 자신이오."라고 주장하는데, 그럼에도 그의 존재는 사회적인 범주에 한정될 뿐이다. 코발료프 역시 이미 온전한 개체-개인이 된 '코'와 대면했건만 여전히 '부분'(신체의 일부로서 코, 사회적 관등)에만 집착한다. 즉 그의 일생일대의 위기가 어떤 본질적인 변화로 이어지기는커녕 단추가 떨어져 나간 것과 별반 다를 바 없는 해프닝으로 전락한다. 소설을 마감하는 화자의 불성실하고 무성의한 변명은 일차적으론 근대적 합리성의 이면에 감추어진 모순성과 불합리성에 대한 일침으로 읽히지만, 보다 본질적으론 촘촘한 플롯이 존재하지 않는, 또 그럴 수도 없는 '이' 세계의 본질을 겨냥하고 있는 듯하다.

자, 우리 광대한 국가의 북방의 수도에서 이런 일이 일어난 것이다! 이제야 비로소 모든 걸 다 따지고 보니 여기에는 터무니없는 일이 참 많다. (중략) 하지만 제일 이상한 것, 제일 이해할 수 없는 것은 작가들이 어떻게 이런 이야기들을 취할 수 있느냐 하는 점이다. 솔직히, 이것은 완전히 불가해한 일로서 흡사…… 아니, 아니, 도무지 이해가 안 된다. 첫째, 조국에 어떤 이익도 줄 수 없고, 둘째…… 둘째도 역시 아무런 이익도 없다. 하여간 이게 뭔지 나는 도통 모르겠다…….

하지만 어쨌거나, 물론 이것도 저것도 또 저것도 다 수긍할 수 있고 심지어…… 사실 뭐 대체 어디에 얼토당토않은 일이 없겠는가?…… 그래도 좀 찬찬히 생각해 보면 이 모든 것 속에 사실상 뭔가가 있긴 하다. 누가 뭐라고 해도 이 세상에는 이와 같은 사건이 일어나곤 하지 않는가. 드물긴 해도 일어나긴 한다.(3: 51)

이 경우 문제는 인간(개인-부분)이 아니라 세계(전체)다. 인간은 어떤 개연성도, 인과율도 없는 세계 속에서 '제복의 단추' 같은 존재고, 그를 둘러싼 사건들의 조각은 화자의 의뭉스럽고 능청맞은 화법을 통해 두루뭉수리하게 꿰매질 뿐이다. 이렇게 「코」가 속물성의 희극을 보여 준다면 「외투」, 나아가 「광인 일기」는 그것의 비극을 보여 준다.

(ㄴ) '작음'의 희비극 ── 「외투」, 「광인 일기」

'작음'의 희비극: 「외투」

「외투」가 발표된 것은 1841년이다. 고골의 문학 여정의 관점에서 보자면 『죽은 혼』 1권 직후로서 그의 작가적 역량이 성숙한 시기였고 또 문학사적으로는 1840년대, 즉 전(前) 사실주의로 불리는 자연파 경향이 자리를 잡아 가던 시기였다. 벨린스키를 비롯한 당시 비평가들이 「외투」를 사실주의와 휴머니즘의 구현으로 받아들인 것은 바로 이 맥락에서였다. 하찮은 하급 관리('작은 인간')가 소설의 주인공이 되었다는 사실만으로도 이 작품의 내용 미학과 그 의의(휴머니즘)는[6] 충분히 인정받을 만하다. 「외투」의 형식 미학과 문체적인 측면 역시 1920년대 형식주의 비평을 통해 다각도에서 파헤쳐졌다.[7] 요컨대 세태와 일상에 대한 극도로 정치하고 사실적인 세부 묘사는 존재와 세계의 환상성을 포장, 심지어 위장한 장치일 수 있다. 우선 「외투」를 여는 부서 얘기는 정보량이 거의 없는 장황한 수다에 다름 아닌데, 이로써 대러시아 제국의 수도 페테르부르크가 갖는 근대화의 축복이자 동시에 원죄처럼 주어진 관료제의 유령 같은 성질이 환기된다.

> 그가 근무하는 관청은…… 아니, 어느 관청인지 밝히지 않는 것이 좋을 것 같다. (중략) 그 '어느 관청'에서 '어느 관리'가 근무하고 있었다. 아주 뛰어나다고 할 수 없고 키가 작은 그 관리는 약간 얽은 자국이 있는 불그스름한 얼굴에 눈에 띄게 시력이 안 좋았으며, 이마가 조금 벗겨지고, 양쪽 볼에 주름이 진 데다 얼굴빛이 치질 환자 같았다. 어쩌겠는가! 페테르부르크 기후 탓인 것을. 관등에 관한 한(우리나라에서는 우선 관등부터 밝혀야 한다.) 그는 만년 9등관이었다. 아시다시피 밟혀도 끽소리 한번 못하는 사람들을 억압하는 훌륭한 습성이 있는 온갖 종류의 작가들이 마음껏 놀려 대고 마구 비꼬는 바로 그 9등관이다.(3: 114)

---

6   특히 아카키가 자신에게 짓궂은 장난을 하는 동료들에게 "날 좀 내버려 둬요. 왜 이렇게 나를 못 살게 구는 거요?"라고 말하는 대목이 많은 공감을 얻었다. 이어 묘사되는 한 청년의 얘기는 뒤에 삽입된 것인데, 그가 아카키의 애처로운 말에서 연상하는 표현 "나도 당신들의 형제요."도 곧잘 인용되었다.
7   이 소설을 휴머니즘의 굴레에서 해방시킨 보리스 에이헨바움의 연구가 대표적이다.

특정 부서와 특정 인물-관리를 지칭하는 수식어 '하나-어느'는 유일무이한 고유성이 아니라 환유성과 유형성을 강조하고 이로써 실체-본질을 지워 버리는 데 기여한다. 주인공 아카키는 처음부터 '한 부서'의 '한 관리', 세부적으로는 오직 '만년 9등관'으로서만 의미를 갖는 존재, '페테르부르크 이야기' 전반에 깔려 있는 고골의 환경 결정론을 보여 주는 대표적인 예다. 세례 받은 직후 울음을 터뜨리며 얼굴을 찌푸리는 아이에게서 화자는 앞으로 9등관이 될 것 같은 예감을 읽어 내기도 한다. 관등뿐 아니라 그의 모든 것이 환경의 산물이다. 그의 외양(얽은 얼굴, 대머리, 주름살, 치질 환자 같은 얼굴색)은 지리적 환경(페테르부르크의 기후) 탓이고 이름조차 번거로운 작명 작업 끝에 아버지의 이름을 그대로 따른다. 이렇듯 아카키라는 존재는 그를 구성하는 각종 외적인 요소(환경)를 걷어 낸다면 아무것도 아닌 것, 숫제 존재하지 않는 것, 결과적으로 '환상-환영'이 되고 만다. 이런 존재가 비로소 사람으로 거듭났다가 다시 환(幻)의 세계로 돌아가는 이야기가 「외투」라고 할 수도 있겠다. 그 과정을 짚어 보자.

벌써 쉰 줄의 나이에 이른 노총각 아카키는 그야말로 '작은 인간'(전체 속의 부분)으로서 역시나 '작은 세계'를 할당 받는다. 생활 공간의 협소함(집과 관청의 한 부서)은 물론이거니와 그의 주된, 또한 유일한 업무인 정서는 복제성과 미학성의 단순한 종합처럼, 어떠한 창조적 일탈도 허용하지 않는 단순노동처럼 그려진다. 성실성을 인정받아 보다 중요한 업무를 맡은 적도 있으나 표제 달기도, 동사의 인칭 변화도 너무 버거워 진땀을 뺀다. 그리하여 그는 다시 정서 업무로 돌아온다. 귀가한 다음에도 허기만 채우고 이내 정서에 몰입하고, 정서 생각을 하느라 길을 걷다가 석회 가루나 음식 쓰레기의 세례를 받아도, 또 식사 중에 파리가 입안으로 들어가도 모를 정도로 열심이다. 그런데도, 혹은 그렇기 때문에 아카키와 그의 정서는 동일한 것의 끊임없는 반복, 저속한 소시민적 일상의 쳇바퀴의 동의어, 즉 근대 관료제의 알레고리이자 '작은 인간'의 애처로운 운명의 상징처럼 읽힌다.[8]

그의 삶에 최대 위기인 외투 문제 역시 외부의 폭압(페테르부르크의 혹한)에 의해 야기된다. 기존의 외투가 수선도 할 수 없을 만큼 낡아서 새 외투를 맞추지 않으면 안 된다는 재봉사 페트로비치의 말이 거의 사형 선고처럼 들린다. 연봉 400루블의 말단 공무원에게 80루블(그것도 할인된 가격)은 대단한 지출이며 그 가격의 외투는 대단한 사치가 아닐 수 없다. 외투 구입 비용 마련을 위한 일련의 절차, 즉 궁핍에 가까울 만큼 알뜰한 생활, 예상보다 많이 지급된 명절 보너스 등, '작은' 인간의 '작은' 고민과 '작은' 사건을 작가는 시시콜콜하게 묘사한다. 새 외투에 대한 몽상에 사로잡히자 정서로 상징된 엄정하고 경직된 질서에 균열이 일어나, 귀갓길에 길을 잘못 들어서는가 하면 마주 오는 사람들과 부딪치기도 한다. 무엇보다도, 고독이라는 단어조차 모를 만큼 고독했던 중년, 아니 초로의 독신자의 내면에 잠들어 있던 생의 감각이 되살아난다.

솔직히 말하자면, 그는 처음엔 이런 구속에 익숙해지는 것이 다소 힘들었지만 나중에는 어떻게 익숙해졌고 그러자 만사가 순조로웠다. 심지어 저녁을 굶는 법도 익혔다. 하지만 대신 그는 미래의 외투라는 영원한 이념을 자신의 생각 속에서 그려 보며 정신의 양식으로 배를 채웠다. 이때부터 그의 존재 자체가 어쩐지 더 충만해진 것 같고 결혼이라도 한 것 같고 어떤 다른

---

8 페트로비치를 비롯한 타인들과의 대화에서는 거의 의사소통 장애마저 보이던 그가 혼자 있을 때는 거의 완벽한 언어를 구사하는 모습에서 '만년 9등관'과 정서 작업이 그에게 행사해 온 비가시적인 폭력이 새삼 확인된다. 그럼에도 그가 정서를 통해 맛보는 자족적인 행복감을 무조건 부정적으로만 볼 것인지, 의구심이 생긴다.

사람이 그와 함께 있어 주는 것 같고 혼자가 아닌 것 같고 어떤 유쾌한 인생의 반려자가 인생의 길을 함께하기로 약속한 것 같았는데,— 이 반려자가 바로 두툼한 솜에 해지지 않는 튼튼한 안감을 댄 저 외투였던 것이다.(3: 125)

그러나 그가 탐닉했던 외투-관념이 외투-물건으로 나타났을 때는 또다시 고골이 축조한 삭막한 세계의 법칙에 종속된다. 동료들이 다소 과장된 법석을 떨며 보인 관심의 대상은 아카키 자체가 아니라 아카키의 몸에 걸쳐진 새 외투고 그나마도 파티 장면이 보여 주듯 곧 사라진다. 부분(외투)에 대한 관심이 전체(한 인간 아카키)로까지 확대되지 못하기 때문에 오히려 아카키의 소외와 고독만 더 강조된다. 이어 그는 귀갓길에 외투를 강탈당하고 그것을 되찾기 위해 필사적인 노력을 벌이다 죽는다. 그리고, 상속인도 없고 유품도 얼마 되지 않아 사실상 장례 절차도 제대로 밟지 않은 채 매장된다. 그의 죽음 이후 페테르부르크는 원래부터 그런 자는 숫제 없었던 양 그대로 남게 됐다는 화자의 총평 역시 냉혹하기 그지없다.

그런데 작가는 하급 관리의 '불쌍한 이야기'에 '환상적인 결말'을 덧붙인다. 아카키의 유령이 페테르부르크 거리에 출몰, 고위 인사들의 고급 외투를 빼앗고, 진짜 그의 유령인지 혹은 그를 사칭한 자인지 아무튼 유령들이 판치고 상부에서는 유령 체포 명령이 내려지고(경찰이 흡입하는 코담배에 재채기하는 유령의 모습이 압권이다.) 끝으로, 아카키가 자신에게 언어폭력을 휘두른 유력 인사의 외투를 빼앗음으로써 설욕한다. 요컨대「외투」의 후반부는 믿을 수 없는 화자의 횡설수설 화법과 맞물려「코」와 같은 황당무계한 동화처럼 읽힌다. 이것은 아카키의 애처로운 비극에 대한 패러디일까, 아니면 초혼(招魂)에 기초한 인과응보의 초자연적인 실현일까. 전자라고 보기에는 주인공의 운명을 향한 작가의 입장에서 동정과 공감이 많이 느껴지고, 그렇다고 후자라고 보기엔 고골 특유의 장난기 어린 문체의 맛이 너무 강하다.

지나치게 환상적인 「외투」의 후반부는 당대의 비평가들을 실망시 켰고 지금도 여전히 논란거리다. 어떻든, 살아생전의 아카키보다 죽은 다음의 아카키(진짜 유령 혹은 유령의 가면을 쓴 가상의 존재이거나 참칭자) 가 더 생기로운 존재라는 사실은 정녕 아이러니가 아닐 수 없다. 산 아 카키는 페트로비치의 담뱃갑에 그려진 초상화의 주인공처럼 얼굴도 없 고 말도 제대로 할 줄 모르는 (혹은 할 말이 없는) 그야말로 '환상적인' 인 물이었던 반면, 죽은 아카키는 적극적인 행동력과 언어 구사력을 지녔 을뿐더러 사람을 압도하는 인물이다. 이 근대의 공간 페테르부르크에서 한 인간이 진정한 인간으로 존재하기 위해서는 유령-환상의 형식을 가 질 수밖에 없음이 암시되는 것일까. 여기에서 인간은 세계와 대립 구도 를 형성하는 것(세계 대 개인)이 아니라 오직 그 세계 속의 한 부분, 부속 품으로서만 의미(세계 속의 개인)를 지닌다. 아카키는 애초부터 개별성과 유일성의 표지를 거세당함으로써 더 이상 '개인'이라는 말이 성립되지 않은 존재, 그저 한 부서의 한 관리, 그런 측면에서의 한 유형일 뿐이다.

통상 근대의 장르로서 소설의 플롯은 대도시에서 자신의 야망을 실현하려는 주인공-영웅의 내적, 외적 운동성에 의해 형성되지만 고골 은 그 신화의 이면에 도사리고 있는 대중의 본질에 천착한다. 세계와의 대결에 목숨을 건 주인공-영웅 대신 세계 속에 완전히 파묻힌 엑스트 라-군중이, 근대의 낭만주의-개인주의 신화가 이룩한 고답적인 악 대신 속악이 텍스트를 지배한다. 그러나 이 속악, 즉 속물성은 일반적인 통념 과는 달리 단순히 부정적이고 풍자적인 개념은 아니다. 그것은 문명의 한 단계로서 근대 및 대도시 문화가 낳은 소시민성, 보다 본질적으로는, 거의 원죄나 다름없는 인간 본연의 속성에 가깝다. 고골은 속된 세계와 속된 욕망을 그려 냄과 동시에 그것, 즉 '작음' 전반에 대한 깊은 우수를 보여 준다. 앞서 지적한바, 속물성이 윤리의 범주가 아니라 미학의 범주에 들어가는 것은 이 때문이다. 「외투」에서는 '작음'의 내면이 전적으로 감추어져 있다. 가령 새 외투를 입고 저녁 모임에 가는 길에 거리에서 다소 선정적인 그림을 보며 미소 짓는 그를 묘사하면서도 화자는 그가 무슨 생각을 하는지 언급하길 회피한다. 대체로 불성실한 화자라고 할 수 있다. 어떻든 아카키의 내면은 그로테스크할 정도로 철저히, 꽉 닫혀 있거나, 어쩌면 그 때문에 아예 존재하지 않는 어떤 것으로 제시된다. 정서'나' 하는 하급 관리의 속내를 들여다본다면, 혹은 창조해 본다면 어떤 양상일까.

광기의 권리, 혹은 속물성과 광기의 결합: 「광인 일기」

「광인 일기」의 주된 성취는 근대의 발전과 더불어 '작은 인간'도 감히 미칠 수 있음을 주인공의 내적 메커니즘에 천착하여 보여 준다는 데 있다. 주인공 포프리신은 정서 및 펜 깎기가 주 업무인 9등관이며 42세의 노총각, 즉 『북방의 벌』을 읽고 극장 가는 것을 즐기긴 하되 어쨌거나 아카키와 다름없이 작은 세계 속의 작은 인간이다. 그럼에도 그의 불행은 외부가 아니라 내부, 그 자신의 내적인 운동성에 의해 촉발된다. 실제로 고골은 「광인 일기」를 「넵스키 거리」, 「초상화」와 더불어 예술가(음악가) 이야기로 구상하기도 했다. 정서 따위가 아니라 일기를 쓴다는 것, 나아가 광기의 언어로써 비정상의 세계를 기록한다는 것에서 예술가(시인)의 흔적을 엿볼 수 있다. 첫 일기에서 이미 포프리신은 정상과 비정상의 경계를 오가며 과대망상증과 피해망상증의 징후를 보인다. 하지만 그의 강박 관념의 대상은 예술가(시인)의 고답적인 이념이 아니라 그의 사회적 정체성('작은 인간')에 극히 부합하는 환유적인 디테일이다. 가령 포프리신은 길거리에서 국장 딸을 보자 옷차림 때문에 열등감을 느끼고 상상 속에서 대령의 꿈을 키우며 훌륭한 옷차림에 집착하지만 돈 때문에 좌절한다. 광기의 상상력을 발휘해 강아지(멧쥐/피델)의 언어를 창조해 낼 때도 모두 환유(관등, 외모)에 집착한다. 멧쥐의 편지와 그에 대한 포프리신의 해석, 즉 자아 분열을 통해 부각되는 것도 외모와 관등에 대한 열등감과 자괴감이다.

이렇듯 포프리신의 발광은 현재의 나와 이상적인 나 사이의 괴리, 그것에 대한 통렬한 인식에서 비롯된 것이지만 두 '나'가 공히 속물성의 범주에 붙박여 있다. 이 경우 문제는 낭만주의가 정전화한 광기의 메커니즘이라기보다는 그것에 대한 작가의 탈신화화 전략이다. 포프리신이 결정적으로 미치는 이유도, '정상'의 언어로 재구성하자면, 국장의 딸과 결혼, 그것을 통한 승진과 출세의 꿈이 좌절되었기 때문이다. 그에게 '광기의 축복'이 아닌 '광기의 저주'가 찾아오는 것도 이 속물성 때문인지도 모르겠다.

있을 수 없는 일이다. 거짓말이다! 결혼이란 있을 수 없다! 그놈이 시종무관인 게 뭐가 어쨌다는 거냐. 실상 이건 관직에 불과할 뿐, 아무것도 아니다. 손으로 잡을 수 있고 눈에 보이는 무슨 물건도 아니잖은가. 실상 시종무관이라고 해서 이마에 눈이 하나 더 붙은 것도 아니다. 실상 그놈이라고 해서 코가 금으로 된 것도 아니고, 내 코나 다른 모든 사람의 코와 똑같다. 실상 그도 그 코로 냄새를 맡는 것이지, 먹거나 재채기를 하거나 기침을 하거나 하지는 않는다. 나는 이미 몇 번이나, 대체 왜 이 모든 다양성이 생겨나는지 파악하고 싶었다. 대체 왜 나는 9등관이며 어떤 연유로 나는 9등관인가? 아마, 나 자신도 내가 누군지 모르는 것일 수도 있다. (중략) 아니, 내가 당장에 총독이나 회계사나 저어기 뭐든 다른 관직에 임명될 순 없는 걸까? 나는

알았으면 싶다, 대체 왜 나는 9등관인가? 왜 하필이면 9등관인 걸까?(3: 164)

광기의 고답적인 비극성과 그 내용의 범속함, 두 층위의 공존이 미학적 충격을 야기한다. 여기에는 물론, 미치지 않고서는 (혹은 「코」, 부분적으론 「외투」처럼 환상의 틀을 빌려 세계의 틀을 다시 짜지 않고서는) 사회적 정체성과 실존적 지위를 변화시킬 수 없는 페테르부르크의 경직된 신분-계급 사회가 도사리고 있다. 하지만 작가의 시선은 『아라베스키』 문집에 실린 몇몇 에세이들이 보여 주듯, 중세적 정향성과 더불어 낭만주의 미학에 뿌리를 둔 보다 더 높은 차원으로 향한다. 「광인 일기」를 이 문집의 마지막에 위치시킨 고골의 의도도 이렇게 이해할 수 있겠다. 즉, 포프리신의 뒤집힌 의식을 통해 조명된 세계는 단순히 근대의 표상으로서의 페테르부르크를 넘어 현실 세계 전반의 본질적인 작음의 은유이며, 그에게 있어 광기는 이 세계의 유한성을 극복하고 저 세계의 무한성에 접근하도록 해 주는 유일한 길이다. 하지만 광기를 통해 스페인 왕 페르디난도 8세로 거듭난 포프리신의 마지막 일기는, 역설적으로, 이 작은 세계의 악마와 같은 저력을 새삼 강조한다.

날 구해 주세요! 날 데려가 줘요! 나에게 회오리처럼 빠른 말이 끄는 트로이카를 주세요! 올라타라, 나의 마부여, 울려라, 나의 방울이여, 쌩쌩 달려라, 말들이여, 그리하여 나를 이 세상에서 데려다다오! 멀리, 저 멀리, 아무것도, 아무것도 보이지 않도록. 저어기 하늘이 내 앞에서 용솟음친다. 멀리 별 하나가 반짝인다. 숲이 어두운 나무들과 달과 함께 질주한다. 발밑으론 회청색 안개가 자욱하다. 안개 속에서 현이 소리를 낸다. 한쪽에는 바다가, 다른 한쪽에는 이탈리아가 있다. 저어기 러시아의 오두막들도 보인다. 저 멀리 푸르른 것은 우리 집이 아닐까? 창문 앞에 앉아 있는 건 나의 어머니가 아닐까? 어머니, 당신의 불쌍한 아들을 구해 줘요! 그의 아픈 머리에 눈물 한 방울을 떨어뜨려 줘요! 봐요, 저들이 그를 어떻게 괴롭히는지! 이 불쌍한 고아를 당신의 가슴에 꼭 안아 줘요! 이 세상엔 그를 위한 곳이 없어요! 그를 마구 내몰아요! 어머니! 자신의 병든 아이를 불쌍히 여겨 줘요!……. 한데 알제리 총독의 코밑에 혹이 있는 건 혹시 아시나요?(3: 171~172)

트로이카, 하늘, 별, 숲, 안개, 바다, 이탈리아, 러시아의 오두막, 어머니 등 두서없이 나열되는 말들은 모두 9등관이라는 정체성에 붙박여 살아온 포프리신의 내면에 잠재해 있던 이상을 표현하는 것이리라. 구원을 향한 외침에서 동물적인 공포와 불안, 생존을 향한 애처로운 몸부림도 엿보인다. 이렇듯 산산조각 난 언어 파편들, 근대의 어둠 한구석에 자리 잡은 애처로운 광인-예술가의 절규는 그러나, 저 유명한 마지막 한마디에 의해 완전히 뒤집힌다. 희극적이지만 나름대로 절절한 독백의 피날레를 장식하는 '알제리 총독의 코밑의 혹'이 의미하는 것은 대체 무엇일까. 어쩌면 이것은 광기의 정점에서 전체를 보고 난 이후에도 부분으로 회귀할 수밖에 없는 작은 인간의 비극성에 대한 통렬한 아이러니일지도 모른다. 포프리신은 광기의 상상력을 통해 달을 "오직 코들만이 사는" 공간으로 만들고 "지구가 달 위에 앉으려고 하는"(3: 170) 것까지 파악, 혹은 그런 세계를 창조할 수도 있었다. 하지만 이 모든 것이 결국은 "포프리신!", "아크센티 이바노프! 9등관!"이라는 그의 사회적 정체성을 더 강화시키는 형국이, 심지어 그것마저도 잃어버린 형국이 됐다. 페테르부르크의 9등관에서 스페인 왕으로 거듭난 뒤에 얻은 것은 알제리 총독의 코 밑에 혹이 있다는 깨달음뿐이다. '코'도 아닌 '코밑의 혹'이야말로 포프리신의 세계 내에서의 실존적 지위를 말해 준다. 그것은 말하자면 존재의 알레고리이고, 광기를 통해 획득된 은유적 세계상은 또다시 '코', '혹'과 같은 환유로 환원되고 만다.

> "나에게 인간을 내놓으란 말이다! 나는 인간을 보고[알고] 싶다."(3: 163)

강아지의 글을 읽으며, 아니, 창조하며 포프리신이 내뱉는 광기에 찬 절규는 총체적 인간의 형상을 그리고자 한 고골 자신의 고뇌를 보여주는 듯도 하다. 그의 최후를 떠올린다면 어쩔 수 없이, 인물의 광기가 작가의 광기를 예고한다는, 혹은 후자가 전자 속에 은근히 투영되어 있다는 느낌이 든다. 포프리신의 한계가 그가 예술적 정향성을 지녔으되 관리라는 굴레에 묶여 있다는 사실과 무관하지 않을 텐데, 명실상부한 예술가 소설을 통해 이 점을 살펴보자.

(ㄷ) 근대, 예술, 종교 ──「초상화」

고골의 이른바 예술가 소설(Künstlerroman, Künstlernovelle)의 기본 축을 구성하는 것은 페테르부르크를 배경으로 포착된 속물성과 '예술혼'의 충돌이다. 예컨대 앞서 잠깐 언급한 「넵스키 거리」의 피스카료프는 개별적인 성격화도 결여된 채 오직 속물성과의 대결을 견뎌야 하는 예술가 유형으로 제시된다.

> 이 청년은 우리나라에서도 상당히 이상한 현상이라 할 수 있는 계급에 속했으며, 꿈에서 우리 앞에 나타나는 얼굴이 본질적인 세계에 속하는 것과 마찬가지로 페테르부르크 시민에 속했다. 이 예외적인 계층은 주로 관리나 상인이나 독일인 직공들이 사는 이 도시에서 아주 이례적인 계층이었다. 이자는 화가였던 것이다. 정말 이상한 현상이 아닌가? 페테르부르크의 예술가라니!(3: 12)

현실로부터의 다분히 의지적인 도피는 예술혼과 동일시되며, 현실은 예술가에게 튼튼한 토양임과 동시에 위협적인 적이다. 피스카료프는 자신을 매혹시킨 미녀(이상)가 매춘부(현실)임을 알게 되는데, 그 실체를 직시하길 거부하고 자기만의 꿈속으로 도피한다. 이 예술적 몽상 속에서 속물성이 오히려 극대화된다는 것이 비극적인 역설이다. 즉, 그가 꿈을 통해 그려 보는 것은 화려하고 부유한 저택, 아름다움에 더해 교양과 품위까지 겸비한 귀족 영양이며 그를 고통스럽게 만드는 것도 자신의 초라한 차림새다. 현실과 이상의 괴리로 괴로워하며 자기만의 몽상을 지속하기 위해 아편까지 복용하던 그는 결국 자살하고 만다. 여기서 타락한 미에 대한 참을 수 없는 우수가 환기되고 피스카료프가 낭만적이고 비극적인 예술가 유형으로 격상되는 측면이 분명히 있다. 하지만 심리적 동기화도 부족하거니와(작가의 의도였을 수도 있겠다.) 현실과 이상의 결렬로 인한 우수와 우울은 예술가의 출발점은 됐을지언정 귀결이 되어선 안 된다. '지상의 미', 더욱이 속물성에 덧붙여 치욕으로 더럽혀진 미를 받아들이고 극복한 후에야 비로소 진정한 예술이 시작된다면, 피스카료프는 작가 고골과는 정반대로 함량 미달의 예술가였던 것이다.

한편, 「초상화」의 주인공 차르트코프는 속물성의 보다 더 일반적인 가치와 충돌한다. 이 경우에도 예술혼을 온전히 발현시키기 위해서는 속물성으로부터 완전히 자유로워야 한다는 고골의 강박적인 명제는 유효하다. 하지만 그 형상화 방식은 훨씬 더 구체적이며 그 해법도 알레고리처럼 비교적 명료하다. 우선 차르트코프의 화가로서의 재능과 열망은 그의 습작을 통해 제법 실증적으로 제시된다. 미완성으로 남겨졌다가 어린 귀족 영양의 모습에서 영감을 받아 완성되는 프시케의 초상화는 현실을 토양으로 삼되 그것으로부터 미학적 거리를 유지하면서 드높은 이상을 화폭에 담아낸 것으로 이해할 수 있겠다. 일상을 소재로 한 인물화와 풍경화(루바시카를 입은 농부, 그림물감을 잡고 있는 하인 니키타, 잡동사니에 먼지투성이인 방 등)에서는 미메시스의 원칙에 충실한 젊은 화가의 겸허한 성실성을 엿볼 수 있다. 그러나 그의 예술을 풍요롭게 해 주었던 이 현실-생활 속에 적이 들어 있기도 하다. 스승의 충고와 차르트코프의 독백을 차례로 보자.

> "이보게, (중략) 자네는 재능이 있어. 그걸 죽인다면 죄받을 일이지. 한데 자네는 참을성이 없어. (중략) 조심하게나. 자네는 벌써 세속에 이끌리기 시작했어. 자네가 목에 멋스러운 스카프를 두르고 광이 나는 모자를 쓴 모습을 더러 보는데⋯⋯. 그런 건 매혹적이지, 돈 때문에 유행하는 그림이나 초상화 나부랭이에 손을 댈 수도 있을 걸세. 하지만 실은 그러다가 망하기 십상이야, 재능이 크질 못하거든. 참게나."
>
> "그래! 참아라, 참아라! (중략) 하지만 참는 것도 결국엔 한계가 있다. 참아라! 하지만 무슨 돈으로 내일 점심을 먹지? 아무도 빌려 주지 않을 텐데. (중략) 내 이름도 모르는 판에 누가 내 그림을 사 주겠어? 게다가 고대 미술품들을 그린 데생이나 아직 끝내지 못한 나의 프시케의 사랑이나 내 방의 풍경이나 내 니키타의 초상화는 사실 어느 유행 화가의 초상화보다 훌륭하지만, 이게 대체 누구에게 필요하겠어?"(3: 69)

'가난'은 자연스럽게 그것과 반대되는 환유적 가치인 '부'를 상정한다. 이 경우 환유는 그야말로 부분을 통해 전체에 이르는 것으로서 아카키의 외투처럼 생활-삶과 관련된 절실한 문제다. 돈 문제만 해결되면 그림에만 몰두하리라 생각하지만 정작 돈이 생기자 '초심'은 온데간데 없다. 그는 바로 넵스키 거리로 나가 양복점에 들르고 향수와 포마드를 사고 호화 아파트를 세내고 오페라글라스와 다량의 넥타이를 사고 이발소와 다과점에 들르고 프랑스 레스토랑에서 고급 음식에 샴페인까지 주문한다. 그동안 이 청년의 내면에 잠재되어 있던 세속적 욕망이 얼마나 강렬했는지가 드러나면서 (아카키의 외투와 비슷한!) 속물성의 애처로운 비극이 환기되는 순간이다. 물론 젊은 화가가 자신의 예술적 재능을 인정받고 싶어 조바심을 내는 것은 예컨대 고급 프록코트를 원하는 것보다는 더 본질적인, 고로 더 치명적인 욕망에 속한다. 하지만 예술적 연마를 포기하고 비본질적인, 즉 환유적인 가치(명성)에 집착했다는 점에서는 별반 다를 바 없다. 차르트코프의 행로를 근대 자본주의의 패악의 관점에서 보는 기존의 해석은 극히 타당하지만, 보다 거시적인 관점에서 이 문제를 다시 한번 짚어 보자.

철저하게 환상적인 고딕 소설풍으로 쓰였던 초판, 즉 『아라베스키』판에서 고골은 예술혼을 파멸시키는 주체로 초자연적인 악을 등장시켰다. 초상화의 주인공인 페트로미할리는 원한과 증오와 심술로 가득 찬, 몹시 속되고도 위협적인 악의 화신으로 등장하며 그의 악행 역시도 대단히 적극적이고 노골적이다. 그는 온갖 감언이설로 체르트코프('차르트코프'의 전신)를 유혹하고,(1부) 살아생전, 즉 고리대금업자였을 때는 성상 화가에게 폭언을 늘어놓으며 자신의 초상화를 그려 달라고 위협한다.(2부) 하지만 개정판에서는 이름을 상실함과 동시에 세계와 인간의 내면에 깊이 잠입한, 말하자면 보다 '점잖은' 악의 현현으로 변화된다. 나아가 악의 근원은 한 번 발을 들여놓은 환유적 세계를 극복하지 못한 차르트코프의 내적인 허약함에 있는 것처럼 읽히기도 한다. 이는 그 역시도 피스카료프처럼 고골적 인간학의 경계를 넘어서지 못했음을 의미한다. 다른 한편으론, 그의 진정한 비극은 매너리즘과 권위에 젖은 원로급의 저명한 유행 화가로 전락했다는 사실이 아니라 그 순간에도 걸작을 알아보는 눈만은 여전히 갖고 있었다는 사실일 수 있다. 즉, 그는 그만큼 뛰어난 잠재력을 갖추었음에도 고골적 세계에서는 근대적 주인공-영웅의 지위를 얻기는커녕 (코발료프의 얼굴에서 떨어져 나간 '코'처럼) 그림 밖으로 나가 생명을 얻은 '초상화'의 처참한 희생양이 되고 만다. 초판과 개정판에서 주인공의 이름을 통해 공히 강조되는 '악'과 '마력'[9]의 실체는 결국 속된 현실과 인간 내면의 속된 욕망이었던 것이다. 악마는 밖에서 안으로 침투하는 것이 아니라 안에 내재해 있는 것이고, 그 때문에 따로 없앨 수도 없이 공히, 함께 파멸할 수밖에 없다.

소설 속의 또 다른 화가인 이른바 성상 화가(B의 아버지)는 검소한 소시민적 삶을 영위하는데,(축재를 꾀하지도 그렇다고 낭비를 하지도 않는다.) 삶(현실)과 예술(이상)의 건강한 균형은 악의 시험 앞에서 곧 무너진다. 자신의 작품(고리대금업자의 초상화)으로 인해 많은 사람이 불행을 겪고 그 자신마저 아내와 자식들을 잃게 됐을 때 그가 택한 곳은 수도원이다. 심지어 그곳에서도 오랫동안 순례와 고행을 거듭한 뒤에야 비로소 성화 그리기에 착수한다. 그로부터 12년 뒤 B의 눈에 비친 아버지는 이미 성자의 모습이다. 초판이든 개정판이든 B 부자 이야기는 소설적 동기화의 부족은 말할 것도 없거니와 미학적 긴장을 거의 상실한 진부한 알레고리로, 소설가 고골이 아닌 종교 사상가 고골의 예술학 교과서처럼 읽힌다. 그럼에도 이 부분은 큰 의미를 갖는다. 첫째, 고골이 개정판에서 공들여 묘사한 콜롬나의 풍경은 예카테리나 여제 시대의 페테르부르크를 보여 주는바, 악-속물성(속악)을 극복할 수 있는 유일한 방법은 '도피'뿐이라는 작가의 인식이 도드라진다. 즉, 고골이 성상 화가를 통해 강조하는 참된 예술이란 결국 피스카료프나 차르트코프를 파멸로 이

---

9 초판과 개정판의 주인공 이름에는 각각 '악마'와 '마법'이라는 뜻이 있다.

끈 속된 현실과의 절대적인 단절, 그것도 물리적인 공간 이동(페테르부르크 시내에서 수도원으로)을 통해 획득되는 고립 속에서만 가능하다. 둘째, 성상 화가의 속죄 과정이 보여 주듯, 예술혼의 완전한 발현을 위해서는 속물성과 한 궤로 묶이는 육체성을 절대적으로 억압해야 한다는 논리를 엿볼 수 있다. 이는 1830년대에 이미 고골에게 거의 금욕적인 양상의 종교적 지향이 존재했음을 얘기해 준다.

어떻든 「초상화」의 텍스트 내에서 위력을 발휘하는 것이 성상 화가가 그린 성화가 아니라 초상화임은 부정할 수 없는 사실이다. 악마적인 힘을 발휘하며 번득이는 두 눈이 상징하듯, 그것은 보는 사람을 어떤 식으로든 전율케 한다. 정녕 성상 화가의 친구의 말대로 진정한 걸작이며 대상을 완벽하게 재현했을뿐더러 거기에 어마어마한 생명력을 부여한 성상 화가 역시 진정한 예술가다. 그러나 문제의 초상화가 아무리 훌륭할지라도, 아니 미학적인 관점에서 훌륭하면 훌륭할수록 그 속에 포함된 '악'은 더더욱 위력을 발휘하기 때문에 불태워 버려야 한다는 성상 화가의 주장에서 작가의 목소리가 그대로 들린다. 만약 이 초상화가 탐미주의의 관점에서 조명되었더라면 논의는 미학과 윤리학의 대립에 맞추어졌으되 어느 한쪽으로 쉽게 결론이 나지는 않았을 것이다. 하지만 고골의 미학은 앞으로 보게 되겠지만 도스토예프스키와 톨스토이의 경우처럼 기본적으로 윤리학, 나아가 종교-신학의 동의어다. 특히, 예술혼과의 대립 구도에서 속물성과 육체성의 억압을 주장한다는 점에서 노년 톨스토이의 미학을 예고하기도 한다.

'악'의 근원인 이 초상화를 고골은, 훗날 『죽은 혼』의 일부를 소각하듯, 그렇게 태워 버리지는 못했다. 초판은 역시나 고딕 소설의 냄새를 풍기는데, 인물의 형상이 서서히 지워지면서 무의미한 풍경화만 남기는 반면, 개정판에서는 도난이라는 형태로 사라진다. 고골은 대대적인 개작을 통해 「초상화」의 고딕-환상적 코드를 많은 부분 사실적, 심리적 코드로 바꾸었지만(문제의 초상화를 헐값에 사 온 날 몇 겹으로 중첩된 차르트코프의 꿈이 그 정점이다.) 그럼에도 '악'의 영원한 위력에 대해서는 속수무책이었다. 그렇기에 개정판에서는 더욱더 '선'의 창조 내지는 '선'에의 복무라는 예술의 소명을 역설할 수밖에 없었다. 근대와 더불어 더욱더 기고만장해진 악과 이 기만적인 세계를 구원할 유일한 길은 오직 '신'밖에 없다는 것이다.

'나'의 발견

레르몬토프의 『우리 시대의 영웅』

1) 요절한 천재 시인 레르몬토프와 소설

미하일 유리예비치 레르몬토프는 1814년 10월 3일(현재력 15일) 모스크바에서 태어나 1841년 7월 15일(현재력 27일) 퍄티고르스크에서 죽었다. 일부러 운을 맞춘 것 같은 이 생몰년과 그의 전기에서 유달리 문제적인 것은 죽음이다. 『우리 시대의 영웅』의 작가는 자신의 분신인 페초린이 그루시니츠키를 결투에서 죽이도록 만들었지만 실제 삶에서는 정반대의 상황에 처한다. 1841년, 당국은 레르몬토프의 방종한 생활을 종식시키고자 48시간 이내에 페테르부르크를 떠나 캅카스로 가라고 명령한다. 그는 죽음이 임박했다는 음울한 예감에 젖어 4월 14일 길을 떠나는데, 허약한 몸으로 긴 여행을 감당하다가 그만 열병에 걸린다. 완치될 때까지 퍄티고르스크에 머물러도 좋다는 당국의 허가가 떨어진다. 가뜩이나 그에 대한 반감과 질투가 만연한 가운데, 7월 13일 어느 저녁 모임에서 동창생 마르트이노프 소령과 말다툼을 벌인다. 그는 레르몬토프가 던진 "농담과 말장난"을 공식적 이유로 내세워 결투를 신청한다. 이틀 뒤인 7월 15일 저녁 6시에서 7시 사이, 비가 주룩주룩 내리는 가운데 마슈크 산비탈에서 혈기 왕성한 젊은 장교 두 명이 소설 속의 한 장면처럼 결투를 벌인다. 먼저 총을 쏘게 된 레르몬토프는 "나는 이 바보를 쏘지 않겠어."라고 말하며 허공에다가 쏘았고 그다음 소설 속의 페초린처럼 분기탱천한 마르트이노프는 적수를 제대로 맞혀 즉사시킨다. 레르몬토프가 마르티노프의 총을 맞고 사망한 나이는 27세였다. 어쩌면 페초린을 페르시아에서 러시아로 귀국하는 길에 객사하도록 만든 일종의 자기 암시가 실현됐다고도 볼 수 있을까. 아무튼 그 때문에 그의 전기와 연대기는 페테르부르크와 캅카스 사이의 이동을 비롯하여 온갖 소소한 사건을 다 동원해도 극도로 짧아질 수밖에 없다. 비평가 벨린스키는 "이 새로운, 막대한 손실로 인해 가뜩이나 빈한한 러시아 문학이 고아가 되었다."라며 그의 죽음을, 또한 러시아 문학을 애도했다.

레르몬토프만큼 '요절한 천재 시인'이라는 말이 잘 어울리는 작가도 없을 법하다. 1837년 푸시킨의 죽음을 애도하는 시 「시인의 죽음」 (1837)을 발표해 러시아의 '국민 시인'의 상속권을 부여받았을 때 그는 스물셋의 앳된 청년이었다. 이후 짧은 생애 동안 그는 무엇보다도 시인, 특히 낭만주의 시인이었다. 서사 장르에 대한 끌림은 우선은 낭만적인 서정성과 극성이 돋보이는 서사시(「악마」)와 희곡의 형식(운문 희곡 「가장 무도회」(1835), 산문 희곡 「이상한 사람」(1831, 미발표) 등)으로 나타났다. 이어, 푸시킨의 경우와 흡사하게 '천상-운문'에서 '지상-산문'으로의 '내려선' 다음 '타락한 천사-악마'를 '악마적 주인공'으로 바꾼다. 레르몬토프가 자신의 문학적 분신을 통해, 나아가 그 자신의 삶을 통해 구현한 '잉여 인간'은 지상, 즉 '세태-일상' 속에 던져진 '악마'인 셈이다.

'악마'를 소설 속에서 형상화하는 힘겨운 시도를 시작하면서 그는 시간을 '먼 곳'으로 설정한다. 첫 산문 습작인 역사 소설 「바딤」(1833~1834, 미완성)은 10대에 쓴 것으로 사건들의 연결이 매끄럽지 못하고 인물의 성격도 일관적이지 못함에도 레르몬토프적 서사의 특수성을 또렷이 보여 주는 잠재적 수작이다. 역시 푸가초프의 반란을 소재로 했으되 균형 잡힌 서사 감각은 물론 건전한 상식과 윤리를 보여 주는 푸시킨의 『대위의 딸』과는 달리, 「바딤」은 '역사'를 배경으로 했으되 '인간', 더욱이 평균의 인간이 아니라 한 명의 독특한 인간에 초점을 맞춘다. 민중의 수장인 주인공 바딤은 신체적 결함(꼽추에 휜 다리), 복잡한 신분(몰락한 귀족 가문의 후예), 뛰어난 지력, 예민한 감수성, 격정적인 성격 등 레르몬토프적 악마의 독특한 변종이다. 그를 둘러싼 일련의 사건은 매우 비장하게 묘사되고, 혁명과 역사, 민중(복수욕에 가득 찬 비굴한 흡혈귀들)에 대한 시각은 양가적이다. '꼽추-민중'을 '주인공-영웅'이자 선악의 복합적인 구현으로 만들려는 아슬아슬한 시도는 물론 미완으로 끝났다. 이어, 레르몬토프는 본격적인 세태 소설에 도전한다. 「공작부인 리곱스카야: 장편 소설」(1836, 미완)은 당당히 '장편 소설'이라는 부제까지 붙어 있으나 인물의 형상이나 구성이 조악하다. 그러나 '역사-과거'에 붙박인 '영웅'을 '현실-현재'로, 일상의 세계로 끌어내렸다는 점에서 큰 의미를 갖는다. 소설 속 인물 대부분이 『우리 시대의 영웅』의 전신이기도 하다.

2) 『우리 시대의 영웅』

(ㄱ) 대상 - 객체로서의 페초린 ── 「벨라」, 「막심 막시므이치」

1840년, 20대 중반의 레르몬토프는 잡지에 발표한 단편들에 신작을 덧붙여 한 권으로 묶어 출간한다. 이후 문학사는 이 작품을 낭만주의에서 사실주의로의 이행기, 자의식과 자아의 등장을 선언함으로써 러시아 소설 고유의 심리주의의 효시가 된 소설로 자리매김한다. 실상 『우리 시대의 영웅』은 작가와 인물이 거의 구분되지 않는 '수기-일기' 같은 소설이다. 즉 '서정적 자아'와는 현격히 구분되는 '서사적 자아'를 어떻게 창조할 것인가 하는 것이 소설가 레르몬토프를 가장 괴롭힌 문제였던 듯하다. 이와 더불어 천상의 악을 지상 세계와 결합시키는 문제도 대두된다. 여기에서 레르몬토프는 소설 전체의 형식이나 장르에 대해 고민한다. 1830년대 러시아 문단에는 모음집에 가까운 연작 소설 형식이 유행했는데, 공통항으로 주로 설정된 것은 화자나 동일한 시공간이었다.[1] 오직 레르몬토프만 동일한 주인공을 공통항으로 내세움으로써 각 이야기들 간의 유기적인 관계를 확보하고 창작(발표) 시기와도, 또 작품 내 시간과도 어긋나게 각 텍스트를 배치한다. 전체적으로 조망하자면 몇 명의 화자(무명씨의 여행객 화자, 막심, 페초린 자신)와 몇 겹의 텍스트를 통해 '밖'(「벨라」, 「막심 막시므이치」)에서 '안'(「페초린의 일지」)으로 들어가는 식이다. 다각도에서 '우리 시대의 영웅'의 초상화를 그려 보고 또한 모음집이 아닌 '장편 소설'을 쓰려는 젊은 작가의 야심이 드러나는 접근법이다.

작품의 처음을 여는 「벨라」는 캅카스에 온 지 얼마 안 되는 여행객 화자가 우연히 만난 한 러시아인(막심 막시므이치)에게서 젊은 러시아 장교 페초린에 관한 이야기를 듣는 방식으로 진행된다. 내용인즉, 족장의 아름다운 딸 벨라에게 반한 페초린은 그녀의 동생 아자마트를 이용해,

---

[1]   1장에서 살펴본 「스페이드 여왕」의 작가 푸시킨은 그에 앞서 '벨킨'이라는 화자를 공통항으로 하여 다섯 편을 소설을 묶은 『벨킨 이야기』를 썼다. 고골 역시 등단작은 '루드이 판코'라는 화자가 엮은 모음집 『지칸카 근촌의 야화』였다. 그 밖에 국내에 『러시아의 밤들』이 번역, 소개되어 있는 오도예프스키 역시 1830년대에 『각양각색의 동화들』이라는 모음집을 냈다.

즉 그가 평소에 갖고 싶었던 카즈비치의 말을 미끼로 그녀를 손에 넣는다. 나아가 회유와 애원과 협박을 반복한 끝에 그녀의 사랑을 얻는 데도 성공하지만 이내 그녀에게 싫증을 느낀다. 한편 아끼던 말을 잃은 카즈비치는, 벨라의 아버지가 이 음모에 가담했으리라 추측하여 그를 살해한다. 그로도 부족해, 페초린을 기다리느라 요새 밖에 나가 있던 벨라를 납치하지만, 페초린의 추격을 받자 그녀의 등에 칼을 꽂고 도망친다. 이국적 정취를 물씬 풍기는, 어쩌면 진부한 연애 소설 속의 주인공 페초린은 순진한 막심의 시선으로 포착되어 처음 소개될 때부터 신비 그 자체다.

> "이름이…… 그리고리 알렉산드로비치 페초린이었습니다. 참 멋진 청년이었지요. 정말로. 다만 좀 이상한 구석이 있었어요. 예를 들면 비가 오는 추운 날에도 하루 종일 사냥을 하는데, 다들 꽁꽁 얼고 피곤에 절었건만 그는 아무렇지도 않았던 거요. 그러다 또 한번은 자기 방에 틀어박혀 있는데 바람만 좀 불어도 감기에 걸렸다고 우겨 댔습니다. 덧문만 덜컹대도 몸을 부르르 떨고 얼굴이 하얗게 질리더라고요. 몇 시간 동안 말 한마디 하지 않다가도 이따금씩 한번 얘기를 시작하면 배꼽이 빠질 만큼 웃겼지요. 예, 정말 이상한 구석이 많았고, 분명히 부자였던 것 같아요. 값비싼 물건들이 가지가지로 어쩌나 많았던지!"(22~23)[2]

'불행한 성격', '권태와 환멸'에 대한 고백("나는 불행한 성격을 지녔어요." 운운, 59~60) 역시 막심에겐 난해한, 그렇기에 신비한 얘기로 들린다. 그러나 계급, 나이 그리고 지적 수준이 페초린에 가까운 여행객 화자는 이 모든 것이 바이런주의, 즉 바이런-되기(모방 욕망!)의 산물임을

---

[2]   이하 인용문은 김연경 옮김, 『우리 시대의 영웅』(문학동네, 2010)에 근거해 쪽수만 적는다.

간파한다. 권태와 환멸은 하나의 포즈에 불과하다는 것이다. 「막심 막시므이치」에 이르면 페초린이 실제 작품 속에 등장하는데, 여행객 화자가 그려 주는 페초린의 초상화는 이렇다.

> 그는 키가 중간쯤 됐다. 늘씬하고 가느다란 몸통과 넓은 어깨를 보니, 유목 생활의 온갖 어려움과 기후 변화도 거뜬히 견뎌 내고 또 수도의 방탕한 생활과 심리적인 폭풍에도 끄떡없을 만큼 튼튼한 체격을 타고난 것 같았다. 그의 먼지투성이 벨벳 프록코트는 아래쪽 단추 두 개만 채워져 있었기 때문에, 단정한 사람의 습관을 드러내 주는 눈이 부실 만큼 깨끗한 와이셔츠를 볼 수 있었다. 때가 탄 그의 장갑은 귀족적이고 조그마한 손에 맞게 따로 재단한 것 같았는데, 장갑 한 짝을 벗었을 때는 그 창백한 손가락이 너무 여위어서 깜짝 놀랐다. (중략) 그는 발자크 소설의 서른 살짜리 요부가 피곤한 무도회가 끝난 뒤 자신의 푹신푹신한 안락의자에 앉아 있듯 그렇게 앉아 있었다.(78)

바이런풍의 돈 후안 냄새를 물씬 풍기는 청년의 초상화를 완성하는 화룡점정은 바로 웃음이다. "그가 웃을 때도 그 눈은 웃지 않았다! 여러분은 어떤 사람들에게서 이런 이상한 점을 알아차린 적이 없는가? 그것은 사악한 성정의 표식이거나 심오하고 지속적인 슬픔의 표식이다." (79) 그러나 실제 삶 속에서 페초린은 적어도 「막심 막시므이치」만 놓고 보자면 심오한 슬픔, 이른바 바이런적 세계고(世界苦)가 아니라 무례함의 대변자로 보인다. 막심은 예의 그 좋은 성격대로 페초린과의 해후를 앞두고 설렘을 감추지 않고 직접 대면했을 때는 스스럼없이 굴지만 페초린은 자기 목을 끌어안으려는 막심에 맞서, 외교적 미소를 지으며 냉랭하게 손만 삐죽 내민다. 과연 무엇이 이 젊은이를 이렇게 되바라진 녀석으로 만들었는지 '안'에서 조망하기에 앞서, 잠깐 막심의 형상을 살펴보자.

그는 「벨라」와 「막심 막시므이치」에서 제법 비중 있는 인물로서 (「운명론자」에서는 단역에 가깝다.) 그 성격과 형상도 뚜렷한 편이다. 어쩌다 엿듣게 된 카즈비치와 아자마트의 거래 얘기를 페초린에게 전해 준 사람도 막심인데, 이후 벨라와 페초린의 사실혼 관계에서도 며느리를 아끼는 시아버지 같은 역할을 맡는다. 말을 도둑맞은 카즈비치의 복수에 대해서도 "그들 방식에 따르면, 그는 전적으로 옳았"(45)다고 말하고, 나중에 그가 오래전부터 열렬히 사랑해 온 벨라를 손에 넣기 위해 납치와 살인(미수)을 감행한 것에도 동정적인 태도를 취한다. 여행객 화자의 지적대로 정녕 그는 타문화에 대한 적응력과 건전한 상식이 돋보이는 인물이다. 벨라의 임종을 회상하며 자기 이름을 한 번도 안 불러 줘서 서운하다고 고백한다든가, 오랜만에 만난 페초린의 냉대에 대해 모욕감과 배반감을 느끼는 것에서는 인간적인 면모가 도드라진다. 레르몬토프의 입장에서 보면 신분과 계급, 성격, 연령 등 모든 점에서 자신과 반대되는 인물을 그려 내는 것이 힘들었을 것이다. 막심이라는 인물은, 요컨대, 소설가 레르몬토프의 붓이 「바딤」, 「공작부인 리곱스카야」 등의 습작기를 거치는 동안 많이 성숙해졌고 세계를 보는 시야가 그만큼 넓어졌음을 방증해 준다. 한편으론, 두 사람('민중'과 '지식인-귀족')이 나름의 우정과 소통에도 불구하고 여전히 서로에게 낯선 존재로 남는다는 점도 지적할 수 있겠다. 문제는 페초린의 신화를 완성하는 것이고, 그것을 위해 시선은 더욱더 안으로 침잠한다.

(ㄴ) '밖'에서 '안'으로, 다시 '밖'으로 ── 「페초린의 일지」

화자 ─ 관찰자 페초린과 낭만적 아이러니: 「타만」

「페초린의 일지」는 앞선 장(「막심 막시므이치」)에서 막심이 버린 공책을 여행객 화자가 보관하고 있다가 페초린의 사망 소식을 접한 직후 공개한 것(「서문」)으로 되어 있다. 수기에 가까운 이 「페초린의 일지」에는 「타만」, 「공작 영애 메리」, 「운명론자」 등이 포함되어 있다. 각각 1인칭 관찰자 시점, 1인칭 주인공 시점(고백체-일기), 두 개의 종합 같은 시점을 취함으로써 페초린의 바깥(「타만」)에서 안으로 진입, 완전히 안에 머물다가(「공작 영애 메리」) 다시 바깥으로 나오는 형국(「운명론자」)으로 종결된다.

우선 「타만」은 열 쪽 남짓한 짧은 분량, 흥미진진한 인물군, 서정적이면서도 긴장감 있는 스토리, 간결하고 아름다운 문체 등 단편 소설 시학의 관점에서 본다면 가히 체호프의 격찬대로 수작이라 할 수 있다. 소설 전반부는 부정한 기운이 감도는 외딴집,("거긴 불결하거든요!", 91) 불길한 '귀머거리' 노파, 우울한 '장님' 소년, 비밀로 중무장한 18세의 아리따운 처녀, 바람을 타고 저 세계로 떠나는 배, 달밤의 바닷가 주위로 펼쳐지는 모험들, 엿듣기-엿보기-미행 등 고딕 소설 같은 신비로운 분위기를 연출한다. 하지만 그 이면에는 하나같이 미심쩍은 요소가 들어 있기 때문에 희극적인 효과도 동시에 생긴다. 가령 노파는 귀가 멀었는데도 필요할 때는 모든 소리를 다 듣고 소년은 눈이 멀었는데도 야밤의 바닷가를 거침없이 걸어 다닌다. 한데 페초린은 자기 스스로 만들어 놓은 낭만적 코드에 매인 나머지, 그리고 처녀의 아름다움에 홀린 나머지 겉만 보고 속을 보지 못한다. 야밤의 밀회 직전, 두 사람이 나누는 대화는 페초린의 '눈멂'을 잘 보여 준다. 가령, 낭만적인 서정시에나 나올 법한 "바람이 불어오는 그곳, 그곳에서 행복도 찾아와요."(102)라는 처녀의 말은 자신의 애인인 밀수업자 얀코에 대한 언급에 불과하지만, 페초린은 그것을 전적으로 낭만적인 맥락에서 받아들인다. 또한 그는 어젯밤에 목격한 일(그녀와 장님 소년의 야행, 미지의 남자와의 만남 등)을 발설하며 그녀를 협박하지만, 결과적으로는 그 자신이 그녀에게 허를 찔린 형국이 되고 만다. 달빛 가득한 그녀와의 바닷가 산책은 그에게는 낭만적인, 심지어 '감상적인' 밀회지만, 그녀에게는 골치 아픈 외부인(잠재적인 밀고자)을 처치하기 위한 작전에 불과하다.

이렇게 페초린은 '루살카-운디네'의 가면을 쓴 약삭빠른 처녀에게 속아 자신의 물건을 모조리 빼앗기는 어처구니없는 봉변을 당하고 그야말로 '장님' 신세로 전락하고 만다. 모든 것이 자신의 한탄대로다. "장님 소년이 내 물건을 훔쳤고 열여덟 살 처녀가 하마터면 나를 물에 빠뜨릴 뻔했다고 상부에 보고한다는 것은 정말 우습지 않은가."(107) 하지만 「타만」의 등장인물 페초린이 바보-장님으로 전락하는 순간은 화자-관찰자 페초린이 뛰어난 단편 소설 작가로 태어나는 순간이기도 하다. 처녀와의 야밤 산책 장면을 보자.

"보트로 올라가요." 나의 길벗이 말했다. 나는 망설였다. 감상에 젖어 바다나 거니는 것은 전혀 즐기지 않았기 때문이다. 하지만 물러설 때도 아니었다. (중략) 주위를 둘러보니 해안가로부터 50사젠 정도나 떨어져 있는데, 나는 수영도 할 줄 모른단 말이다!(104)

페초린이 미녀를 상대로 엮어 놓은 낭만적 코드는 그 자신의 발언에 의해 와해된다. 그는 처녀의 유혹 앞에서 야밤 산책을 즐기지 않는다고 말하고, 또 권총이 바닷물 속으로 던져진 순간 수영할 줄 모른다며 절망적인 고백을 내뱉는다. 미녀와의 키스보다 익사의 위험(목숨)이 먼저임을 인정함으로써 기존 낭만주의 소설에서 앞으로 한 걸음 성큼 나아간 것이다. 한편 사건이 종료된 다음, 레르몬토프의 시 「돛단배」(1834)를 연상시키는 풍경, 즉 하얀 돛단배가 달빛이 내린 바다를 떠가는 가운데, 홀로 남은 장님 소년이 바닷가에 앉아 흐느껴 우는 모습을 보며 페초린은 다시 낭만주의자가 된다. "나는 슬퍼졌다. 대체 왜 운명은 나를 저 '성실한 밀수업자'의 평화로운 무리 속에 던져 넣은 걸까? 잔잔한 샘물에 던져진 돌멩이처럼 나는 그들의 평온을 뒤흔들어 놓았고, 나 자신도 그 돌멩이처럼 밑바닥에 떨어질 뻔하지 않았는가!"(107) 이 서정적 고백은 조금 전 장님 소년이 자루에 담아 간, 밀수업자에 건넨 것이 자신의 물건이었음을 뒤늦게 깨닫는 순간, 희극으로 바뀐다.

대체로 「타만」의 페초린은 『우리 시대의 영웅』의 페초린과는 너무 다르다. 심지어 그 이름조차 단 한 번도 언급되지 않기 때문에 작가의 편집이 아니었다면 「타만」의 '나'와 페초린을 동일시할 근거는 전혀 없다. 인물 형상의 비일관성은 『우리 시대의 영웅』 전체의 결함이 될 수도 있겠지만 다른 한편으론 「타만」을 통해 페초린이 스스로에 대해 낭만적 아이러니의 태도를 견지하고 있음을 보게 된다. 여기에서 그는 정교하게 짜인 음모와 그것의 폭로, 또한 그로 인한 희극적인 뒤집기 등을 통해 자기 자신에 대한 서사적 거리 유지에 성공한다. 더불어 중요한 것은 패러디와 희화화의 과정에서도 「타만」의 가장 큰 매력인 낭만적인 서정성과 신비로움이 퇴색되지 않는다는 점이다. 젊은 작가의 자기반성 능력과 소설적 재능이 그만큼 성숙했음을 말해 주는 대목이다. 그런데 「페초린의 일지」의 다음 작품인 「공작 영애 메리」에 이르면 페초린의 환멸적 낭만주의와 악마주의가 날것으로 제시된다. 이것은 맹점인가, 아니면 방법론적 전략인가.

권태와 환멸, 잉여 인간의 초상: 「공작 영애 메리」

일기 형식의 이 작품은 '일지' 장르에 부합하는 유일한 소설이다. 일기는 5월 11일부터 6월 16일, 한 달여 간 매일은 아니어도 비교적 연속적으로 쓰이며(총 열여섯 개) 이것이 「공작 영애 메리」의 대부분을 구성한다. 그루시니츠키와 결투를 치르러 떠나기 직전 일기는 중단되지만, 이후 결투 때문에 강등되어 막심의 요새로 온 페초린이 지루한 나날을 보내던 중 일기를 읽어 보며 그 무렵의 사건을 회상, 기록한다. "실상 이 일지는 나 자신을 위해 쓰는 것이며, 고로 내가 여기에 휘갈겨 놓는 건 모두 때가 되면 나에게 귀중한 추억이 될 것이다."(164) 중요한 것은 내용이나 형식의 일관성이 아니라 기록 자체이며 그 목적은 자기반성, 잔혹할 정도로 엄격하고 때론 위악적일 만큼 치밀한 자기 해부에 있다. 너무 솔직하게 굴어 오히려 우습게 보일까 봐 걱정하기도 한다. 웃음과 희화의 대상으로 전락할 위험을 감수하면서 자신의 악행, 적어도 졸렬한 행위와 심리를 폭로할 수 있는 페초린의 용기, 즉 고백의 진정성이 「공작 영애 메리」, 나아가 『우리 시대의 영웅』의 핵심이기도 하다. 이 작품은 19세기 러시아의 젊은 귀족 장교들의 사랑과 갈등을 다룬 낭만적 연애 소설로도 손색이 없는데, 페초린이 꾸미는 두 개의 음모-연극, 즉 '연애극'과 '결투극'이 주된 내용을 이룬다.

칸카스의 온천장에서 페초린은 원래도 그다지 사이가 좋지 않던 동창생 그루시니츠키를 우연히 만난다. 그가 이곳에서 요양 중인 공작 영애 메리에게 호감을 갖고 있음을 눈치채고는, 또 페초린 자신도 그녀의 매력에 나름대로 끌리기도 하여 반쯤은 습관적이고 도식적으로 그녀를 유혹하는 데 성공한다.[3] 이 연애극의 핵심은 가짜-사랑이 진짜-사랑으로 바뀌는 과정이다. 페초린은 유희 차원에서 메리를 유혹하지만 뜻

---

[3]   페초린이 메리의 환심을 사는 과정은 처음에는 일부러 무례하고 도발적인 태도를 취하다가 (고급 양탄자 사건) 결정적인 순간에 그녀를 구출하고(술에 취해 성추행을 시도하는 무리를 물리침) 이어 그녀의 우울함과 자신의 모자람을 대비하면서 오래전부터 흠모하고 있었음을 복잡한 언어로 고백하는 식이다.

밖에도 오랜 연인이었던 베라(옛날 페초린과 사귈 때도 유부녀였던 그녀는 아들의 행복을 위해 현재 부유한 노인과 재혼한 상태다.)가 등장함으로써 진짜 사랑의 열병을 앓기 시작한다. 메리의 감정을 희롱하던 유희는 그녀와 친척이기도 한 베라와의 사랑을 지속하기 위해 위험천만한 연극으로 바뀐다. 결국 페초린은 베라에게서 한밤의 밀회 약속을 받아내 그녀의 방으로 잠입하지만, 질투와 분노에 사로잡힌 그루시니츠키와 그 일당은 그것이 메리의 방이었다고 생각한다. 페초린은 진짜 사랑을 위해 이 '오해'를 풀려 하지 않고, 기만의 축적이 진짜 비극을 낳는다.

애초 그루시니츠키의 입장에서 결투는 페초린을 혼내 주기 위한 연극('결투극')으로 기획되지만 정반대의 결과가 초래된다. 페초린은 그와 동료들의 대화를 우연찮게 엿듣고서 그들의 '음모'를 미리 알게 되지만 일단은, 먼저 쏘게 된 그루시니츠키의 총구 앞에서 죽을 위험을 감수한다. 그다음, 자기가 쏠 차례가 되자 적수 앞에서 그들의 음모, 즉 자신의 총에 장전이 되어 있지 않음을 폭로한다.

> "그루시니츠키!" 내가 말했다. "아직 시간은 있네. 그 중상모략을 취소하면 자네의 모든 걸 용서하겠네. 자네는 나를 바보로 만드는 데 실패했고, 나의 자존심은 만족을 얻었어. 그래도 우리가 한때 친구였다는 사실을 기억해 주게."
> 그의 얼굴이 화끈 달아올랐고 두 눈이 번득이기 시작했다.
> "쏘시오!" 그가 대답했다. "나는 나 자신을 경멸하고 당신을 증오하오. 만약 당신이 나를 죽이지 않는다면, 나는 한밤중에 당신을 몰래 찔러 죽일 거요. 이 지상에 우리 둘이 함께할 곳이란 없으니까……."
> 나는 총을 쏘았다.(221~222)

실상 이 장면에서 영웅적인 자는 자신의 권태와 허영(덧붙여 불륜)

때문에 친구를 죽음으로 몰아간 페초린이라기보다는 그루시니츠키다. 그러나 페초린이 '영웅-주인공'인 이 소설 속에서 그는 희화된 분신이 될 수밖에 없다. 스물다섯 살의 페초린은, 겨우 스물한 살이지만 나이가 들어 보이고 싶어 안달하는 이 청년을 처음부터 비꼰다. "그(그루시니츠키)의 목적은 소설의 주인공이 되는 것이다."(115)[4] 이는 물론 19세기 전반기 러시아의 극히 보편적인 현상이었으나, 유희와 모방 욕망은 시공을 초월하는 젊음의 보편적인 속성이기도 하다. 무엇보다도, 그루시니츠키를 희화하는 페초린이야말로 소설의 주인공을 꿈꾸는 인물이다.[5] 물론 그는 이 낭만적 가면('영웅') 밑에 우스꽝스러운 광대가 도사리고 있음을 잘 알고 있다. 의사 베르너는 소설적 형상은 다소 약하지만 이 점을 파악하고 있다는 점에서 그루시니츠키의 대극에 놓인, 페초린의 또 다른 분신이다. 바이런처럼 양쪽 다리의 길이가 다르고(그래서 다리를 약간 절고) 메피스토펠레스라는 별명을 지녔다는 점, 페초린과 '지적인' 대화를 나누며 각종 낭만적 클리셰를 반성적 아이러니의 대상으로 삼는다는 점도 부각된다. 「공작 영애 메리」의 많은 아포리즘은 페초린이 그를

---

4   "그루시니츠키는 뛰어난 용사로서 명성이 자자하다. 나는 전투 중에 그를 본 적이 있다. 그는 검을 휘두르고 고함을 지르며 앞으로 돌진하지만, 눈은 슬쩍 감은 상태다. 이것은 어딘지 러시아적인 용맹함은 아니다! (중략) 그가 캅카스에 온 것도 역시나 그의 낭만적인 환상의 결과물이다. 확신하건대, 아버지의 마을을 떠나기 전날 그는 음울한 표정을 지으며 어느 예쁘장한 이웃 여자에게 단순히 군 복무를 하러 가는 것이 아니라 죽음을 찾아가는 것이라고 말했을 것이며 "그 이유인즉"이라고 하면서…… 여기에서 그는 분명히 한 손으로 눈을 가리고 '됐습니다. 당신이 (즉) 그 이유를 알아서는 안 됩니다! 당신의 순결한 영혼이 전율하고 말 테니까요! 더군다나 그럴 필요가 어디 있습니까? 내가 당신에게 뭐라고? 당신이 나를 이해하시겠습니까?' 등의 말을 늘어놓았을 것이다.(115~116)

5   메리 역시 예외가 아니다. 그녀가 페초린의 유혹에 쉽게 넘어가는 것도 바이런을 영어로 읽을 만큼 유럽 문학에 조예가 깊다는 점, 더불어 그녀가 속한 계급적, 문화적 토양에서 형성, 심지어 학습된 미모의 귀족 영양 특유의 자부심과 무관하지 않다. 이런 의미에서 그녀는 페초린에게 배반당함과 동시에 그녀 스스로 주입한 낭만적인 열정의 관념에 배반당하는 셈이다.

상대로 하는 말 속에 포함되어 있다.

> "나는 이미 오래전부터 마음이 아니라 머리로 살고 있습니다. 나는 나
> 자신의 열정과 행동을 엄격한 호기심을 갖고, 하지만 관심을 배제한 채 저울
> 질해 보고 헤아려 봅니다. 나의 내부에는 두 명의 인간이 있습니다. 한 명은
> 삶이라는 온전한 의미대로 삶을 살고, 다른 한 명은 그에 대해 사유하고 그
> 를 심판합니다."(211)

이후 러시아 문학에서 두툼한 계보를 형성할 '분열된 주인공'은 이
렇듯 예민한 자의식과 자기반성 능력에서 출발한다.『우리 시대의 영웅』
에서 '삶을 사는 페초린'은 연애와 결투를 일삼는 허랑방탕한 사교계 청
년 장교이고 '사유하고 심판하는 페초린'은 그 모든 것을 기록하는 작가
페초린이다. 전자는 낭만주의의 각종 코드를 현실에서 십분 향유하고
후자는 이른바 '유물론적' (혹은 생리학적) 디테일을 통해 전자를 희극적
으로 와해한다. 실제로 그는 스스로 유물론자로 자처하며 베르너를 좋
아하는 것도 그가 유물론자이기 때문이라고 말한다. 이렇게 유물론자를
자처하는 페초린은 악마주의의 현현이자 환멸적 낭만주의자 페초린을
우스꽝스러운 어릿광대로 만드는 데 기여한다. 결투하러 떠나기 직전
페초린은 밤을 완전히 새운 상태에서 몸과 정신을 맑게 하려고 찬물로
샤워를 한다. "이런데도 영혼이 육체에 달려 있는 것이 아니라고 말할
텐가!"(209) 「타만」의 "나는 수영할 줄 모른단 말이다!"라는 말처럼 레르
몬토프의 소설 세계가 실제 삶의 세계에 한층 더 가까워졌음을 보여 주
는 대목이다. 결투 직후 이미 떠나 버린 베라를 뒤쫓다 놓쳐 버리고 흐
느껴 우는 장면도 그렇다.

하지만 나는 울 수 있어서 유쾌하다! 하긴 그 원인은 교란된 신경, 뜬 눈으로 지새운 밤, 총구 앞에서 버틴 2분, 그리고 공복에 있을지도 모르겠다.

다 잘될 것이다! 이 새로운 고통이 나의 내부에, 군사 용어로 말해, 행복한 교란 작전 역할을 해 주었다. 우는 것은 건강에 좋다. 게다가 내가 말을 타고 여기까지 오지 않았다면, 또 15베르스타나 되는 거리를 걸어서 되돌아가지 않았다면, 그날 밤도 잠은 내 눈을 감겨 주지 않았으리라.(228)

페초린이 멜로드라마의 주인공으로 전락할 위험에서 구제되는 것도 유물론 덕분이다. 낭만주의의 문법에 따르면 자신의 오류와 실수를 깔끔하게 인정하고 죽음을 택하는 그루시니츠키야말로 진정한 영웅이지만, 고양된 낭만성(시-운문)이 더 이상 그 파토스를 유지할 수 없는 이 사실적 공간(소설-산문)에서는 그는 애처롭고 웃긴 자에 불과하다. 총을 쏜 직후, 그루시니츠키는 이미 절벽으로 떨어져 보이지도 않고 먼지 기둥이 자욱하고 사방에서 비명이 들리는 가운데 페초린은 "Finita la comedia."(코미디는 끝났군!, 222)라고 말한다. 이 '코미디'는 아마 그루시니츠키-페초린(나아가 레르몬토프)이 거쳐 온 낭만주의의 수렁일진대, "5막에 꼭 필요한 인물", 즉 "형리나 배신자"(174)의 역할도 희생양만큼이나 애처로운 구석이 있다. 페초린이 진정한 비극의 주인공("알렉산드로스 대왕이나 바이런 경")인가 아니면 소시민 비극 내지는 희극의 주인공("평생 9등관")인가는(174~175) 그의 수기 바깥에서 살펴볼 문제다. 과연 그는 영웅-주인공인가? 이것을 판단할 더 높은 심급은 역시 '운명'이리라. 구성과 주제의 측면에서 「운명론자」가 『페초린의 일지』의 맨 마지막에 위치하는 것은 무척 적절해 보인다.

운명이냐, 의지냐: 「운명론자」

「운명론자」는 「타만」과 시점도 비슷할뿐더러(1인칭 관찰자 시점) 그
것의 몇몇 모티프를 변주한다. 보름달이 뜬 캅카스의 밤, 그러나 비밀스
러운 밀수업자 대신 자타가 공인하는 '영웅'(불리치)과 그 추종자들, 부
정한 기운이 가득한 집 대신 '선량한' 자들이 사는 집,(페초린이 묵고 있는
집인데 그 집 딸이 페초린을 흠모한다.) 비밀과 폭로 대신 낭만적 영웅의 목
숨을 건 놀이가 있다. 여기에서 「공작 영애 메리」의 화두이기도 한 삶의
연극화 욕망(유희와 모방, 결투 대신 게임-도박)도 다시 한번 소설적 형상
화의 대상이 된다.

「운명론자」의 주인공 불리치는 건장한 체구의 세르비아인으로 동
료 병사들 사이에서 대단한 카리스마를 발휘하는 인물이다. 여자를 유
혹하는 데는 전혀 관심이 없는 반면 도박에 병적인 열정을 갖고 있고(도
박판이 벌어지는 도중에 접전이 발생했는데도 상대방에게 차분히 돈을 건네주
기도 한다.) 전투에서는 '용맹스러운 냉혈한'이 되어 신화 속의 영웅처럼
싸운다. 불리치의 영웅주의는 그가 자신의 목숨을 대가로 제안하는 내
기에서 극에 달한다. 요컨대 '운명'(혹은 천명)이라는 것이 정말로 있는
가, 아니면 인간이 자신의 '의지'로 운명을 좌지우지할 수 있는 것인가?
의지와 운명의 대결, 이 러시안 룰렛 같은 게임에서 '의지' 쪽에 섰던 불
리치는 '운명' 쪽에 섰던 페초린을 이긴다. 하지만 페초린은 그가 지금
죽을 것이라는 예감을 철회하지 않는다. 아니나 다를까, 불리치는 귀갓
길에 술 취한 카자크(페초린과 우연히 마주친, 돼지를 죽인 자로서 이름은 예
피므이치다.)의 칼에 찔려 어이없이 죽는다. 어둠 속에서 그에게 괜히 말
을 건 것이 화근이 된 것, 즉 자신의 용맹스러움이 화를 초래한 것이다.
이어, 페초린의 '운명의 시험'이 시작된다. 카자크를 거의 혼자 힘으로
생포함으로써 그는 운명에 맞선 인간 의지의 승리를 확증해 준다.

이 스토리에서 페초린이 강조하는 것은 불리치의 영웅주의라기보다는 페초린 자신의 본능 내지는 예감(예언 능력)이다. "이 모든 일을 겪은 연후에 어떻게 운명론자가 되지 않을 수 있겠는가?"(248) 이 말 역시 자화자찬에 다름 아니어서 희극적이다. 페초린이 더 큰 진실을 보게 되는 것은 현재 자신의 흥미를 끌고 있는 '의지-운명'의 주제에서 한 발짝 물러났을 때다. 이 점에서 그가 살해된 멧돼지를 밟을 뻔한, 하마터면 넘어질 뻔한 장면이 인상적이다. "형이상학을 집어던지고 발밑을 보기 시작했다."(244)라는 말 속에는 어떤 '형이상학'도 없고 그의 발에 걸린 것은 그냥 두 동강 난 '푸짐하고 물컹한' 돼지 시체일 뿐이다. 하지만 그것이 불리치의 운명과 연결되어 있음을 생각한다면, 진리는 정녕 '형이상학'이 아닌 '발밑'(유물론!)에 도사리고 있었던 것이다. 요새로 돌아온 페초린이 막심과 나누는 대화도 비슷한 전언을 담고 있다.

> "그렇지요, 물론! 거참 상당히 오묘한 사건이군요! 하지만 이 아시아의 공이치기는 기름칠이 잘 안 됐거나 손가락으로 충분히 꽉 누르지 않으면 종종 불발하는 수가 있지요. (중략) 그래도 저들의 검이라면 마냥 존경할 수밖에!"
>
> 그다음, 그는 잠깐 생각을 했다가 이렇게 말했다.
>
> "그래요, 그 친구, 참 안됐군요. 무슨 귀신에 씌어서 한밤중에 술 취한 사람한테 말을 붙였는지! 하긴 그럴 팔자였겠지."
>
> 나는 그에게서 더 이상 아무것도 얻어 낼 수 없었다. 대체로 그는 형이상학적 토론을 좋아하지 않는다.(249)

이 장면으로 『우리 시대의 영웅』 전체가 종결된다. 위의 인용문, 특히 마지막 문장은 페초린이 즐겨 온 아포리즘과는 달리 어떤 '형이상학'도 들어 있지 않는 참 담백한 문장이다. 한데 '순진한' 막심은 예의 그 순진한 어조로, 단, 서운함과 배신감을 담아 페초린의 운명도 예언한다. "사실 좀 안됐지만, 그는 끝이 좋지 않을 거요…… 달리 수가 있나……!"(83) 페초린이 페르시아에서 돌아오는 길에 사망함으로써 막심의 예언은 그대로 실현된 셈이다. 페초린의 희극이 끝나는 순간 그의 운명을 쥐고 있는 작가 레르몬토프의 희극이 시작된다. 과연 그는 자기 삶의 주인공이 될 수 있었던가?

(ㄷ) 레르몬토프 – 페초린과 시대정신으로서의 권태와 환멸

「페초린의 일지」를 여는 여행객 화자의 서문은 소설 전체를 아우르는 작가의 말로 읽어도 무방할 것 같은데 이렇게 끝난다. "아마 몇몇 독자들은 페초린의 성격에 대한 나(여행객 화자)의 견해를 알고 싶을지도 모르겠다. 나의 대답인즉, 이 책의 제목과 같다. '이건 또 무슨 고약한 아이러니인가!' 이렇게들 말하겠지. 나는 잘 모르겠다."(89) 『우리 시대의 영웅』의 주인공(1808년 혹은 1810년생으로 추정된다.)은 인물과 작가 사이의 상관관계가 이토록 집요한 연구 대상이 된 일례가 없을 만큼 거의 모든 점에서 작가 레르몬토프를 반복한다. "고약한 아이러니"는 자신의 문학적 분신에 대해 거리를 유지하려는 작가의 노력의 산물이다. 『우리 시대의 영웅』의 재판 서문에서는 작가적 소명, 정확히 그것에 관한 회의가 강조된다.

달착지근한 것이라면 사람들은 충분히 먹어 왔다. 오죽하면 위장까지 망가졌을까. 지금 필요한 것은 쓴 약, 독한 진실이다. 하지만 이런다고 해서 이 책의 저자가 언제 인간의 악덕을 고치려는 오만한 꿈을 품은 건 아닌가

하고 생각하지는 말기 바란다. 부디 이런 무지몽매에서 그를 구해 주시길! 그는 그저 동시대의 인간들을 그 자신이 이해하는 대로, 그에게도 또 여러분에게도 유감스럽지만, 너무나 자주 마주쳤던 모습 그대로 그려 보는 것이 즐거웠을 따름이다. 병을 진단해 낸 것만으로도 충분한 법, 그것을 어떻게 치유할지는 정녕 신만이 알리라!(7)

"달착지근한 것"은 카람진 식의 계몽주의와 감상주의, 더불어 초기 낭만주의의 작품을 가리키는 것으로 보인다. 레르몬토프는 스승-선배의 도덕적 굴레와 기만적인 이상으로부터 자유를 선언함과 동시에 미학적 유희, 삶의 미학화 작업에 보다 큰 비중을 둔다. 위악에 가까워 보이는 젊은 작가의 염세주의와 냉소주의가 유의미한 것은 그것이 '우리 시대의 영웅'의 초상, 즉 데카브리스트의 반란[6]의 실패와 더불어 낭만적 이상의 와해를 목도하며 성장한 세대를 점령한 '시대정신'으로서의 권태와 환멸, 나아가 1840년대의 시작을 앞두고 러시아의 젊은 지식인이 빠져든 총체적인 무기력과 우울증을 대변하기 때문이다.

나의 과거의 기억을 모두 대강 더듬어 보니 어쩔 수 없이 자문하게 된다. 나는 대체 왜 살아왔는가? 어떤 목적을 위해 나는 태어난 것일까? 분명히 목적이 존재하긴 했을 것이며 또 분명히 나의 소명은 드높은 것이었으리라. 왜냐하면 나의 영혼 속에서 무한한 힘을 느끼니까. 하지만 그 소명이 무엇인지 깨닫지 못한 채 공허하고 배은망덕한 열정의 유혹에 사로잡혀 버렸다. 그 도가니에서 나올 때 나는 무쇠처럼 단단하고 싸늘해져 있었지만 고결한 지향의 불길을, 삶의 가장 훌륭한 빛을 영원히 상실해 버렸다. 그리고 그때 이

6　1825년 12월 진보적인 지식인 청년들이 일으킨 반란.

후로 벌써 수차례나 운명의 손아귀에 잡힌 채 도끼 역할을 해 왔던 것이다! 그렇게 나는 징벌의 무기처럼 희생양의 운명을 타고난 자들의 머리 위로 떨어졌던 것이다, 종종 증오도 없이, 늘 동정도 없이……(206)

일찍이 벨린스키는 이 작품에 열광하면서도 결함을 간파했고 동시에 결함을 지적하면서도 그 의의를 간과하지 않았다. 작가는 인물을 자기 자신에게서 완전히 떼 내어 객관화하려 했지만 실패했다는 요지다. 이 결함이 곧 미덕인 것이 바로 레르몬토프 소설의 아이러니다. 실상 이 소설에서 우리가 보는 것은 "대가적인 필치로 펼쳐지는 삶에 대한 깊이 있는 통찰이 아니라, 즉 삶 자체가 아니라 삶에 대한 풋풋한 기대와 애달픈 불안, 때로는 낯 뜨거운 엄살"[7]이다. 장편 소설의 야망을 품고 시작했으나 실제 소설은 여행객 화자의 표현을 빌리면 "기나긴 이야기 사슬"(72)에 머물고 말았다. 소설의 문장은 묘사와 서사의 균형 잡힌 배치가 아니라 장황한 넋두리와 치기 어린 아포리즘으로 가득 차 있고 많은 인물들이 "이미 오래전에 알고 있는 책의 질 나쁜 모방"(243)을 연상시킨다. 그럼에도, 이 소설을 영어로 번역한 나보코프의 말을 빌리면, "당시 러시아 산문이 책상 밑으로 걸음마를 하고 있었고 우리의 작가가 스물다섯 정도였음"을 상기한다면 그 "서사의 이례적인 에너지와 훌륭한 리듬"에 탄복할 수밖에 없다.[8] 덧붙여 작가의 처절한 노력에도 불구하고 영원토록 한 몸이 된 작가와 인물은 그 마지막 운명에 있어서도 신비스러운 유비 관계를 형성한다. 레르몬토프는 바이런을 신처럼 떠받들며 자신의 삶을 그렇게 모델링하고 연극화했던, 그런 지향을 노골적으

---

7   「역자 해설」, 260쪽.
8   나보코프, 앞의 책, C. 435.

로 드러낸다. 요컨대 "(그 시절의 우리 모두와 마찬가지로!) 사랑이 무엇인
지 알기도 전에 사랑에 실패한 비극적인 연인의 역을 맡고자 했고, 삶을
채 살아 보기도 전에 그것의 단맛 쓴맛을 다 맛본 양 조로와 피로의 포
즈를 취했으며, 꿈을 제대로 키워 보기도 전에 그 실현 불가능성에 탐닉
하는, 또 삶에 배반당할 겨를도 미처 없었건만 그 배반에 분노하는 환멸
의 시인이고자 했다."[9] 동시대인의 회상에서 실제 레르몬토프는 수다스
럽고 허랑방탕하고 쾌활한 청년의 모습이고, 그가 보여 준 권태와 환멸,
악마주의는 낭만주의기에 팽배했던 모방 욕망의 산물이며 비극적 시인
의 형상은 가면일 수도 있다. 그럼에도 그것까지 포함한 채로, 문학사는
그들을 마땅히 분리하지 않고 통째로 낭만주의의 화신으로 신화화한다.
그리하여 그가 스스로 바이런의 패러디가 되고자 했듯 훗날에는 그 역
시 자신의 문학과 더불어 패러디의 대상이 된다.[10]

---

9   「역자 해설」, 260~261쪽.
10 체코 작가 쿤데라의 『삶은 다른 곳에』에서 '레르몬토프'는 주인공 야로밀의 이상이다. 소설
    의 마지막에 작가는 이렇게 쓴다. "그렇지만 야로밀이 레르몬토프의 패러디일 뿐이라고 해
    서 우리가 그를 비웃어야 할까? 화가가 가죽 코트를 입은 앙드레 브르통을 모방했다고 해서
    우리가 화가를 비웃어야 할까? 앙드레 브르통 역시 자기가 닮고 싶어 했던 어떤 고귀한 것
    의 모방이 아니었는가? 패러디란 인간의 영원한 운명이 아닌가?"(밀란 쿤데라, 방미경 옮김,
    『삶은 다른 곳에』 3권(민음사, 2011), 494쪽)

2부

러시아
문학의
황금시대

돈키호테가 되고 싶었던 햄릿

투르게네프의 『아버지와 아들』

1) 지주 귀족 작가 투르게네프

1818년 오룔 현에서 태어난 이반 세르게예비치 투르게네프(1818~ 1883)는 부유한 지주 귀족의 아들이었지만 일찌감치 러시아 민중의 삶에 문학적 관심을 보인다. 사실상의 데뷔작이자 출세작인 『사냥꾼의 수기』(1852)는 지주 귀족인 '나'가 사냥하는 동안 보고 들은 농노의 생활상을 기록한 연작 소설이다.(이 책에는 「호리와 칼르이치」, 「베진 초원」 등 총 25편(초판 22편)의 단편 소설이 수록되어 있다.) 이 작품은 경향적인 관점에서 많은 호응을 얻었다. 그가 주로 30~40대에 쓴 여섯 편의 장편 『루진』(1855), 『귀족의 둥지』(1859), 『전야』(1859), 『아버지와 아들』(1862), 『연기』(1867), 『처녀지』(1877)도 대부분 연애의 플롯과 나란히 전개되는 사상적, 이데올로기적 논쟁이 많은 주목을 받았다. 그러나 그의 진짜 재능은 오히려 인간사의 희로애락을 우아하고 세련된 서정적 필치로 그려 내는 데 있었다. 가령 단편 「무무」(1854)에서는 벙어리이자 귀머거리에 우직하고 힘센 장사인 농노 게라심의 어느 농노 여성을 향한 사랑, 이어, 강아지 무무를 향한 애절한 사랑이 감동적으로 펼쳐진다. 당시에는 이 순박한 농노의 사랑이 좌절되는 것이 히스테릭하고 폭력적인 여지주, 나아가 농노제 때문이라는 독법이 지배적이었다. 그러나 오늘날의 관점에서 부각되는 것은 제도-사회의 불의와 모순보다는 한 인간의 구구절절한 운명이다. 실제로 게라심의 여지주는 천성이 딱히 악하지도 않거니와 그저 노화와 고독과 권태, 그리고 오랜 세월 부와 자유를 누려온 덕분에 수시로 변덕을 부리는(게라심의 강아지가 마음에 안 들어 걸핏하면 짜증을 낸다.) 극히 '평범한' 인물일 뿐이다. 그녀의 모델이 투르게네프의 어머니인데, 여기에서 작가의 유년을 짚어 보자.

투르게네프의 자전 소설 「첫사랑」(1860)은 한 중년 남자(블라디미르)가 열여섯 살 때 이웃의 공작 영애 지나에게 느꼈던 풋풋한 '첫사랑'의 추억을 회상하는 내용이다. 그녀는 많은 청년들의 구애를 받지만 다분히 심술궂고 귀여운 사디스트처럼 구는데, 아니나 다를까 따로 사랑하는 사람이 있다. 그가 바로 화자의 아버지라는 것이 이 소설의 핵심이다. 자신의 유년, 부모의 잦은 불화 등을 화자는 이렇게 정리한다. "아버지는 내게 친절하면서도 무관심했고, 어머니는 나 외에는 자식이 없었는데도 내게 거의 무관심했다. 어머니는 다른 걱정거리에 여념이 없었던 것이다. 아직 젊고 무척 멋있던 아버지는 돈 때문에 어머니와 결혼했다. 어머니가 아버지보다 열 살이나 연상이었다. 어머니는 슬픔 속에서 나날을 보내고 있었다. 어머니는 끊임없이 흥분하고 질투하고 화냈다. 그러나 아버지 앞에서는 그러지 않았다. 어머니는 아버지를 매우 두려워했으며 아버지는 엄격하고, 냉정하고, 무관심했다."[1] 소설적 가공을 거

---

1   투르게네프, 이항재 옮김, 『첫사랑』(민음사, 2003), 12쪽.

치긴 했으나 작가에게 거의 그대로 적용될 법한 묘사다. 실제 부모의 나이는 여섯 살 차이고 어머니는 결혼 당시 만 29세, 투르게네프를 낳았을 때는 만 31세의 '고령'이었다.

소년 투르게네프는 젊은 남편과 연상 아내의 외동아들임에도 응당 예상되는 사랑과 기대를 받고 자란 것 같지 않다. 직접적인 인과관계는 없겠으나 아무튼 그는 평생을 독신으로 살았다. 그러면서 어머니 영지의 농노 여성과의 관계에서 사생아(딸)를 낳았고 그 아이의 양육을 맡길 정도로 신뢰가 두터웠던 프랑스 가수 폴린 비아르도와도 평생 우정 비슷한 사랑 관계를 유지했다. 그녀는 또 그녀대로 남편과 결혼 생활을 무난히 유지하고(비아르도 부부의 아이 중 하나가 투르게네프의 아이라는 설도 있다.) 동시에 척추 골수암으로 죽어 가는 벗의 마지막 침상을 지키기도 했다. 이 삼각관계 역시 우아하고 세련된 양상을 띠며 투르게네프 특유의 서정주의와 낭만주의를 환기한다. 그의 소설의 주된 축을 이루는 사랑도 도스토예프스키의 격정적인 사랑, 톨스토이식의 생활 밀착형 사랑과는 구분되는, 말하자면 딜레탕트적 연애에 가깝다.

투르게네프의 인생에서 또 하나 지적해야 할 것은 인생의 대부분을 유럽에서 보냈다는 점이다. 그는 로댕, 쇼팽, 조르주 상드, 공쿠르 형제, 에밀 졸라, 알퐁스 도데, 플로베르, 헨리 제임스 등 당시 유럽의 쟁쟁한 대가들 사이에서 러시아를 대표하는 작가로 살았다. 1848년 파리 바리케이드(혁명)를 목격하고 1861년 농노 해방 소식도 파리에서 접할 정도였다. 이런 그가 (슬라브주의가 아니라) 서유럽주의를 지지하고 예의 그 온화한 성정에 걸맞게 온건한 중도 좌파 내지는 진보적 성향을 표방한 것은 당연하다. 자신의 문학에 관해서도 "나는 결코 민중을 위해 쓰지 않았다. 『사냥꾼의 수기』에서 『아버지와 아들』에 이르기까지 나는 내가 속한 계급의 사람들을 위해서 썼다."라고 천명했다.[2] 그가 자신의 유명한 에세이 「햄릿과 돈키호테」(1860)에서 도식화한 개념을 빌리자면, 그는 "평생 돈키호테로 태어났으면 하고 바라는 햄릿"[3]으로 살았으며 자신의 소설 속에서 두 유형을 창조한다. '햄릿'은 1840년대 세대(아버지 세대—이상주의자, 자유주의자)를, '돈키호테'는 1860년대 세대(아들 세대—유물론자, 급진적 민주주의자)를 대변한다. 투르게네프의 문학적 페르소나인 지주 귀족 인텔리겐치아는 대부분이 잉여 인간이고 고로 햄릿형 인간형에 가깝다. 그의 문학적 시도가 절정에 달한 『아버지와 아들』은 이렇게 정치적인 맥락에서 쓰이고 읽힌 소설이다. 주인공인 바자로프 역시 '부정의 파토스'(니힐리즘)와 회의주의를 대변한다는 점에서는 햄릿이지만 행동하는 1860년대 세대의 전형이라는 점에서는 돈키호테이므로 그는 '잉여 인간'(햄릿)과 '새로운 인간'(돈키호테)의 종합이라고 할 수 있다.

2) 『아버지와 아들』과 바자로프

(ㄱ) 잡계급 의학도 바자로프와 니힐리즘

『아버지와 아들』은 1860년대 니힐리즘 논쟁에 도화선이 된 작품으로서 제목(원제를 직역하면 "아버지들과 아이들"이다.)에서 이미 암시되는 세대 간의 갈등은 러시아 지성사에 뿌리박힌 갈등 축을 반영한다. 슬라

---

2   레너드 샤피로, 최동규 옮김, 『투르게네프』(책세상, 2002).

3   한 연구자가 바자로프 및 혁명적 성향의 인물에 대한 투르게네프의 애정을 강조하면서 쓴 표현(레너드 샤피로, 앞의 책, 397쪽)이다. 이 에세이는 1860년(1월 10일) 문학가와 학자 후원 모임에서 낭독된 연설문에 기초하여 쓰인 것이다. 그는 여기에서 햄릿과 돈키호테를 단순히 문학 작품 속의 인물이 아니라 '인간 본성의 서로 대립되는 근본적인 두 특징'으로 제시한다. 햄릿과 돈키호테는 무신론-회의주의와 신앙심-이상주의, 무익한 사유와 광기 어린

브주의 대 서구주의, 보수(온건파) 대 진보(혁명파), 1840년대의 이상주의(자유주의) 대 1860년대 허무주의 등인데, 니콜라이 키르사노프와 파벨 키르사노프가 전자를, 아들 세대에 속하는 바자로프가 후자를 대변한다. 그러나 실제 소설 텍스트를 자세히 들여다보면 종축 갈등(세대 갈등)과 나란히, 혹은 그보다도 횡축 갈등(계급 갈등)이 더 부각된다. 귀족 계급과 잡계급[4]의 대립은 넓은 맥락에서 1861년 농노 해방과 더불어 더 첨예해진 인텔리겐치아와 민중의 화합 문제를 포함하는 것이기도 하다. 이런 문제의 소설적 형상화에 있어 주된 갈등을 유발하는 인물이 바자로프다.

바자로프는 소설에 등장할 때(키르사노프 집안의 영지)부터 외양과 성격, 신분(계급)에 앞서 친구(후배) 아르카디의 소개대로 "모든 것을 비판적 관점에서 보는 사람", "어떤 권위 앞에도 고개를 숙이지 않고 어떤 원칙도 …… 믿지 않는 사람", 즉 "니힐리스트"(C7: 25)[5]다. 실제로 그는 '유익함'의 잣대에 따라 예술과 이상을 경멸하는 만큼이나 자연과학과 실증적인 지식을 숭상한다. "훌륭한 화학자는 그 어떠한 시인보다 스무 배는 더 유용합니다."(C7: 28) "돈을 버는 예술입니까, 아니면 치질이 완전히 없어집니까!"(C7: 28) 푸시킨을 숭배하는 파벨(그리고 니콜라이)

이익, 구심력-이기주의와 원심력-이타주의, 보수-관성과 진보-운동성, 북쪽의 정신(반성과 분석, 음울함)과 남쪽의 정신(밝음, 명랑함) 등의 대립 구도를 형성한다. 결론인즉, 햄릿(분석-비극)과 돈키호테(열광-희극)의 생산적인 상호 작용을 역설하고 윤리적인, 심지어 공리적인 차원에서 '행동'을 촉구한다. 대체로 편견에 따른 독서의 전형적인 오류가 많이 보이는 글임에도, 그의 소설보다 더 많이 읽히는 것은 그의 독법이 두 인물에 관한 우리의 표상을 반영하기 때문이다.

4   잡계급이란 귀족도, 평민이나 천민도 아닌 그 밖의 '다양한'(잡) 중간 계급을 지칭하는 말로서 우리나라의 영·정조기 중인 계급과 유사한 느낌을 준다. 19세기 러시아에서는 이 계급의 활약이 두드러지는데, 도스토예프스키가 대표적이다.

5   이하, 작품 인용은 투르게네프, 『전집』 7권(총 30권)(모스크바: 나우카, 1979)에 근거하며 인용문 뒤에 C, 권수와 쪽수를 병기한다. 작가의 편지 인용은 Π를 붙여 권수와 쪽수를 표기한다.

을 경멸하는 것도, 파벨의 연애담보다 딱정벌레의 연원에 더 흥미를 갖는 것도 그의 이론과 원칙에 부합한다. "생리학자"의 관점에서 보면 "남녀 간의 신비스러운 관계", 가령 "수수께끼 같은 눈빛"은 "안구 해부학"으로 설명되는 만큼 사랑이란 한낱 공소한 낭만주의일 뿐이다. 의미심장한 것은 자연과학에 기반을 둔 개념인 니힐리즘이 정치적이고 이데올로기적 층위를 아우른다는 점이다.

> "우리는 우리가 유익하다고 인정하는 것에 따라 행동합니다." 바자로프가 말했다. "이 시대에는 부정이 무엇보다 유익하기 때문에 우리는 부정하는 겁니다."
>
> (중략)
>
> "한데 죄송하지만," 하고 니콜라이 페트로비치가 말을 꺼냈다. "모든 것을 부정하시는데, 더 정확히 표현하자면 모든 것을 파괴하시는데…… 아니, 건설도 해야 하지 않겠습니까."
>
> "그건 이미 우리 일이 아니죠…… 우선은 자리를 깨끗이 치워야 합니다."(C7: 49)

이런 관점에서 보면 자연과학 숭상과 예술 폄하는 극히 경향적인 성격을 갖는 부정과 허무주의의 표현이다. 거칠고 도발적인 어조로 무조건적인 파괴를 주장하는 이 청년을 형상하면서 심한 계급의식과 뒤틀린 자존심을 강조하는 것도 이와 무관하지 않다. 아르카디의 집에 도착한 거의 직후, 귀족과 그 하인 앞에서 자신의 트렁크와 외투를 자조적으로 비하하는 것과 같은 예는 얼마든지 찾을 수 있다. 특히 꼬장꼬장한 지주 귀족 파벨의 시선에 의할 때 비단 사상뿐 아니라 출신, 외모, 태도, 표정 등 그의 모든 것이 열등한 것으로 보인다. 오딘초바 앞에서 자신의 사상을 피력할 때도 비슷하다.

"그럼 당신은 예술적인 의미는 조금도 없다는 건가요?" 그녀가 탁자에 팔꿈치를 대고 바로 이런 동작을 취함으로써 자신의 얼굴을 바자로프 쪽으로 가까이한 다음 말했다. "어떻게 그게 없어도 괜찮으신 거죠?"

"그게 무엇을 위해 필요한지 물어도 될까요?"

바자로프는 피식 웃었다.

"첫째, 그것을 위해서 인생의 경험이 있고, 둘째, 감히 말하자면, 개별적인 인간을 연구하는 것은 무익한 일입니다. 모든 사람은 육체도 영혼도 서로 비슷합니다. 우리 각각은 뇌도, 비장도, 심장도, 폐도 다 똑같이 돼 있습니다. 소위 정신적 자질이란 것도 모두 똑같습니다. 약간의 변형은 아무런 의미도 없습니다. 인간의 표본이 하나 있으면 다른 모든 사람을 판단하는 데 충분합니다. 사람이란 숲속의 나무와 다를 바 없거든요. 어떤 식물학자도 자작나무를 하나하나 다 연구하지는 않을 겁니다."(C7: 78~79)

바자로프의 속류 유물론과 극단적인 환경 결정론은 물론 비판, 심지어 비난받아야 마땅하다. 인간의 본성을 자연과학의 틀에 따라 유형화, 심지어 단순화하고 가령 육체와 정신의 메커니즘을 동일시하여 모든 병폐를 사회-환경 탓으로 환원하는 것("사회를 고치면 병은 다 없어질 겁니다."(C7: 79))은 사실상 낭만주의를 향한 공격에서 출발한 자연파적 환경 결정론으로의 회귀, 즉 시대착오적인 발상이기도 하다. 보다 중요한 것은 바자로프 스스로 자신의 원칙과 사상을 피력하는 일에 별로 열의가 없다는 점이다.

그런데, 사람들 무리(주로 지주 귀족)를 떠나 혼자 있을 때의 바자로프는 부정의 화신이나 니힐리스트와는 확연히 다른 모습이다. 그는 초조한 열등감이 아니라 차분한 자존감과 지적 호기심, 학구열을 두루 갖춘 근면 성실한 의학도로서 마리노 영지에 머물 때도(특히 두 번째 체류) 대부분의 시간을 채집과 실험과 연구에 보낸다. 개구리 채집에 호기심을 보이는 아이들과 나누는 짧은 대화[6]에서는 자신의 원칙과 직업에 대한 다부진 소명 의식이 드러난다. 마지못해 치렀던 파벨과의 결투에서 부상을 입은 적수를 살펴보는 바자로프는 냉철하고 유능한 젊은 의사에 다름 아니다. 요컨대 이론과 실제 모두에서 전도유망한 훌륭한 의학도인 바자로프를 작가는 두 양상(사랑과 죽음)의 시험에 들게 하고 햄릿과 돈키호테의 애매한 종합이자 극도로 잉여적인 존재로 만든다.

(ㄴ) 바자로프의 사랑 —— 낭만주의 대 반(反)낭만주의

바자로프는 마리노 영지 근처 아르카디의 친척 집을 방문, 도지사의 무도회에 참석했다가 오딘초바(안나 세르게예브나)를 만난다. 그의 제자를 자처하는 '젊은 진보주의자' 시트니코프나 조르주 상드를 '구식'이라고 폄하하면서도 그런 유의 '해방된 여성'을 흉내 내는 '작고 못생긴' 쿠크시나 등 지방의 꼰질꼰질한 젊은 지식인들 사이에서 그녀는 단연코 돋보이는 존재다. 그녀에게 첫눈에 반한 바자로프의 냉소적인 발언,[7]

---

6 "난 개구리의 배를 가르고 그 안에서 무슨 일이 일어나는지 볼 거란다. 나나 너희도 그저 두 발로 걸어 다닐 뿐 개구리와 똑같으니까, 우리 배 속에서 무슨 일이 일어나는지 나는 알게 될 거야."/ "그걸 알아서 뭐 하는데요?"/ "그야 실수하지 않기 위해서, 또 네가 병이 나면 내가 널 고쳐 줘야 하니까 그렇지."(C7: 21~22)

7 "저 부인이 어떤 부류의 포유류에 속하는지 보도록 하지."(C7: 71) "이런 풍부한 몸뚱어리가 다 있나! …… 당장이라도 해부대에 올려놓고 싶은걸."(C7: 75) 또 순진무구한 카챠와 비교하면서 "저쪽은 닳고 닳은 여자야."(C7: 83)라고 말하기도 한다.

이어 아르카디와 함께 오딘초바 저택에 머문 보름 남짓한 기간 동안 진척된 두 사람의 관계는 짝사랑의 전형적인 도식을 따른다. 그리고 이 점은 바자로프 자신이 누구보다 잘 알고 있다. "당신은 그냥 교태를 부리고 있지만, …… 권태로워서, 할 일이 없어서 나를 놀리는 것이지만, 나는……."(C7: 93) 여기에서 소설적 사건은 어긋나는 사랑의 동선이 아니라 사랑에 대한 바자로프의 거부 반응에 의해 발생하고 발전한다. 그는 여성과 여성의 아름다움에는 관심이 많지만 앞에서도 언급했듯 '생리학자'로서 사랑을 기껏해야 생리 작용의 일부이자 구시대의 유물(낭만주의)로 간주한다. 때문에 자신의 '이론'(낭만주의 경멸)을 배반하는 '실제'(자기 안의 낭만주의)를 참기 힘들지만 동시에 사랑에 빠진 젊은이다운 에로틱한 상상에 빠져든다. 흥미로운 것은 이 경우에도 귀족 부인과 잡계급 사이에 놓여 있는 심연, 정확히 그것이 바자로프에 의해 강하게 의식된다는 점이다. 두 번째로 마리노 영지에 머물다 고향집으로 가는 길에 또 한번 오딘초바 집을 찾았을 때 예전처럼 친구로 지내자는, 더 머물라는 그녀의 권유에 바자로프가 내놓는 답은 (의도된 거친 단어 사용과 더불어) 절제되어 있기에 오히려 더 격정적이다.

> "그런 제안을 해 주시고, 저의 화술을 칭찬해 주셔서 감사합니다, 안나 세르게예브나. 하지만 저에게 낯선 환경에서 너무 오랫동안 맴돌았다는 생각이 듭니다. 날치는 얼마 동안은 공중에 떠 있을 수 있지만 이내 물속으로 내팽개쳐질 수밖에 없습니다. 다시 제가 놀던 바닥으로 나가떨어지도록 허락해 주십시오."(C7: 168)

두 인물의 결렬되는 사랑과 아르카디와 카챠의 성사되는 사랑은 두 쌍이 나란히 정원을 산책하는 장면에서 특히 극적인 대비를 이룬다.

바자로프는 사랑(나아가 결혼)을 단순히 유물론이 아닌, 그것을 넘어 철저히 계급적인 범주에 종속시켜 나약한 자유주의자이자 귀족의 전유물로 몰아가고[8] 결국엔 아르카디와도 결별하기에 이른다. 이쯤 되면 니힐리즘은 학적 원칙은 고사하고 그저 사랑의 실패와 계급적 열패감의 포장이자 냉소주의의 노출에 다름 아니다. 이는 오딘초바와의 비교에서 더 두드러진다.

29세의 부유하고 지적인 미망인 오딘초바는 실상 '해방된 여성'의 정의에 가장 부합하는 인물이다. 그녀가 제일 중시하는 독립적인 삶의 전제 조건은 경제적 안락이며, 그녀의 정략결혼이야말로 이론과 원칙에 따른 것이다. 이렇게 유물론적 토대를 마련한 그녀는 사람과 사물에 극히 '무관심적인', 즉 미학적인 태도를 보인다. 바자로프 역시 그 '새로움'으로 인해 그녀의 지적 호기심과 탐구욕을 자극하는 미적 대상이자 연구 대상이다. 이는 "어떤 편견도", "심지어 어떤 굳센 신앙도" 없으되 "어떤 것 앞에서도 물러서지 않고" 또 "많은 것을 분명히 보고 많은 것에 관심을 보이되" "그 어떤 것에도 완전히 만족하지는 않는" "꽤 이상한" 성격의 산물(C7: 83)이다. "그녀의 두뇌는 탐구적이면서도 동시에 무심"하고 그녀의 회의 역시 말하자면 '중도'를 유지한다. 일상생활도 마찬가지인데, 바자로프에게는 '다람쥐 쳇바퀴'처럼 여겨지는 단조로운 풍경은 여지주로서 오딘초바의 영지 경영 능력과 살림 솜씨를 방증하는 것이다. 삶에 대한 그녀의 양가적인 무심함, 즉 "모든 것을 원하는 것 같으나 실은 아무것도 원하지 않는"(C7: 84) 태도는 그녀의 계급적 지반과 무관하지 않다. 바자로프와의 관계에서 강조되는 것은 그녀의 입장에서도

8　"자네는 멋진 녀석이지만 어쨌거나 물러 터진 자유주의적인 도련님일 뿐이야."(C7: 169) "결혼하게. 자기 둥지도 틀고 아이도 많이 만들란 말이야."(C7: 170)

성별이나 성격적 차이보다는 계급적 차이다.

> "그런 유언비어를 들으면 심지어 웃기지도 않는데요, 예브게니 바실리 예비치, 그런 것으로 저를 불편하게 하기엔 저는 너무 오만하거든요. 제가 불행한 것은…… 살고 싶은 욕망이, 그런 의향이 없기 때문이에요. 못 믿겠다는 눈빛인데, 이건 '귀족 아씨'가 온몸을 레이스로 감싸고 벨벳 안락의자에 앉아서 하는 말이다, 라고 생각하시나 봐요. 굳이 숨기지도 않겠어요. 저는 당신이 안락이라고 부르는 것을 사랑하고 그러면서 동시에 살고 싶은 욕망은 별로 없어요. 이 모순을 당신 식으로 화해시켜 보세요. 하긴 이 모든 것이 당신 눈에는 낭만주의로 보이겠지만."
>
> 바자로프는 머리를 흔들었다.
>
> "당신은 건강하고 독립적이고 부유한데, 더 뭡니까? 더 이상 뭘 원하시는 겁니까."(C7: 92)

작가는 오딘초바를 "걸핏하면 몽상에 젖고 호기심 많은 저 한심하고 차가운 우리의 마님-쾌락주의자, 우리네 귀족 여성의 대표자"(Π5: 58), 즉 부정적인 인물인 양 얘기한다. 그러나 얼마간의 독신 생활 이후 두 번째 정략결혼에 성공하는 그녀야말로 유물론과 경험론의 숭배자라는 점에서 바자로프가 그토록 꿈꾸었으나 그 본질상 결코 될 수 없었던 니힐리스트, 즉 반(反)낭만주의자인지도 모르겠다. 오딘초바가 아름다운 드레스처럼 걸친 낭만주의의 후광은 20여 년의 시간을 건너뛰어 파벨의 옛 연인(P 공작부인)을 연상시킨다. 이로써 니힐리즘을 경멸하는 영락한 로맨티스트 파벨과 로맨티시즘을 경멸하는 니힐리스트 바자로프 사이의 친연성이 드러나기도 한다. 이 문제를 다루기에 앞서 바자로프의 죽음을 살펴보자.

(ㄷ) 햄릿 – 돈키호테 바자로프의 죽음 —— 니힐리스트의 최후의 실험

발표 당시 많은 논란거리가 된 바자로프의 죽음에 관한 한, 작가는 그것을 "우연적"(П5: 59)이라고 여긴 젊은 세대의 견해를 완곡하게 부정한다. 그리고 애초 바자로프는 "어둠침침하고 거친 큰 인물로, 절반까지 대지에서 자라나온 강하고 독하고 정직한 인물, — 그럼에도 어쨌거나 아직은 미래의 문전에 서 있기 때문에 파멸할 운명을 타고난 인물"(П5: 59), 즉 "비극적 인물"(П5: 57)로 구상되었음을 강조한다. 그럼에도 의대생이 시체 해부를 하던 중 티푸스균에 감염되어 사망한다는 결말을 둘러싼 논의는 여전히 활발하다. 대략적인 일반론인즉, 혁명(니힐리즘)이 시기상조라고 생각한 작가의 정치관과 맞물려, 바자로프는 "바자로프로 남기 위해" 사랑의 실패와 더불어 자신의 갈망과 지향을 실현하지 못한 채 갑자기 '우연한 죽음'을 맞는 것이 타당할 수도 있겠다. 이런 전제 아래 그의 죽음을 전후한 일련의 장면을 조명해 보자.

오딘초바에게 재차 결별을 선언하고 아르카디와 절교한 바자로프는 그의 집에 맡겨 둔 실험 도구와 책을 모두 챙겨 6주 예정으로 다시 고향집에 와 연구와 실험에 몰두한다. 그러던 중 이웃 마을에 티푸스 환자가 발생, 바자로프의 마을로 데려오지만 이미 가망이 없는 상태였고 아니나 다를까 집으로 돌아가는 길에 사망한다. 사흘 뒤 바자로프는 아버지에게 와 질산은을 찾는다. 시신을 해부하다 상처를 입은 건 4시간 전, 해부 작업이 진행된 이웃 마을 의사의 집은 그것도 없을 만큼 열악한 환경이었음이 언급된다. 그럼에도 바자로프처럼 냉철하고 명민한 의대생이 자신의 상처에 어떻게 이토록 부주의할 수 있었을까, 하는 의문이 생긴다. 가령 아버지와의 대화[9]를 토대로 유추해 보건대 상처가 난 직후 불로 환부를 달구는 조치 정도는 취할 수 있었을 것이다. 그의 납

96

득하기 힘든 실수는, 짧았던 첫 귀향(3년 만에 와서 단 사흘!)에 비해 제법 길었던 두 번째 귀향의 동기가 되기도 한 사랑과 우정의 실패, 그로 인한 우울증과 무관하지 않을 법하다. 요컨대 그의 죽음은 반쯤은 의도적인 방치라는 점에서 자살의 냄새를 풍긴다. "저도 이렇게 빨리 죽을 줄은 몰랐어요. 이건 우연, 솔직히 말해, 아주 기분 나쁜 우연이지요."(C7: 177) 물론 임박한 '우연한' 죽음에 이런 당혹감과 불쾌감을 표시하지만 이 죽음-자살을 생리학자이자 니힐리스트인 바자로프의 마지막 실험으로 봐도 무방할 듯하다.

사랑의 경우처럼 죽음 앞에서도 그는 자신의 무기력을 유물론적으로, 경험적으로 깨달아 간다. 사냥꾼이 멧닭을 노리듯 그를 노리며 주위를 맴도는 "붉은 개들", "죽음에 생각을 집중하고 싶지만 아무것도 안 되는"(C7: 177) 상황에서 그의 눈앞에서 번득이는 "어떤 반점"(C7: 178)은 모두 그 상징처럼 읽힌다. 죽음에 대한 그의 해부는 (아버지 앞에서보다는) 오딘초바 앞에서 더 냉혹하다.

"아아, 안나 세르게예브나, 사실대로 말합시다. 저는 끝장입니다. 바퀴 밑에 깔렸어요. 그러니 미래에 대해서는 아무것도 생각할 필요가 없었다는 얘기입니다. 죽음은 오래된 농담이지만 각자에겐 새삼스럽지요. 아직까지는 겁이 안 나지만…… 저어기 의식을 잃으면 모든 게 획입니다! (중략) 자, 무슨 말을 해야 할까요…… 저는 당신을 사랑했습니다! 전에도 아무 의미가 없던 것이지만 하물며 지금은 오죽할까요. 사랑은 형체인데 나 자신의 형체가 이미 해체되고 있는걸요. 차라리 이런 말이 더 낫겠군요, 당신은 참 훌륭하니

---

9   "네 생각은 어떠냐, 예브게니, 우리 쇠로 좀 지지는 게 낫지 않을까?"/ "그러려면 더 일찍 했어야 해요. 사실 이제는 질산은도 소용없어요. 감염됐다면 이미 늦었어요."(C7: 175)

다! 이렇게 아름다운 모습으로 서 계시는군요."(C7: 182)

"한번 보십시오, 이 얼마나 추한 광경인지. 반쯤 뭉개진 벌레 주제에 아직도 꿈틀대고 있으니. 사실 저도 생각했습니다. 많은 일들을 해치우겠다, 죽지 않겠다, 절대, 라고! 과업이 있고 나는 거인이 아닌가! 한데 이제 거인의 과업이란 오롯이, 점잖게 죽는 것이라니, 그나마도 그 누구의 관심사도 아니지만…… 아무렴 어떻습니까, 이제 꼬리 치지 않으렵니다."(C7: 182~183)

반쯤 스스로 기어 들어간 바퀴 밑에 깔린 채 그는 완전한 "무의식"이 찾아오기 직전까지 "오래된 농담"이되 "각자에겐 새삼스러운" 죽음을 탐구하지만, 실상 그것은 끝나 가는 삶에 대한 총체적 탐구이기도 하다. 우선 사랑에 관한 한, 그것을 육체-형태의 와해에 따라 완전히 소멸하는 것이라고 생각하는 만큼 그는 (사랑의 추억을 갖고 사는, 그러고자 하는 파벨과 달리) 끝까지 진정한 유물론자를 지향한다고 할 수 있다. 둘째, 스스로를 많은 "과업"을 성사시켜야 하는 "거인"으로 자부해 왔고 그럼에도 죽음 앞에서는 "반쯤 뭉개진 벌레 주제"에 "아직도 꿈틀"대다가 결국 꼬리를 내릴 수밖에 없다는 결론에 다다르는데, 이 점에서 그는 다시 한번 유물론자다. 정녕 죽음 이후의 어떤 삶도 믿지 않기 때문에, 적어도 그러려고 하기 때문이다. 사랑에서와 마찬가지로 죽음 앞에서 그가 패배했음은 명백하지만, 그 패배를 통해 그는 오히려 죽음과 마주한 오만한 청년의 위악과 냉소 섞인 결연함을 포함한 채 그가 그토록 꿈꾸던 니힐리스트로 거듭난다.

그러나 자식을 앞세우는 부모의 크나큰 비애, 또 정반대로 그를 '해부대 위의 개구리'처럼 여긴 오딘초바의 충격과 경악을 배면으로 그의 죽음은 또 한번 굴곡을 겪는다. 즉, 그것은 누군가의 더없이 소중한 외동아들, 또 누군가의 흥미진진한 말벗의 안타까운 횡사("우연한 죽음")일 뿐이다. 비극적 횡사든 애매한 자살이든 어쨌거나 투르게네프의 소설 세계에서 바자로프는 사라져 주어야 하는 잉여적 존재다. 이것이 온건파 귀족 작가의 손에 쥐어진 잡계급 출신 니힐리스트의 운명이며, 여기에는 (파벨을 대할 때와는 달리) 어떠한 따사로운 유머도 없다. 소설이 그의 죽음으로 끝나지 않는 것은 그래서 의미심장하다. 에필로그와 더불어 '아버지와 아들'의 관계 속에서 아들 바자로프의 의미를 살펴보자.

㈃ 부자(父子), 그리고 바자로프 ── 부정과 배반의 운명

에필로그 같은 성격의 28장은 바자로프의 죽음 이후 일련의 사건을 기록한다. 부모와 자식의 아름다운 공존은 파벨마저 떠난 자리, 공히 관대한 성품에 영지 경영에 힘쓰며 가정의 행복을 일궈 가는 니콜라이와 아르카디 부자의 삶을 통해 실현된다. 그들이 더러 노정하는 소위 계급적 발언[10]은 정치적이고 이데올로기적인 뉘앙스를 띠기보다는 19세기 러시아 지주 귀족의 생활상을 리얼리즘의 원칙에 따라 충실히 재현해 내는 데 기여한다. 물론 이들에 대해 작가는 허약하고 부실하고 편협하다는 단점을 갖고 있다고(П5: 58) 말한 바 있다. 그럼에도 귀족 계급의 대변자로서 투르게네프의 붓은 역시 그들의 성정과 풍습을 묘사할 때

---

10 가령 니콜라이는 해방된 농노에 대한 불신을 감추지 않고,("농노였다가 자유의 몸이 된 자들은 집에 두지로 않기로, 적어도 책임이 요구되는 자리는 그런 자들에게 절대 맡기지 않기로 했어."(C7: 14)) 바자로프 집에 도착한 아르카디는 "가난은 죄가 아니라잖아."(C7: 14)라고 말하는 바자로프를 향해 스럼없이 곧장 농노의 숫자, 즉 자산 규모를 묻는다. "자네 아버지에겐 농노가 몇 명이나 되나?"(C7: 181) 반면 그 자신은 페네치카의 아이(즉, 아르카디의 이복 동생)와 관련, 앞으로 예상되는 유산 상속 관련 갈등을 꼬집는 바자로프에게 발끈한다. "내가 그런 생각을 할 거라고 가정하다니, 부끄럽지도 않나!"(C7: 42)

진정한 문학적 역량을 발휘한다. 부자의 '합동' 결혼식은 그들의 영지와 저택이 위치한 자연과 어우러져 아름답고 서정적인 전원시를 창조한다. 특히 아르카디에게 니힐리즘은 사상 자체가 아니라 바자로프라는 인간에 대한 호기심 섞인 숭배에서 비롯된 것으로서 성장을 위한 일종의 통과의례 같은 역할을 한다. 때문에 그가 니힐리즘에 경도되었다가 바자로프와 갈등을 겪으며 그것에서 벗어난 다음 아버지처럼 온화하고 성실한 지주 귀족이자 훌륭한 가장으로 거듭나는 것은, 투르게네프의 환경 결정론에 전적으로 부합하는 개연적인 흐름이다. 이것이 그가 파악한 '세상의 이치'이기도 하다.

이런 결말에는 소위 '민중 속으로'(В народ)는 애당초 불가능하다는 작가의 세계관이 깔려 있다. 비단 지주 귀족뿐 아니라 잡계급에게도 불가능하다. 그것을 꿈꾸는 바자로프 역시 농부들 눈에는 한낱 '광대'일 뿐이다. 본질적으로, 투르게네프에게 중요한 것은 이데올로기나 사상 논쟁 같은 공소한 것이 아니라, 늙은 지주 귀족(니콜라이)과 젊은 행랑채 처녀(페네치카)의 결합이 보여 주듯, 세대와 성별과 계층을 총망라한, 자연의 원칙에 충실한 총체적인 화합이다. 심지어 그의 경우에는 죽은 아내를 향한 애틋한 기억(영지의 이름은 그래서 '마리노'이다.)과 현재 아내에 대한 사랑이 서로 충돌하지도 않는다. 사려 깊고 이타적인 키르사노프 부자, 즉 '살아남은 자'의 행복이 더 빛나도록 이 세계에서 사라지는 것이 바람직한 존재, 이런 세계 구도 속에서 철저히 잉여적인 존재가 또 다른 '아버지와 아들', 명실상부한 사상적 부자(父子) 파벨과 바자로프다.

우선 지금껏 바자로프와 대립각을 세워 온 파벨은 영국병 환자라고 할 만큼 모든 것(양복과 넥타이, 세면대, 영어책 읽기 등)이 영국식이다. 시골에 칩거한 상태인 그는 쉰 줄에 이른 나이임에도 한창때처럼 외모

치장(칼라와 커프스, 향수 등)에 열을 올린다. 이런 그는 굳이 바자로프의 냉소적 시선이 아니더라도 구시대 낭만주의의 쓸쓸하고도 희극적인 초상화처럼 보인다. 실상 1840년대의 잉여 인간('바이런-페초린')이 늙었다는 것만으로도 이미 패러디이자 희화인바, '한물간 바이런주의'는 '우스꽝스러운 것'일 수밖에 없다. 한때는 비극이었을 P 공작부인과의 사랑과 추억은("아, 나는 이 허망한 존재를 얼마나 사랑하는가!", C7: 149) 낭만적인 우수는커녕, 그것과 맞물린 페네치카(사실상의 형수)를 향한 얄궂은 구애까지 합세하여 오히려 실소를 유발한다. 마지막, '영국병 환자'다운 허영이 잔뜩 밴, 동생 가족과의 작별 장면에서도[11] 투르게네프의 대가다운 유쾌한 자기 아이러니가 돋보인다. 파벨과 바자로프의 결투 역시 희극으로 점철된다. 바자로프와 페네치카가 장미꽃을 놓고 서로 희롱하는 것[12]을 목격한 파벨은 그동안 쌓인 못마땅한 심사와 질투를 1840년대식, 즉 결투 신청으로 표출한다. 하지만 결투 입회인을 구하기 힘든 건 물론이거니와 '군인'이 아닌 '의사'에겐 권총도 없고 파벨 자신도 5년 동안 총을 쏘아 본 일도 없다. 제일 웃긴 것은 시종일관 진지함을 역설하는 늙은 파벨과 시종일관 빈정대는 젊은 바자로프의 불협화음이다. 바자로프의 총알이 넓적다리의 근육을 살짝 스쳤을 뿐인데도 기절까지 한 파벨의 모습은 정겨운 희극의 정점을 이룬다.

영원히 햄릿이고 싶으나 부득이 돈키호테로 전락한 아버지(파벨)도, 열광자 돈키호테가 되고 싶으나 햄릿으로 남은 아들(바자로프)도 모

---

11 "잘들 지내시게, 나의 친구들! Farewell!"이 영어 꼬리말은 알아차리지도 못했지만 다들 감동을 받았다.(C7: 185)

12 바자로프가 무례했던 것은 맞지만 그녀 쪽에서도 그를 탁월한 의사이자 소탈한 사람으로 여기고 또 니콜라이 페트로비치와 있을 때보다 더 자유롭고 허물없이 굴며 호감을 표시하는데, 이는 두 사람의 연령, 무엇보다도 계급적 친연성과 무관하지 않은 것으로 나온다.

두 투르게네프의 분신이다. 단, 1860년대를 사는 중년의 낭만주의자는 '조롱'보다는 '동정'을 살 인물, 정감 있는 희화의 대상(희극)이 되는 반면 1840년대 낭만주의에서 잉태된 1860년대의 니힐리스트는 참혹한 아이러니(비극)에 귀속된다. 그 기저에 깔린 것은 역시나 '낭만주의'의 아들이 세계와 역사를 앞으로 이끌고 가기 위해 취하지 않으면 안 됐던 '부정'의 입장('니힐리즘'), 즉 '배반'이다. 이는 진짜 아버지와의 관계에서 더 극적으로 표현되는데 부정의 현현인 바자로프에게 부정의 가장 근본적인 대상은 과거와 현재의 자기 자신, 즉 '아비'가 될 수밖에 없기 때문이다.

부모의 영지에 도착한 순간 바자로프는 니힐리스트도 의학도도 아닌, 적어도 그것이기에 앞서 아버지(어머니)의 아들이다. 이 바자로프는 부모 자식 간의 애정이라는 생래적 낭만주의를 부정해야 하기 때문에 이상주의자 귀족을 대하는 니힐리스트 잡계급 청년보다 훨씬 더 야멸차고 위악적이다. '밭 갈던 할아버지', 이어 '퇴역 의사'이자 농부의 아들로 태어나 대도시로 유학을 갈 만큼 명민했던 바자로프에게 부모의 집은 그가 배반하고 부정한 다음 떠난 세계의 상징이다. 그것은 야심 찬 '거인'의 초라한 과거를 적나라하게 보여 줌과 동시에 과거로부터 몇 발짝도 나아가지 못한(심지어 제자리인) 현재의 옹색함과 비루함을 상기시킨다. 그 때문에 오랜 이별 끝에 만난 부모의 환대와 애정이야말로 굴레고 자기 집보다 차라리 친구 집이 더 편하다.

"안되겠어!" 그가 다음 날 아르카디에게 말했다. "내일 여길 떠나겠어. 지루해. 일을 하고 싶은데 여기에서는 안 되거든. 다시 너희 집, 시골로 가겠어. 실험 도구들도 전부 거기에 남겨 뒀잖아. 너희 집에서는 적어도 틀어박힐 수는 있거든. 아니, 여기에서는 아버지가 '내 연구실을 네 마음대로 쓰렴.

아무도 너를 방해하지 않을 테니.'라고 되뇌지만 실은 한 발짝도 떨어지지를 않아. 게다가 아버지를 피해 틀어박히는 것도 어째 좀 창피하고. 뭐, 어머니도 그렇고. 벽 뒤에서 어머니 한숨 소리가 들리는데 막상 나가면 할 말이 전혀 없어."(C7: 126)

실제로 바자로프는 아버지의 서글픈 절규에도 아랑곳하지 않고 이튿날 곧장 짐을 챙겨 떠난다. 잠깐 부모의 품을 떠났다가 다시 돌아와 영원히 안착하는 아르카디가 아버지와 함께 전원시의 세계를 이어 간다면, 바자로프는 태어난 곳을 영원토록 부정하고 배반하도록, 그리하여 죽을 때, 심지어 죽기 위해 마지막으로 고향집에 돌아가는 운명을 타고난 존재다. 부정과 배반의 대물림은 그러나, 거국적인 비극이라기보다는 보편적인 애잔한 정서를 유발하는 심리-멜로드라마의 양상으로 종결된다. 비단 28장뿐만 아니라 이 소설 자체를 작가는 (오랜만에 기쁨 속에서 재회하는 키르사노프 부자의 모습을 담은 1장과 대조를 이루도록) 요절한 아들의 무덤을 찾아 흐느껴 우는 노부부(바실리와 아리나), 무덤 위에 피어나는 꽃들에 관한 묘사로 마감한다. 무덤 속에 묻힌 "열정적이고 죄 많고 반역하는 마음" 따위에는 전혀 "무심한 자연의 위대한 평온", 나아가 "영원한 화해와 무한한 생명"에 대한 언급을 담은 마지막 문장(C7: 188)이 아이러니는 아니겠지만, 파벨의 부재가 다른 키르사노프 가족의 행복을 배가하듯, 적어도 바자로프의 존재가 '아직은' 잉여적임을 간접적으로 역설하는 듯하다. 투르게네프가 사후에 벨린스키 옆에 묻히길 원했으며 『아버지와 아들』을 이 잡계급 출신의 니힐리스트의 전형인 벨린스키에게 바친 것은 그래서 의미심장하다.

죄와 벌, 그리고 구원

도스토예프스키의 『카라마조프가의 형제들』

1) 인간 도스토예프스키: 가난, 유형, 간질, 도박

표도르 미하일로비치 도스토예프스키는 1821년 10월 30일(신력 11월 11일) 모스크바에서 태어나 1881년 1월 28일(신력 2월 9일)에 사망했다. 거의 60년에 이르는 그의 생애는, 열여덟 살 소년이 쓴 편지에서 명시되었듯이, '인간'이라는 비밀을 푸는 데 바쳐졌다고 할 수 있다.[1] 도대체 '인간'이란 무엇인가. 그 해답은 물론 그의 소설 속에 있지만 그의 소설만큼이나 극적이었던 그의 삶 속에서도 몇 가지 핵심어를 뽑아 볼 수 있다.

우선, 가난 혹은 돈이다. 도스토예프스키의 데뷔작의 제목이 『가난한 사람들』(1846)임을 상기한다면, 20대 문청의 화두가 '가난'과 '인간',

---

[1] "인간은 신비야. 그것을 풀어야 해. 평생 이 일을 하게 되더라도 괜히 시간을 낭비했다고 말하지 마."(1839년 8월 16일(28일) 도스토예프스키가 형 미하일에게 보낸 편지)

그것도 복수로서의 '인간'이었음을 알 수 있다. 다소 과장하면, 인간의 본원적 속성으로서의 가난이 그의 소설적 관심사였던 듯하다. 그의 아버지는 마린스키 자선 병원의 의사로 모스크바 근처에 조그만 영지(다로보예)를 가진 소지주에 불과했다. 부유한 지주 귀족의 아들로 태어난 톨스토이나 투르게네프와는 달리, 밑천이라고는 자신의 머리밖에 없는 셈이었다. 전형적인 잡계급 출신인 그는 당시 명문 축에 들었던 페테르부르크 공병 학교를 졸업하고 그 직후 공병단의 제도국에 편입, 공무원의 삶을 시작한다. 하지만 최소한의 안정은 보장되는 길을 버리고(최종 계급은 소위보였다.) 전업 작가의 길로 들어선 순간 가난은 그에게 숙명이 된다. 더욱이 19세기 후반 러시아 출판 시장의 규모가 그리 크지 않았기 때문에 소설로 생계를 유지하기란 무척 힘들었다. 그렇기에 더더욱 도스토예프스키는 '매문(賣文)'을 수치스러워하기보다 자신의 권리를 떳떳이 주장했다.

> "돈을 미리 받지 않고 작품을 팔아 본 적은 평생 단 한 번도 없습니다. (중략) 나는 문학가-프롤레타리아이므로 누군가 나의 작품을 원한다면 먼저 나의 생활을 보장해 주어야 합니다."[2]

이른바 '문학가-프롤레타리아', 즉 '노동하는 문학가' 선언은 대부분의 작가가 귀족 지식인이었던 19세기에 정녕 의미심장한 면이 있다. 훗날 문학사의 평가대로 그는 '문학'과 '문학함'을 '겸업'이 아닌 '전업', 진정한 '업'(業)의 경지로 끌어올린 최초의 작가였다. 그럼에도 정작 그가 받은 원고료는 다른 귀족 작가보다 적었다. 가난과 신분 콤플렉스가

---

2   1863년 9월 18일(30일) 스트라호프에게 보내는 편지.

별로 매력적이지 않은 외모,(『악령』의 샤토프는 작가의 직접적인 분신이다.) 열등감과 자만심을 오가는 극단적인 성격과 함께 평생 작가를 힘들게 한 것은 당연하다.

둘째, 사형 선고와 8년에 걸친 유형 생활이다. 1848년, 도스토예프스키는 기적적인 성공을 거둔 『가난한 사람들』 이후 「분신」, 「여주인」 등이 평단의 냉대에 부딪쳤음에도 전도유망한 신예 작가로서 많은 중단편 소설을 써냈고 장편 소설(『네토치카 네즈바노바』: 미완)도 발표하기 시작한 터였다. 그 무렵, 사회주의자 페트라솁스키의 모임(금요일 모임)에 출입하다가 체포되어, 고골에게 보내는 벨린스키의 '불온한' 편지를 낭독한 것을 포함하여 몇몇 혐의로 사형 선고를 받는다. 그러나 애초부터 일벌백계 차원에서 연극처럼 계획됐던 사형 집행은 극적인 순간에 취소되고 이후 그는 4년을 시베리아의 옴스크 감옥에서, 나머지 4년을 사병 신분으로 강등되어 세미팔라던스크의 부대에서 보낸다. 감옥에서 그가 읽을 수 있었던 유일한 책이 『성경』이었음은 잘 알려진 사실이다. 1859년 문단에 복귀한 도스토예프스키는 극우 보수주의자(슬라브주의자)에 독실한 기독교 신자가 되어 있었다. 그의 개종은 『지하로부터의 수기』 이후부터 거의 항상 신(그리스도)이 등장하는 그의 소설만큼이나 논쟁적인 대목이기도 하다.

셋째, 간질병을 간과할 수 없다. 첫 발작 시기가 정확히 언제이든,(대략 공병 학교 재학 시절인 것으로 얘기된다.) 여하튼 도스토예프스키는 평생 동안 주기적으로 간질 발작에 시달렸으며 그 경험을 자신의 소설 속에서 십분 활용한다. 키릴로프의 경우에는 간질병의 조짐이 보이는 정도지만(『악령』) 스메르댜코프는 간질병 때문에, 심지어 그 덕분에 소설 플롯의 형성에 결정적으로 기여한다.(『카라마조프가의 형제들』) 『백치』는 아예 주인공을 간질병 환자로 설정하는데, 여기에서 므이시킨이 간질 발작, 정확히 발작이 시작되기 직전의 찰나의 순간에 대해 장황하게 이야기하는 대목이 유명하다.

> 므이시킨은 그사이 간질 징후에서는 (단, 발작이 맨정신에 찾아온다고 할 때) 거의 바로 발작 직전에 어떤 단계가 있다는 생각에 골몰했는데, 그때는 슬픔과 영혼의 암흑과 억압의 와중에 갑자기 그의 뇌가 순간적으로 불붙고 그의 삶의 모든 힘이 이례적인 격정으로 긴장했다. 삶의 감각과 자의식은 번개처럼 지속하는 이런 순간에 거의 열 배로 증가했다. (중략) 그러나 이 순간들, 이 섬광들은 아직 저 최종적인 1초(결코 1초를 넘긴 적이 없다.)의 예감일 뿐이었으며, 그것과 더불어 발작이 시작되었다. 이 1초는 물론 참을 수 없는 것이었다. (중략) 만약 그 1초 동안, 즉 발작 직전 의식이 있는 저 최후의 순간에 그가 스스로에게 '그렇다, 이 순간을 위해 삶 전체를 내줄 수 있다.'라고 분명히, 또 의식적으로 말할 수 있다면, ─ 물론 그 순간은 그 자체로 삶 전체의 가치가 있는 것이다.(『도스토예프스키 전집』 8권, 187~188쪽)

통상 의학자들은 이것이 간질 발작의 일반적인 전조 증상(오심, 구토, 환청, 환시 등)과는 다소 동떨어진 묘사라고 한다. 하지만 간질병 환자 도스토예프스키는 자신의 경험을 말하자면 문학적 은유로 격상시켜 순간의 미학 혹은 '문턱의 시간'을 구축한다. 간질 발작이 시작되고 의식이 완전히 명멸하기 직전의 순간을 작가는 세계의 모든 비밀을 꿰뚫을 수 있는 순간이라고 말한다. 이 절대적인 황홀경의 체험은 동시에 죽음의 체험이기도 하다. 그가 거의 목숨과 맞바꿀 뻔한 공상적 사회주의, 더 근원적으로 유토피아를 향한 꿈이야말로 간질 발작의 절정과 같은 것이 아니겠는가. 이는 또한 그의 소설 속에 등장하는 가난뱅이들, 술주정뱅이들, 정신병자들의 광기에 가까운 몽상과도 일맥상통한다.

끝으로, 도박에 대한 열정을 지적해야겠다. 『노름꾼』에 직접적으로 표현되었듯이, 도박은 돈 자체보다도 자신의 운명에 대한 시험과 도전의 동의어다. 승부가 나기 직전, 도박자는 사형대에 묶여 있는 순간이나 간질 발작 직전의 순간처럼 은유적인 죽음을, 예의 그 황홀경과 파국의 순간을 체험한다. 그의 도박벽은 실제 생활에도 적잖은 영향을 미쳤지만 생활인으로서의 도스토예프스키는, 일반인들의 편협한 오해나 억측과는 달리, 마냥 허랑방탕한 한량이나 신경증 환자가 절대 아니었다. 유형 이후 20여 년간 그가 쓴 글은 엄청난 양의 에세이나 칼럼을 제외하고 소설만 해도 원고지 매수로 대략 4만 매에 육박한다. 물론 그는 타고나길 현실 감각과 재무 능력이 없었고, 말년에 페테르부르크의 한 귀퉁이에 비좁은 아파트라도 한 채 장만할 수 있었던 것은 거의 전적으로 아내의 노력 덕분이었다. 그의 두 번째 아내인 안나 그리고리예브나는 14년의 결혼 생활 동안 남편이 창작에만 전념할 수 있도록 알뜰한 살림꾼이자 뛰어난 조력자가 되어 주었다. 이 맥락에서 그의 도박벽도 아내와 아이들이 함께해 준 일상의 테두리를 벗어나지 않았을뿐더러 오히려 일종의 취미 활동에 가까웠다고 봐야 할 것이다.

대체로 전기적인 사실만 놓고 보면 작가로서의 도스토예프스키는 천운을 타고난 편이다. 가난, 사형 선고 및 유형 생활, 간질병, 도박벽은 그 자체로는 개인사의 불행 내지는 결함에 지나지 않는다. 그것들이 의미심장한 사건으로 변모되는 것은 그가 그 토대 위에서 소설을 썼기 때문이다. 문학이 인간을 '구원'하고 '불멸'로 이끄는 것도 바로 이 지점이다. 하지만 촉망받는 신예 작가가 러시아의 대표 작가로 군림하는 과정은 간질 발작처럼 찰나적인 것이 아니다. 당시 서유럽에 비해 후진국이었던 러시아의 '촌뜨기' 작가가 세계 문학의 정상에 우뚝 설 거목으로 자라난 것 역시 마찬가지다. 그의 등단작은 가난한 사람들의 일상과 심리를 휴머니즘적인 관점에서 사실적으로 그려 냄으로써 1840년대 러시아 문단을 뒤흔들었지만 그 자체로 러시아 문학의 패러다임을 바꿔 놓을 수는 없었다. 발자크 같은 대가가 되겠다는 당찬 야망을 빼면 별로 뛰어날 게 없었던 가난한 문청이 문학사를 훌쩍 뛰어넘는 위업을 이룩하기까지는 기나긴 시간이 필요했다. 도스토예프스키의 작가 인생을 조망할 때 『지하로부터의 수기』(1864)가 변태와 탈각(脫殼)의 순간을 보여 준다면 『죄와 벌』(1866)은 그 이후의 모습이 진면목을 드러낸 첫 소설이다. 이어 『백치』, 『악령』, 『미성년』 등 굵직한 장편을 써낸 다음 1879년에서 1880년까지 《러시아 통보》에 연재한 『카라마조프가의 형제들』은 마지막 장편이자 의심의 여지없이 최고의 소설이다.

2) 『카라마조프가의 형제들』

(ㄱ) 부친 살해와 카라마조프시나 ── 표도르 카라마조프

『카라마조프』는 부친 살해(patricide)를 다각도에서 심도 깊게 다룬 소설이다. 아비 죽이기, 혹은 살부(殺父)는 정치적 차원에서 황제(차르) 죽이기 즉 혁명을, 나아가 형이상학적 차원에서 신 죽이기 즉 무신론(니힐리즘/반역)을 두루 아우르는데, 소포클레스의 「오이디푸스 왕」, 셰익스피어의 「햄릿」을 그 선례로 꼽을 수 있다. 그러나 그 자체로 조건적인 극 장르(고대 비극, 르네상스 비극)가 아닌, 최대한의 사실성과 핍진성을 추구하는 소설 장르에서 아마 인류 역사상 가장 패륜적인, 고로 선정적인 소재 중 하나인 살부를 다룬다는 것은 크나큰 모험이 아닐 수 없다. 적어도 소설이 통속적인 범죄 소설로 전락할 위험이 상당히 크다. 이 무렴, 도스토예프스키는『죄와 벌』에 이어『백치』와『악령』을 쓰면서, 훗날 이바노프가 '소설-비극'이라고 명명한 자기만의 소설 문법을 확립한 터였다.『카라마조프』에서는 앞선 장편에서 한층 진일보하여 인물들의 모종의 역할 분담에 성공, 구성의 균형 감각을 높이고 주제의 다층위성을 담보한다. 즉, 카라마조프 집안의 세 아들(스메르댜코프까지 포함하면 넷이다.)은 각기 그 나름으로 구성적 축을 형성함과 동시에 특정한 주제를 대변한다.

우선 장남 드미트리(28세)는 '감성'(열정)의 축으로서 아비와의 재산 다툼에 이어 여자 다툼(돈과 여자), 3000루블을 구하기 위한 '대장정'('미탸의 모험'), 이어 심리와 공판과 투옥과 탈출 계획('미탸의 수난')에 이르기까지 명실상부한 주인공이다. 따라서 그를 통해 소위 외적 플롯이 구현된다. 반면 '이성'(지성)의 구현인 이반(24세)은 소설의 관념과 사상, 즉 내적 플롯을 담당하며 작가가 평생 동안 천착해 온 주제(죄와 벌, 구원, 불멸, 신 등)를 드미트리와는 다른 방식으로 풀어 간다. 막내아들 알료샤는 '신성'(영성)의 축을 형성함으로써 이반의 대극에 놓일뿐더러 무엇보다도 애초에 성자전 형식을 빌린 '알렉세이 카라마조프의 생애전'으로 구상된 이 소설(현재의 소설은 이것의 첫 부분이다.)의 주인공이기도 하다. 끝으로 순서상 이반의 형인 스메르댜코프는 가장 육체적인 방식으로 살부를 실현하는, 어둠의 육화 느낌을 주는 의미심장한 인물이다. 이 아들들을 엮어 주는 핵심어가 '카라마조프시나'(Karamazovshchna)[3]인데, 아들(들)의 손에 죽는 아비로 설정된 표도르 카라마조프의 형상과 성격을 살펴봄으로써 그 특성을 짚어 보자.

3　카라마조프의 추상 명사로서 '카라마조프적인 것', '카라마조프주의'(karamazovism) 등으로 번역할 수 있다.

현재 쉰다섯 살인 표도르에게서 가장 두드러지는 것은 엄청난 생명력 혹은 삶에 대한 집착인데, 구체적으론 돈(축재)과 여자(성욕)로 나타난다. 전자에 관한 한, 그는 자본주의의 발달 초기, 사업(술집 경영, 그리고 아마 매춘)을 통해 부를 축적한 대표적인 예다. 그에 걸맞게 사업적 수완과 철저한 직업 정신(아무리 술에 취해도 돈을 잃어버리거나 셈을 틀리는 적은 절대 없다.)이 돋보이지만 그 저변에 깔린 것은 아무래도 징그러울 정도로 강한 극도의 이기주의다. 자식들에게 유산 따위는 아예 바라지 말라고 미리 못 박고 늙어서도 '사내 노릇'을 하려면 돈이 필요하기 때문이라고 당당하게 말한다. 그의 왕성한 성욕은 두 번째 결혼[4]과 (거의 확실시되는) 리자베타 능욕, 현재 그루셴카를 향한 욕망 등으로 나타난다. 세상에 추하고 못생긴 여자란 없다, 찾아낼 능력만 있다면 어떤 여자든 자기만의 미를 갖고 있다는 것이 그의 지론이다. 실제로, 스메르댜코프를 빼면 하나같이 미남인 아들들을 통해 유추하건대, 또한 "멸망할 무렵 고대 로마 세도가의 용모"(1: 51)[5]를 보여 주는 매부리코와 아담의 사과(목울대)로 미루어 보아 전성기 그의 외모는 돈 후안-카사노바의 정체성에 충분히 부합했을 법하다. 요컨대, 표도르는 문학사적 맥락에서 페초린의 중년 버전, 더욱이 최악의 버전인바, 뒤룩뒤룩 살찌고 처진 현재의 몰골은 음주와 방탕으로 점철된 젊은 날의 이력을 충실히 반영한다. 그 기저에 깔린 것은 알료샤를 앞에 두고 설파하는 이른바 '갈고리론'에서 보이는 허무주의(나아가 무신론)다.

---

4 첫 결혼의 경우, 그토록 여자를 밝히는 표도르가 아델라이다에게는 성적 매력을 느끼지 못했다는 점이 강조된다.

5 이하 본문 인용은 표도르 도스토예프스키, 김연경 옮김, 『카라마조프가의 형제들』(전 3권) (민음사, 2007)에 근거하며, 인용문 뒤에 권수와 쪽수만 병기한다.

"그러니까 내 생각으론 말이다, 내가 죽었을 때 악마들이 나를 갈고리로 꿰어 자기들 나라로 끌고 가는 걸 깜박 잊어 줄 순 없는 노릇이거든. 자그래서, 이런 생각이 들어. 갈고리라고? 그래, 놈들 나라 어디서 갈고리들이 난단 말인가? 대체 무엇으로 만드는 걸까? 철로 된 것일까? 그렇다면 도대체 어디서 두들겨 만드는 걸까? 저기 놈들 나라에도 무슨 공장이 있단 소리인가? 아닌 게 아니라 저기 수도원의 수도승들은 정말로 지옥에도 예컨대 천장이 있다고 가정하는 모양이야. 나로 말할 것 같으면 지옥이라는 걸 믿을만반의 준비가 되어 있지만, 단 천장은 없어야 해. 그편이 좀 더 세련되고 좀더 계몽된 듯하고, 다시 말해 루터 식이란 말이지. 하지만 본질적으론 이러나저러나 매한가지 아니냐. 천장이 있으면 어떻고 없으면 어떠냐? 하지만 바로 이게 빌어먹을 문제가 아니냐는 말이다! 그래, 천장이 없다면 고로 갈고리도 없는 거야. 갈고리가 없다면 고로 모든 것이 물거품이 되는 것이니, 이번에도 영 터무니가 없잖느냐. 그때는 도대체 누가 나를 갈고리에 꿰어 끌고간단 말이냐? 나 같은 놈을 끌고 가지 않는다면, 그땐 어떻게 되겠어? 도대체이 세상 어디에 진리가 있단 말이냐? Il faudrait les inventer.(그것을 만들어 내기라도 해야 돼.) 이 갈고리들은 나를 위해서라도, 나 하나만을 위해서라도 일부러 만들어 내야 돼. 왜냐면 알료샤, 네가 알기만 한다면, 나는 정말 파렴치한 놈이거든!"(1: 52~53)

"그렇지만 그곳엔 갈고리 같은 건 없어요."(1: 53)라는 알료샤의 응수에 표도르는 어느 프랑스인의 지옥 묘사를 인용한다. "J'ai vu d'ombre d'un cocher, qui avec l'ombre d'une brosse frottait l'ombre d'une carrosse.(나는 솔의 그림자로 마차의 그림자를 청소하는 마부의 그림자를 보았다.)라고 했지."(1, 53) 저 세계(내세)를 실체 없이 오직 그림자만 존재하는 세계, 가령 갈고리 자체도 아니고 갈고리의 그림자로 이루어진 모습으로 상상하는 표도르의 내면은 암울할 수밖에 없다. 여기에 그 특유의 페티시즘과 자기 아이러니가 개입되어 극도로 냉소적인 광대놀음(연극성)이 나온다. 가령 '부적절한 모임'(1부 2편)에서 표도르가 보여 주는 독설과 농담, 독신(瀆神) 등은 그의 무신론의 희극적 발현이지만, 다른 한편으론 대중(조시마 장로를 비롯한 성직자들) 앞에서 자기 비하와 굴욕을 자처함으로써 역설적으로 자기 응징과 단죄를 실행하는 것이기도 하다. 무엇보다도 '수치심'을 버리라는 조시마의 충고가 암시하듯 표도르의 광대놀음의 기저에 깔린 것은 자존감의 결핍, 즉 자신에 대한 수치와 경멸이다. 평생 가면을 쓰고 포즈를 취하며 연극 같은 삶을 살아온 이 희대의 광대조차 그 나름의 실존적 공포와 불안을 느끼는 순간이 있다는 사실도 흥미롭다. 이렇듯 표도르는 여러모로 문제적인 인물이지만 작가가 그에게 할애한 페이지는 별로 많지 않다. 소설 속 그의 구성적 몫은 아들들 각각에게 그 나름의 카라마조프시나를 나누어 주고 일찌감치 죽는 것이다. 그로써 크로노스 신화가 암시하듯, 아들의 목숨을 노리는 아비가 죽어야 아들이 사는, 무섭고 끔찍한 세계가 재현된다.

(ㄴ) 드미트리(미탸)의 모험과 수난, 에피퍼니

카라마조프 집안의 장남 '퇴역 중위', 즉 군인인 드미트리는 애초 '열광자'로 구상되었다. 실제 소설 속에서도 그는 순간순간의 충동에 따라 행동하되 무엇보다도 '명예'를 최고의 가치로 여기는 격정적이고 호탕한 인물로서 낭만주의의 모험 소설에서 튀어나온 것 같은 느낌을 준다. 그 격정과 즉흥, 심지어 '명예'의 숭상에 있어 가장 러시아적인 인물이기도 하다. 가령 표도르의 일을 도와주고 있는(일종의 용역) 이등 대위 스네기료프를 모욕한 다음(술집 앞에서 수세미처럼 생긴 수염을 잡고 질질

끈다.) 그에게 결투 신청을 종용할 때도 명예를 거론한다. 수도원 회합에서 광대놀음을 일삼는 아비를 힐난하는 근거 역시 명예다. 그러나 그의 명예욕과 순수한 격정은 거의 시종일관(특히 8편 「미탸」) 무척 희극적이고 우스꽝스러운 모습을 띠다가 급기야 희비극으로 종결된다. 스토리를 재구성할 때 1500루블(카테리나가 언니에게 부치라고 부탁한 3000루블 중 그루셴카와 모크로예에 갔다가 탕진한 1500루블을 빼고 남은 돈)을 목에 매단 채 3000루블을 구하기 위해 대장정에 나섰다가 아비 살해 직전까지 가고 급기야 모크로예에서 체포되기까지의 여정과 사건은 대략 이렇다.

① 삼소노프의 집: 드미트리는 자기가 아버지에게 받게 될(!) 유산을 담보로 돈을 빌려 달라고 제안하지만, 노회한 삼소노프는 정중히 거절하면서 랴가브이(고르스트킨)에게 가 보라고 한다.

② 랴가브이의 집: 이 도시에서 멀리 떨어진 곳(체르마시냐)까지 찾아 가는데, 일이 꼬이는 바람에(랴가브이가 술에 절어 있다!) 여기에서 하룻밤을 보낸 뒤 아침녘에(깜박 잠들었다가 깨 보니 랴가브이가 또 술을 마셔 버린 상태다!) 절망에 차서 원래의 도시로 돌아온다.

③ 그루셴카의 집: 그녀의 집으로 가 그녀를 삼소노프 집까지 데려다 준다.

④ 페르호틴의 집: 이 젊은 관리의 집에 들러 권총을 저당 잡히고 10루블을 빌린다.

⑤ 표도르 집 근처: 스메르댜코프에게 탐문할 작정이었지만 이웃집 여자를 통해 그가 간질 발작을 일으켰다는 소식을 접한다.

⑥ 미탸의 집: 잠깐 귀가하여 몸단장을 한다.

⑦ 호흘라코바 부인의 집: 그녀가 평소 자신을 싫어하고 이반과 카테리나를 좋아했기 때문에 둘이 '연결'되도록 자신에게 3000루블을 (먹고 떨어

지라고!) 빌려 줄 것이라고 생각, 부탁하지만, 결국 허탕 친다.

⑧ 그루셴카의 집: 그루셴카가 이곳에 없음을 확인하고 하녀(페냐)에게 더 캐물을 생각도 하지 않고 다급하게 밖으로 달려 나가다가 우연찮게 눈에 띈 놋쇠 공이를 집어 든다.

⑨ 표도르의 집: 담장을 훌쩍 넘어 아버지의 집으로 들어간 뒤 아버지 방 근처에 숨어 그루셴카가 있는지 살핀다. 그녀가 없음이 확실시됨에도 괜히 호기심 때문에 스메르쟈코프가 일러 준 신호대로 창문을 두드리는 바람에 표도르를 교란시켜 놓고,(그는 그루셴카가 온 거라고 착각한다.) 무엇보다도 그야말로 우연히 잠에서 깬 하인 그리고리가, 이미 담장에 반쯤 걸터앉은 미탸를 습격한다. 미탸는 무의식적으로 손에 쥐고 있던 놋쇠 공이로 노인을 내리친 다음 담장에서 뛰어내려 손수건으로 피를 닦아 주고 살인을 저질렀다는 절망적인 확신에 찬 채 도망친다. 바로 그때 스메르쟈코프가 (훗날 이반에게 털어놓는 내용을 참조하면) 간질 발작을 연기하다가 벌떡 일어나서 표도르의 방으로 간 다음 서진으로 그를 살해하고 훔친 돈은 사과나무 옹이 속에 끼워 두고 다시 자기 방으로 돌아와, 마르파를 깨우기 위해 더 큰 소리로 신음 소리를 낸다.

⑩ 그루셴카의 집: 손과 옷자락에 피를 묻힌 채 실성한 사람처럼 다시 그루셴카의 집으로 와서 자초지종을 듣자, 그루셴카를 그녀의 옛 애인에게 넘길 수밖에 없다며 체념한다. 예심에서 미탸가 엄청난 치욕을 감수하면서 고백한바, 이 집을 나온 뒤 어둠이 자욱한 길거리 어디에서 그동안 목과 가슴 팍 사이에 매고 있던 부적 주머니를 떼 내어 그 속에 든 1500루블을 꺼낸다.

⑪ 페르호틴의 집: 역시 반쯤 미치광이처럼, 단 이번엔 피 묻은 손에 지폐 뭉치까지 든 채 나타나 권총을 찾은 다음 그루셴카가 자신의 옛 애인을 만나기 위해 가 있는 모크로예로 떠난다.

이 여정에서 여실히 보이듯, 평생 자기 손으로 돈 한 푼 벌어 보지 못한 사람답게 그는 남의 속내를 자기 식으로, 즉 '명예' 혹은 '순수'의 코드로 해석하고, 그 속에 어떤 간교한 속임수(삼소노프)나 명민한 현실 감각(호흘라코바 부인)이 있음을 전혀 알아차리지 못한다. 덧붙여, 일찍 사망한 어머니의 유산을 흥청망청 쓰며 제멋대로 살아온 까닭에 세상일이 마구잡이로 틀어질 수 있음을(라가브이, 이어, 그루셴카, 표도르 집에서의 일) 예상하지 못한다. 그의 순수함과 고결함을 아무리 강조할지라도, 이 모든 것은 28세의 청년에게 결코 미덕이 아니다. 결국 이런 유의 '순수-악'(순수 폭력), 그리고 '순수-무지' 때문에 그는 아비 살해의 누명을 쓰기에 이른다. 여기에서 작가가 문제 삼는 것은 '(아비를) 실제로 죽이지는 않았으나 죽이고 싶었다'는 것, 즉 욕망과 언어 차원의 죄다.

미탸는 처음에는 예의 그 열광적인 성격답게 '십자가'를 지겠다고, 자신의 내부에 '새로운 사람'이 태어났다고 부르짖지만, 알료샤에게 말하듯, 당장 간수가 '네놈'이라는 말을 쓰며 자기를 무시하는 것조차 참을 수 없다. 실상 미탸가 비장한 각오를 다지며 십자가행을 감수한다면 그 결말이야말로 그의 성격적 특수성과 전후 맥락을 고려할 때 개연성과 핍진성이 떨어지는 것이다. '죄와 벌', 심지어 '죄를 통한 구원'은 도스토예프스키의 장편 소설 전반을 관통하는 주제지만, 결코 엄격하고 경직된 도덕률과 공소한 교리의 설파를 통해 얘기되지는 않는다. 작가가 미탸에게 주는 속죄의 형식은 유형살이가 아니라 탈출, 이어 그루셴카와 함께 아메리카로 떠나는 것이다.

"형은 준비가 안 돼 있고, 또 그런 십자가는 형을 위한 것이 아니야. 뿐더러, 준비도 안 된 형한테 그런 위대한 수난의 십자가는 필요치도 않아. 만약 형이 아버지를 죽였다면 나는 형이 십자가를 거부하는 걸 유감스러워했

겠지. 하지만 형은 아무 죄도 없는데 형이 그런 십자가를 진다는 건 너무 가혹해."(3: 528~529)

탈출 계획을 실행에 옮기기에 앞서 고민하는 미탸에게 '지상의 천사'인 알료샤가 들려주는 말은 작가의 목소리를 대변한다. 작가 자신이 직접 경험했기 때문에 더 진정성이 느껴지거니와 유형살이는 '타인의 죄업'을 씻기 위해 감수할 만큼 만만한 것이 아니다. 미탸의 변덕과 탈출 결심에서 도스토예프스키 특유의 리얼리즘, 즉 세상의 이치와 건강한 희극성이 빛을 발하기도 한다. 고행과 수난 끝에 구원의 가능성을 향해 성큼 다가서는 이 인물의 이른바 테제를 살펴보자.

소설의 1부, 드미트리의 '고백', 즉 그가 알료샤에게 시의 형식, 일화의 형식, '곤두박질'을 통해 토로하는 말에서 드러나듯이 그는 자신이 헤아릴 수 없는 모순 앞에서 ('받아들이지 않겠다!'라고 선언하는 이반과 달리) 경외감을 보이며 무조건적인 수용을 선언한다. 환멸과 권태와 분열을 모르는 이상적 낭만주의('실러')의 숭배자다운 순수한 면모가 부각되기도 한다.

"비밀이 정말 너무도 많아! 너무도 많은 수수께끼들이 지상의 사람을 짓누르고 있어. 네 깜냥대로 수수께끼를 풀어 보라니, 몸에 물을 적시지 않은 채로 물에 들어갔다 나와 보라는 것과 똑같아. 아름다움이란 정말! 덧붙여 내가 참을 수 없는 건 어떤 사람이, 그것도 고귀한 마음과 드높은 이성을 가진 사람이 마돈나의 이상에서 시작하여 소돔의 이상으로 끝을 맺는다는 거야. 더 끔찍한 것은 영혼 속에 이미 소돔의 이상을 품은 상태에서도 마돈나의 이상을 또한 부정하지 못하여, 그 때문에 죄악을 모르던 젊은 시절처럼 자신의 가슴을 진실로, 진실로 불태운다는 거지. 아니야, 인간이란 넓어, 너무도 넓어, 나는 차라리 축소시켰으면 싶어. 젠장, 도대체 뭐가 뭔지 알게 뭐람, 정말! 이성에겐 치욕으로 여겨지는 것이 마음에겐 완전히 아름다움이니 말이다. 소돔에도 아름다움이 있을까? 믿을 수 있겠니, 아주 많은 사람들에게 있어 아름다움이란 바로 소돔에 도사리고 있다는 걸, 이 비밀을 너는 알고 있었니? 정말 무서운 건 말이지, 아름다움이란 비단 섬뜩한 것일 뿐만 아니라 신비스러운 것이기도 하다는 사실이야. 그러니까 악마와 신이 싸우는데 그 전쟁터가 바로 사람들의 마음속인 거지."(1: 227~228)

드미트리가 놀라워하는 '비밀'은 '일화' 형식을 통해(군 복무 중 허랑 방탕한 생활과 카테리나와의 전사(前事), 아버지와의 재산 싸움, 그루센카를 혼내 주러 갔다가 오히려 반한 것 등) 구체적인 모습을 드러낸다. 그 핵심을 이루는 미탸의 정욕과 방탕은 아버지 표도르와는 전혀 다른 양상을 띤다. 그는 '벌레'(소돔)로 사는 와중에도 '명예'(마돈나)에 대한 표상은 여전히 갖고 있을뿐더러 심지어 그 갈망은 더 강렬하다. 그가 태생적으로 아버지와 같은 부류의 호색한이 될 수 없는 것은, 분석적인 서사성이 아니라 전일적인 서정성이 그를 지배하기 때문이다. 카테리나와 그루센카, 두 여자로 구체화된 사랑 역시 그렇다. 그에게 어울리는 상대는 아무래도 분석적인(나아가 분열적인!) 카테리나보다 즉흥적이고 (여성 사업가다운 이해타산은 있으되) 순수한 그루센카다. 그의 경우 에로티시즘은 육체와 영혼을 공히 아우를 뿐 아니라 인간과 세계의 각종 비밀과 수수께끼, 요컨대 모순의 극점을 이루는 것이다. 구성상으로는, 아비-연적을 죽이고 싶을 만큼 강렬했던 이 열정이 그를 수난으로, 또한 나아가 구원으로 이끌고 가는 식이다. 그의 수난과 구원 사이에 일종의 결절처럼 도드라지는 것이 심문이 끝난 다음 잠시 눈을 붙인 상태에서 꾸는 꿈이다.

11월 초, 꿈속의 그는 군인으로서 습설이 내리는 가운데 마차를 탄 채 화마가 휩쓸고 간 마을 곁을 지나간다. 그의 눈을 스치는 헐벗고 굶주린 애 엄마와 아기의 사연을 들으며 그는 광분한다.

> "자네, 어디 말 좀 해 보게. 대체 왜 화재를 당한 애 엄마들이 저렇게 서 있는 건가? 사람들은 왜 가난한 거야, 애기는 또 왜 가난한 건가? 왜 들판이 이렇게 황량한 건가? 왜 저들은 서로 껴안지도 않고, 입을 맞추지도 않는 건가? 왜 기쁨에 찬 노래들을 부르지 않는 거냐고? 왜 그런 거야, 왜 저들은 저렇게 흉흉한 재앙을 당해 갖곤 저토록 시커메진 거냔 말이야? 왜 애기한테 젖을 먹이지 않느냔 말이야?"

> 이렇게 미탸는 자기가 미친 듯이 얼토당토않은 질문을 퍼붓고 있음을 느낀다. 하지만 그는 꼭 이런 식으로 묻고 싶고 또 이런 식이 아니면 안 됐던 거다. 그리고 그는 지금까지는 절대 경험해 보지 못한 어떤 감동이 자기 가슴속에서 북받쳐 오르는 것을 느낀다. 울고만 싶다. 애기가 더 이상 울지 않도록, 시커멓게 말라 버린 애 엄마가 울지 않도록, 이 순간부터는 그 누구도 절대 눈물을 흘리지 않도록 모든 사람들에게 뭔가를 해 주고 싶다. 지금, 지금 당장 한시도 미루지 않고 어떤 일이 있어도 카라마조프답게 막무가내로 나서서 말이다.(2: 471)

이른바 '애기' 꿈은 지금껏 타인의 삶과 고통에는 조금도 주의를 기울이지 않았던 허랑방탕한 청년에게 각성의 순간을 선사한다는 점에서 의미심장하다. 다분히 종교적 신비 체험과 유사하게 이 꿈을 계기로 그는 『카라마조프가의 형제들』을 관통하는 주제인 '만인 유죄'('모든 사람들은 모든 사람 앞에 모든 것에 대해 죄인이다.')를 깨닫게 된다. '나'가 어떤 식으로든 '너'의 불행과 고통에 관여되어 있다는 것, 심지어 그 원인일 수 있다는 것에 대한 의식, 죄에 있어서의 '연대 의식'(solidarnost')이 저 꿈을 통해 처음으로 환기된 것이다. 이어, 눈을 뜬 직후 미탸는 자신의 머리맡에 베개가 놓여 있다는 사실에 무척 감동한다. "아니, 누가 내 머리맡에 베개를 놓아 준 거죠? 정말 착한 사람이었군요!"(2: 472) 그의 열광은 정녕 '카라마조프식', 즉 즉흥적이고 직접적인 것이어서 이내 사그라지지만 그럼에도 그를 총체적인 화해로 이끈다는 점에서 (알료샤의 '갈릴리 가나의 혼인 잔치' 꿈과 마찬가지로) 모종의 에피퍼니라고 할 수 있다.

(ㄷ) 이반의 이론과 실제 — 반역, 「대심문관」, 살부

이반의 이론: 반역과 「대심문관」

작가의 정의에 의할 때 '열광자' 미탸와 대비되도록 애초 '학자', '무신론자'로 설정된 이반은 실제 소설에서도 사상적, 이념적 축을 형성한다. 작가는 그에게 미탸의 외적인 운동성(행동)에 맞먹는 내적인 운동성(사유)을 선사함과 동시에 이론과 실제, 관념과 삶의 괴리로 고통받도록 만든다. 즉, 그는 자신이 주장한 무한한 자유,("모든 것이 허용된다.") 아비(=신)까지 죽일 수 있는 자유를 오롯이 향유할 수 있느냐, 아비를 죽이고도 (혹은 그러도록 방치하고도) 죄의식을 느끼지 않을 수 있느냐, 하는 과제를 부여받는다.[6] 「대심문관」은 이론의 극단이고 아비 살해는 실제의 극단인바, 먼저 그의 이론-사상을 소설 속에 포진해 있는 각종 텍스트를 토대로 살펴보자.

1부 2편, 수도원의 회합에서 미우소프가 정리해 주는 이반의 사상은 '신이 존재하지 않는다면(인간에게서 신과 불멸에 대한 믿음을 없앤다면) 모든 것이 허용된다.'로 정리된다. 이 명제는 교회 권력에 관한 논문으로

---

[6]   살펴보겠지만, 알료샤에게는 "기적을 보지 않고도 믿을 수 있는가?"라는 과제가 부여된다.

나타난다. 여기에서 이반은 신 존재론이나 그것에 기반한 윤리학이 아니라 일종의 정치행정학적 측면, 즉 세속 권력과 종교 권력의 상호 관계에 대해 고민한 것으로 얘기된다. 조시마 장로를 포함해 수도원의 지식인 수사들 앞에서 간략히 설파되는 그의 주장은 교회(종교) 권력이 지금보다, 심지어 최대한 확대되어 국가(세속) 권력까지 포함해야 한다는 것으로서 다분히 중세 교황전권론(황제교황주의에 맞서는 교황황제주의)을 방불케 한다.[7] "모든 것이 허용된다."의 또 다른 표현은 '반역'이다. 5편 「Pro와 Contra」의 첫 장에서 이반은 알료샤를 앞에 두고 (집안 문제, 형 미탸, 카테리나와의 관계 등에 이어) '신은 받아들이되 신이 만든 세계를 받아들이지 않는다.'라는 요지의 사상을 설파한다.

> "신을 받아들이지 않는다는 것이 아니라, 이 점을 잘 알아 둬, 그가 창조한 세계를, 신의 세계를 받아들이지 않는다는 것, 받아들이는 것에 동의할 수 없다는 거야. (중략) 심지어 평행선들이 서로 만나고 내 눈으로 그것을 보게 될지라도 말이야. 내 눈으로 그걸 보면서, 만났다고 말을 하게 될지언정 그래도 받아들이지 않을 거야. 자, 바로 이게 나의 본질이야, 알료샤, 바로 이게 나의 테제란 말이다."(1: 494~495)

비유컨대, 유클리드기하학(3차원의 논리)에 따르면 절대 만나지 않는 두 개의 평행선이 비유클리드기하학(4차원의 논리)에 따라 어딘가에서 만날지라도, 그럼에도 그 총체적인 화해를 받아들이지 않겠다는 이반의 주장(1: 493)은 이어지는 장 「반역」에서 보다 구체화된다. 그의 반

---

[7] 이런 사상의 기본 전제는 물론 신에 대한 믿음이어야 하는데 실상은 전혀 그렇지 못함을 조시마는 간파한다.

역의 근거인즉, 인류의 고통, 특히 너무 어려 미처 선악과를 따 먹을 시간조차 없었던 어린아이가 부조리하게 감내해야 하는 고통이다. 그는 자신의 '컬렉션'에 포함된 각종 실례를 생생하게 묘사한 다음 알료샤에게 공분을 촉구하고, 신이 인간과 세계를 올바로 창조했다면 어떻게 이 부조리한 고통이 가능하단 말인가 하고 반문한다. 특히 농노제가 시행되던 시절, 사냥개의 다리를 다치게 했다는 죄목으로 어머니가 보는 앞에서 알몸으로 개 떼들에게 물려 죽는 처형을 당한 농노의 아들에 대한 이반의 분노가 처절하다. "고통은 있으되 죄인은 없다는 것"(1: 513)을 인정할 수밖에 없지만 그렇기에 더더욱 그는 "보복", 더욱이 "무한대 속의 언제, 어디서가 아니라 바로 여기에서"(1: 513) 그 보복이 이루어지길 바란다. 알료샤는 모든 것을, 모든 자를 용서할 수 있는 '그분'의 존재를 언급하지만 이반은 거듭 총체적인 반역을 주장한다. 즉, 세계 조화를 성취하기 위해 요구되는(이 경우엔 어린아이들의 고통) 희생을 그대로 용납할 것인가, 하는 문제 앞에서 이반은 부정과 거절의 입장을 취하며 그렇게 만들어진 조화의 세계로 들어가는 입장권을 조용히 반납하겠다고 말한다.

"이 세계를 통틀어 용서할 수 있는 권리를 가질 수 있는 존재가 있기는 한 건가? 조화 따위는 원치 않아, 인류에 대한 사랑 때문에 원치 않는 거야. 비록 내가 틀렸다고 해도 차라리 나는 복수의 순간을 맛보지 못한 나의 고통을, 도저히 풀릴 길 없는 나의 분노를 간직할 거야. 그래, 조화의 값을 너무 높게 매겨 놓아서 우리의 주머니 사정으론 도대체 그 비싼 입장료를 감당할 수 없거든. 그렇기 때문에 나는 서둘러서 입장권을 반납하려는 거야. 더욱이 내가 정말로 정직한 사람이라면, 가능한 한 빨리 그것을 반납할 의무가 있는 거지. 그래서 정말로 실행에 옮기는 거야. 나는 신을 받아들이지 않는 것이 아니라, 알료샤, 난 그저 신에게 그 입장권을 극히 정중하게 반납하는 거야."(1: 516)

신의 존재는 인정하되 그의 섭리와 원칙은 부정한다는 것은 그 어떤 무신론보다 더 불온, 불경하다고 할 수 있겠다. 하지만 다른 한편으론 신(나아가 아비)에 대한 기대가 그만큼 컸음을 역설적으로 방증하는 것이기도 하다. 그 본질상 비극인 이반의 니힐리즘은 「대심문관」에서 대단히 조건적인 환상 문법으로 형상화된다.

16세기 초(15세기 말), 종교 재판이 한창인 에스파냐에 '그'가 나타난다. 복음서에 예언된 재림도 아니고 그저 자신이 십자가에 못 박히는 고통을 감내하며 그 죄를 사해 준 그들이 어떤 모습으로 살아가는지 보기 위해 조용히 지상에 내려온 것이다. '그'는 말 한마디 없이 장님을 눈 뜨게 하고 앉은뱅이를 일어서게 하는 등 복음서에 묘사된 기적을 (다시!) 행한다. 그날도 변함없이 종교 재판 이후 화형식을 거행한 대심문관(종교 재판관)은 민중을 교란하는 '그'를 체포하라고 명령한다. 오랜 세월 대심문관의 명령에 복종해 온 민중은 '그'의 출현에 깊이 감화되었음에도 조용히, 말없이 길을 내준다. 한밤중, 화려한 복장 대신 원래의 허름한 수도사 옷을 입은 대심문관이 촛불을 손에 들고 감옥에 갇힌 '그'를 찾아온다. 월계수와 레몬 향이 진동하는 세비야의 뜨거운 밤, 말 없는 '그'를 앞에 두고 아흔 살의 대심문관이 오랫동안 가슴에 담아 둔 비밀을 토로한다. 이것을 대심문관(나아가 이반, 더 나아가 작가 도스토예프스키)의 '신앙 고백'이라고 할 수도 있겠다.

대심문관의 말은 4대 복음서에 공히 언급되는 '예수 그리스도의 유혹'에 대한 다시 쓰기로 시작된다. 황야에서 고행 중인 예수 앞에 나타난 마귀의 제안은 다음의 세 가지다. 첫째, 광야의 돌을 빵으로 바꿔라. 둘째, 네가 하느님의 아들이라면 절벽에서 뛰어내려라. 셋째, 내 앞에 경배하면 모든 걸 너에게 주겠다. 이것을 대심관은 인간의 본성을 묘파한, 인류의 최고 두뇌들을 총동원하여 생각해 낼 수 있는 가장 현묘하고 본질적인 질문이라 평하면서, 각각 물질적인 안락(빵-기적)에 대한 유혹, 신비에 대한 유혹, 권위에 대한 유혹으로 정의한다. 예수가 최고의 선지자답게 하느님의 이름으로 당당히 물리친 유혹을 대심문관과 그의 추종자들은 역시나 당당히 받아들여 그들만의 왕국을 만든다. 이 지상의 천년왕국에서는 우선 '양 떼'(=민중)로부터 그들이 버거워하는 자유를 반납 받는 대신 물질적 안락(빵)을 제공한다. 이로써 그들로선 무척 곤혹스러울 수밖에 없는 선악의 선택 문제, 즉 '자유'의 고통을 없애 주고 대신 '행복'을 제공한다. 둘째, '기적에 얽매이지 않은 자유로운 믿음'을 가졌던 예수와는 달리, 눈앞에서 기적과 신비를 보지 못하면 절대 믿지 못하는 우매한 중생들에게 그것을 직접 보여 줌으로써 (비록 얄팍한 것일지라도) 믿음을 유도한다. 끝으로, 빵(기적)과 신비의 문제가 해결된 이후에 제기되는 치명적인 물음, 즉 '마지막 선물'은 바로 이 양 떼를 어떤 식으로 '조화로운 공통의 개미집' 속으로 결집시킬 것인가, 하는 것이다. '누구'에게 자유를 반납하고 무조건적인 복종을 바치되 '모든 사람이 함께', '공동으로' 해야 한다는 것이 핵심이다.

"'빵'을 받아들였다면, 너는 개개의 인간뿐만 아니라 인류 전체의 총체적이고 영구적인 우수에 대한 해답을 함께 줄 수 있었을 것이니, 그건 다름 아니라 "누구 앞에 경배할 것인가?"의 문제이다. (중략) 하지만 인간이 찾는 그 대상이란 (중략) 너무도 확실하기 때문에 모든 사람이 일시에 만장일치로 그 앞에 함께 경배할 수 있어야만 되는 것이다. 이는 이 가련한 피조물들은 나나 다른 사람이 경배할 수 있는 대상을 찾을 뿐만 아니라, 모든 사람들이 그를 믿고 그 앞에 경배할 수 있는, 반드시 '모든 사람이 함께' 경배할 수 있는 그런 존재를 찾기 위해 노심초사하고 있기 때문이지. 자, 바로, 경배를 하긴 하되 '공동으로' 해야 한다는 요구야말로 인간 개개인이 개별적으로건 인

류 전체로건 태초부터 골머리를 앓아 온 주된 문제인 것이다."(1: 535)

　　대심문관은 자신의 과업이 소수의 천재(＝예수)와는 다른 다수의 본질(우매함과 나약함!)에 대한 통찰과 있는 그대로의 그들에 대한 사랑에 근거한 것이라고 역설하지만, 실상 그 기저에 깔린 것은 아주 미묘하고 양가적인 경멸, 그리고 선민사상(부분적으론 우생학)이다. 대심문관도 한때는 위대한 선지자의 계열에 합류하기 위해 황야에서 메뚜기와 풀뿌리만 먹으며 고행했으나 그 길을 포기하고 '저 불쌍한 것들'을 구원하기 위해 악마의 유혹을 받아들인다. 무엇보다 중요한 것은 황야에서 얻은 깨달음, '무덤(관) 뒤에는 아무것도 없다.'라는 니힐리즘이다. 그는 자기 혼자 이 크나큰 기만(신은 없다!)의 고통을 감내하면서 존재하지도 않는 신의 이름을 기치로 내걸고 유토피아를 건설한다. 그것이 실은 억압적인 전체주의 국가의 전형인 디스토피아(안티유토피아)로 판명되는 것은 「대심문관」 바깥에서의 문제고 이 텍스트 자체는 극히 암시적으로 종결된다.

　　"나는 그것을 이렇게 끝내고 싶었어. 대심문관은 입을 다물었을 때, 자신의 죄수가 그에게 무슨 대답을 해 주길 얼마 동안 기다리지. 그는 상대방의 침묵이 괴로웠어. 그는 수인(囚人)이 자신의 눈을 똑바로 바라보면서 줄곧 무슨 반박을 하고 싶은 마음도 전혀 없는 듯 그의 말을 조용히 꿰뚫듯 듣고 있는 것을 보았지. 노인은 상대방이 씁쓸하고 무서운 말이라도 좋으니 무슨 말이든 좀 해 주었으면 싶었어. 하지만 그는 갑자기 말없이 노인에게로 다가와, 아흔 살 먹은 그 핏기 없는 입술에 조용히 입을 맞추는 거야. 자, 바로 이게 대답의 전부야. 노인은 몸을 부르르 떨지. 그의 입술의 양 끝이 어쩐지 파르르 떨렸어. 그는 문 쪽으로 걸어가 문을 열고 그에게 말해. '어서 가라, 그

리고 다시는 오지 마라…… 두 번 다시 오지 말란 말이다…… 절대로, 절대
로!'라고. 그러고는 '도시의 어두운 광장'으로 풀어주는 거야. 죄수는 그렇게
떠나가."

"그럼 노인은?"

"입맞춤은 노인의 가슴속에서 불타오르고 있지만, 그래도 그는 여전히
예전의 이념을 고수하는 거지."(1: 553~554)

여기에서 가장 경이로운 대목은 '그'의 입맞춤(키스)이다. 작가의
창작 전체를 조망하자면 『지하로부터의 수기』 이후 도스토예프스키 소
설의 주된 축이 되어 온 '관념'과 '삶'('살아 있는 삶')의 변증법이 『죄와
벌』의 도식을 거쳐('변증법 대신에 삶이 도래했다.')[8] 이렇게 완결된다. 이
념은 오직 그것과 같은 차원에서만 논의될 수 있는 것, 즉 또 다른 특정
이념에 의해서만 확증되거나 반대로 기각될 수 있는 성질의 것이다. 대
심문관의 기나긴 말(이념)에 대한 답인 '그'의 키스(삶)는 이러한 대립
구도 자체를 무화시키고 문제를 아예 다른 차원으로 이월시킨다. 진리,
나아가 총체적인 화해는 변증법적인 지양과 극복 같은 논의 너머에 존
재한다는 것, 그것은 뭔가 완전히 다른 차원에 속한다는 것이 강조된다.
바로 이 지점에서 '신'의 존재가 환기된다. 그와 더불어 문형과 어순을
(가령 '이념은 고수하되 입맞춤은 불타오른다.'라는 식이 아니라) 현재와 같이
취함으로써 '그'의 입맞춤(이해와 동정과 용서와 공감과 화해, 요컨대 '저 세
계-사차원'에서 만나는 두 개의 평행선)에 감동은 했으되 그것을 오롯이 받
아들일 수는 없는 대심문관의 고뇌가 극적으로 표현된다. 심지어, 알료

---

8   "변증법 대신에 삶이 도래했고, 의식 속에서는 뭔가 완전히 다른 것이 생겨나야 했다."(표도
르 도스토예프스키, 김연경 옮김, 『죄와 벌』 2권(민음사, 2012), 498쪽)

샤와 이반이 공히 인정하듯, '그'는 '신'이라는 관념에 미친 대심문관의 자아 분열의 산물일 수도 있다. 그렇다면, 현재의 대심문관은 자신의 종교적 이념(구원)을 실현하고자 한 위정자인 반면(현실-정치) 그의 분열된 자아인 '그'는 그가 한때 꿈꾸었다가 포기한 고독한 은자(몽상-황야)다. 어떤 경우든 그 자체로 완벽한 대심문관의 '말-논리'에 맞서는 또 다른 '말-논리'가 있을 것 같지 않다. 요컨대, 침묵하며 들어 주는, 나아가 입맞춤으로 화답하는 그리스도의 형상('영성')이야말로 소설가 도스토예프스키의 천재적인 직관력을 보여 주는 대목이다. 물론 여기에서 '말씀-로고스'(나아가 심판)의 신이 아니라 러시아 정교회 특유의 조용하고 온유한 신에 대한 작가의 표상도 드러난다. 「대심문관」의 서문 격인 「성모의 지옥 순례」속 냉혹한 신과 죄 많은 인간 사이를 중재하는 자비로운 성모의 형상도 이와 맞닿아 있다.

「대심문관」의 바깥, 대심문관과 '그'는 자연스레 이반과 알료샤로 유비된다. 이반은 여전히 '모든 것이 허용된다.'라는 자신의 사상을 고수함에도, 그리고 "서른 살까지만 질질 끌다가 그때 가서는—술잔을 마룻바닥에 내동댕이칠 거라니까!"(1: 554)라고 부르짖음에도 동생의 뜬금없고 사심 없는 입맞춤에 "표절이로구나!"(1: 556)라고 외치며 기쁨과 감사를 숨기지 않는다. 여기에서 스물네 살의 이반은 아흔 살의 대심문관과 결정적으로 구별된다. 또한 이런 식으로 서로 모순되는 두 원칙(대심문관 대 '그', 이반 대 알료샤, 악마(표도르) 대 신(조시마))이 '카라마조프'(핏줄)라는 이름 아래 공존하는 것이기도 하다. 한 번의 끈끈한 만남 이후 각자 제 갈 길로 흩어진 두 형제는 아비가 죽고 난 다음에야 다시 만난다. 이반의 입장에서 보면 '이론' 이후의 '실제'이기도 하고, 독자의 입장에서는 특정 이념의 담지자, 소위 '관념인' 이반이 아니라 순전히 소설 속 인물로서 이반과 마주하는 것이기도 하다.

이론의 실제: 살부, '기대의 권리'

공판 전날, 스메르댜코프의 차분한 말대로(3: 359~360), 카라마조프 집안의 차남인 이반은 세 아들 중 정신적으로 아버지를 제일 많이 닮았다. 그가 조목조목 지적한 이반의 자질(돈과 여자에 대한 사랑, 오만한 성격, '고요한 만족'의 추구 등)과 냉정한 개인주의가 극단적인 상황에서 야비한 기회주의로 바뀌는 것이 문제다. 그는 유년 시절부터 동복 동생인 알료샤와는 달리 아버지를 매우 수치스러워 했고 그래서 자립하기 위해 부단히 노력해 왔다. 그러나 그의 장점인 생활력, 자립심, 신중함이 집안의 참극과 맞물리면서 오히려 부정적인 쪽으로 나타난다. 아버지와 형의 갈등을 주로 관망할 뿐, 적극적인 관여와 행동을 회피하는 데는 그의 우유부단한 성격 외에도 아비에 대한 경멸과 분노, 또 카테리나의 마음을 사로잡은 거칠고 천박한 형에 대한 질투도 개입되어 있다. "한 마리의 독사가 다른 한 마리의 독사를 잡아먹을 거야, 두 놈 다 그 길밖에 없어!"(1: 296) 그루셴카가 오는지 망보고 있던 미탸가 아버지의 집에 들이닥쳐 한판 소동을 일으킨 직후, 정원에서 격앙된 이반이 알료샤에게 하는 말이다. 그 자신의 보다 완곡한 표현인 "기대의 권리"(1: 300)는 그날 밤 어떤 흥분감에 차 아버지 방 쪽으로 귀를 기울인 것으로, 또 다음 날 아침, 집안에 참극이 일어날 수 있음을 예감한 상태에서 그냥 떠나는 것으로 나타난다. 이미 모스크바행 기차를 탄 다음 그가 스스로를 '진짜 비열한 놈'이라고 욕하는 것은 이 모든 정황에 대한 그의 죄의식을 압축적으로 보여 준다.

이반의 이른바 미필적 고의 혹은 부작위의 죄(sins of omission)는 설령 참극 이전 그와 스메르댜코프의 음침한 대화("영리한 사람과는 얘기를 나누는 것도 흥미롭다.")를 고려하더라도 형법상의 단죄 대상이 될 수 없다. 그럼에도 도스토예프스키의 윤리학과 민감한 도덕감은 이것마저도 죄의 범주에 포함시킨다. 요컨대 죄란 비단 행동 차원(스메르댜코프)과 생각-말의 차원(미탸)에 머물지 않고 의식의 표면으로 나오지 않은 무의식-욕망의 차원(이반)으로까지 확대된다. 이와 더불어 강조되어야 할 것이 있다. 즉, 아비와 형 둘 모두의 파멸을 바랄 만큼 증오하면서도 또한 그만큼 사랑하는 것이 이반의 고뇌의 출발점인데, 이는 참극 이후 더 극적으로 표현된다. 아비의 부고를 접하자마자 귀향, 일련의 조사 끝에 미탸가 살인범이란 억지(!) 확신에 도달하고 역시나 억지(!) 안심을 얻은 다음에도 '자유'에 수반되는 '양심'은 침묵하지 않는다.

> "형" 하고 알료샤가 다시 떨리는 목소리로 말을 시작했다. "내가 형에게 이 말을 한 것은 형이 내 말을 믿을 테니까 그런 거야, 나는 그럴 줄 알고 있어. 나는 내 평생을 걸고 형에게 이 말을, 형이 아니야! 라는 말을 한 거야. 내 말 듣고 있어, 내 평생을 걸었다고. 그리고 이건 하느님이 내 영혼 속에 형에게 이 말을 해 주라고 정하신 거야, 비록 이 순간부터 형이 영원토록 나를 증오하게 될지라도……."
>
> 하지만 이반 표도로비치는, 보아하니, 이제는 완전히 자제력을 되찾은 것 같았다.
>
> "알렉세이 표도로비치" 하고 그가 차가운 냉소를 머금으면서 말했다. "나는 예언자나 간질병자 따위는 딱 질색이올시다. 하느님의 사자(使者) 같은 건 특히나 그렇소, 이 점은 당신도 너무나 잘 알고 있을 테지."(3: 194~195)

그럼에도 그는 다시(마지막, 세 번째) 스메르댜코프를 찾아가고 지금껏 희뿌옇고 어스름한 예감 속에 방치해 둔 사건의 전말을 확실히 알게 되고는 전율한다. 아버지를 죽인 자가 스메르댜코프라면 그것을 '사주'(교사)한 '주범'이 자기 자신임을 인정하지 않을 도리가 없다. 그럼에도 그는 스메르댜코프에게서 표도르의 돈 3000루블을 받아 들고 나온 직후 관계자에게 직행하는 대신, 흡사 그럴 수 없는 핑계를 만들려는 듯, 앞서 스메르댜코프를 찾아갈 때는 그냥 무시한 술 취한 농부를 보살피는 데 갖은 정성과 노력을 기울인다. 그가 악마를 보는 것(11편 9장)은 그 직후 집으로 돌아와서다. 악마는 이반의 분열된 자아인바, 여기에서 그의 반성과 자기 단죄는 극대화된다. 특히, 맨 마지막, 알료샤의 도착을 알리며, "저건 자네 동생 알료샤가 아주 뜻밖의 흥미진진한 소식을 갖고 온 걸세, 내 장담하지!"(3: 298)라고 말한 것은 그가 스메르댜코프의 자살을 어느 정도 예감(어쩌면 기대)했음을 암시한다. 스메르댜코프의 지당한 지적대로, 법정에서 사건의 전말을 폭로한들 아무도 그의 말을 믿어주지 않을 것임을 알면서도 굳이 그렇게 하는 것은 (자살한 스메르댜코프에 대한 복수이기도 하거니와!) 양심의 짐을 덜고자 하는 본능의 작용이다. 아버지의 유산 중 형이 받았어야 하는 몫을 형의 탈출 비용으로 내놓는 것도 심리적 보상 작용의 일환으로 보인다. 어떤 의미에서 다소 과잉된 죄의식은 신 앞에서 당당히 반역하는 오만함의 또 다른 표현일 수 있는데 최고 심급의 법정은 바로 '내 안의 법정'이기 때문이다. 다른 한편, 죄의식은 죄의 크기가 아니라 죄를 느낄 줄 아는 마음의 크기에 비례한다는 사실을 지적할 수 있겠다. 신의 죽음을 대가로 인간에게 허용된 자유의 최대치가 아비 죽이기로 설정된바, 이반이 "모든 것이 허용된다."라는 사상-이론의 실제 앞에서 전율하며 무너질 때 '신의 섭리'가 모습을 드러낸다. 이반의 최후에 대한 학적 의견이 분분하지만 그 애매함과 함께 그는 비극의 주인공으로 남겨진다.

㈃ 어둠 − 무(無)의 육화로서 스메르댜코프

이반의 지적 유희의 산물인 대심문관, 그의 지적 붕괴의 산물인 악마 등 두 분신은 세부적인 차이에도 불구하고 본질적으로 이반 자신이다. 흔히 스메르댜코프를 이반의 또 다른 분신으로 정의해 왔으나 이는 작품을 순전히 이반의 관점에서 읽을 때의 이야기고, 스메르댜코프는 그 나름의 '말'을, 그리하여 그 나름의 '히-스토리'를 갖는 독자적인 존재이기도 하다. 그럼에도 그를 처음 등장시킬 때 작가(화자)조차 '머슴'(종놈)이라고 멸시하며 많은 말을 하지 않고, '고백'의 기회를 부여함에 있어서도 유독 스메르댜코프에게만은 인색하게 군다. 「기타를 든 스메르댜코프」(5편 2장)에서 그가 자신에게 호감을 갖고 있는 마리야 콘드라티예브나(옆집 여자) 앞에서 늘어놓는 말이 그나마 '고백'이라고 할 만하다.

"어렸을 때부터 내 팔자가 이렇지만 않았더라면, 이보다 더한 것도 할 수 있었을 테고, 또 이보다 더한 것도 알았을 겁니다. (중략) 그리고리 바실리예비치는 내가 나 자신의 출생을 저주한다고 야단치면서 '네놈은 네 어미의 자궁을 찢은 놈이야.'라고 합니다. 자궁이고 뭐고 간에, 나는 아예 이 세상에 태어나지 않도록 배 속에 있을 때부터 자살이라도 하고 싶은 심정이었습니다. 장터에서 쑥덕대는 건 물론이고 당신의 어머니도 나한테 달려와 참으로 주책없게도 그 여자는 머리에 새둥지를 이고 다녔다느니, 키는 고작해야 2아르신 나암짓했다느니 주절대더군요. 아니, 그냥 남짓이라고 말할 수 있는 것을 왜 다들 나암짓이라고 하는 겁니까? (중략) 나는 아주 어릴 때부터 '나암짓'이라는 말을 들을 때마다 벽에다 내 몸을 내동댕이치고 싶었어요. 나는 러시아 전체를 증오합니다, 마리야 콘드라티예브나."(1: 470~471)

도시를 떠돌던 백치 여인(유로디브이) 스메르쟈시야의 몸에서 태어나 파벨 표도로비치 스메르댜코프(부칭은 표도르에게서 왔다.)라는 이름을 얻은 그는 카라마조프임에도 그 성(姓)도 받지 못했다. 아비를 아비라고, 형을 형이라고 부를 수 없는 출생에 대한 불만은 그의 성격 형성과 이후 인생의 행로에 큰 영향을 끼친 것으로 보인다. 첫 간질 발작이 그리고리에게 심한 꾸중을 들은 직후 일어났다는 점도 인상적이다. 대체로, 사람을 무척 싫어하고 말수가 적은 이 거만한 아이는 '구석에서' 세상을 노려보는 법을 배우며 자폐 성향에 총체적인 불만을 지닌 자로 자라난다. 얄궂은 식사 습관과 결벽증, 어린아이 같지 않은 놀이(고양이 장례식)도 그의 암울한 유년을 반영한다.

　　행랑채의 하인이자 요리사로 자라난 그는 가뜩이나 비우호적인 외모를 치장하는 데 열심인데, 이것을 '계몽'의 표지로 간주한다. 다분히 의미심장한 측면이 있는 그의 특성('관조'와 '불안')도 천박함과 우매함, 심지어 야비함에 묻힌다. 가령 부자간의 갈등이 심해지는 가운데 드미트리에게 수도원 회합의 시간을 일부러 잘못 가르쳐 주거나 은근슬쩍 비밀 노크 신호를 일러 주거나 핀이 든 빵조각을 쥬치카에게 먹이도록 일류샤를 꼬인다. 요컨대 그는 소설 곳곳에서 '악'을 적극적으로 조장하거나 은근히 스며들도록 만든다. 이 어두운 인물의 내면에 어떤 생각이 축적되고 있었는지는, 소설의 초반(3편 6장)에서 크람스코이의 「관조자」를 거론하며 지적하는바, 아무도, 심지어 그 자신도 알 수 없는 노릇이다. 분명한 것은 이 '관조'의 작업이 '성지순례'나 '방화'가 아닌, 그보다 더한 아비 살해로 나타났다는 점이다. 우연의 중첩(미탸의 침입, 그리고리의 발병 등)이 있긴 했으나 표도르 살해, 3000루블 탈취, 간질 발작 연기 등은 20년 남짓 동안 '축적'해 온 '인상(들)'의 저력을 새삼 보여 준다. 이반과의 마지막(세 번째) 만남에서 사건의 전말을 다 털어놓고 이미 이반에게 건네준 3000루블을 다시 한번 보여 달라고 말하는 것이, 소설 속에서 우리가 보는 그의 마지막 모습이다.

　신통방통하게도 요리에 놀라운 재능이 있었던 그는 모스크바도 아닌 프랑스에서 식당을 경영하려는(그래서 프랑스어를 공부하기도 한다.) 꿈이 있었다. 여기에서 아마 도스토예프스키 소설을 통틀어 가장 어두운 인물, '니힐'의 어원 그대로의 '무'의 현현인 그의 내면에서 꿈틀거렸을 몽상과 환멸의 드라마가 어렴풋이 윤곽을 드러내는 듯도 하다. 변호사 페튜코비치의 변론을 참조한다면 출생과 성장 환경에 대한 울분, 다른 형제에 대한 질투 등과 '절망'이 그를 자살로 이끌었을 법도 하다. 그럼에도 도스토예프스키 소설 속 자살이 대부분 관념적인 의미('말')를 많이 갖고 있는 반면 그의 자살은 사실상 어떤 '말'도 주어지지 않은, 가장 수수께끼 같은 자살이 되고 만다. "아무에게도 죄를 돌리지 않기 위해 나 자신의 의지와 의향에 따라 내 생명을 끊는다."(3: 300) 사건의 전말은커녕 미탸의 누명을 벗길 수 있는 최소한의 말도 없고 또 자기 자신에 대한 어떤 변명이나 하소연도 없는 이 한 줄 유서는 그가 세상과의 화해를 끝까지 거부했음을 보여 준다. 어쩌면 그 정도로까지 세상과 사람을 무시했던 것, 그 정도로까지 오만했던 것일까. 러시아의 한 학자는 그를 '태어나면서 어미를 죽이고 살아생전에 아비를 죽이고 이 소임이 끝나자 자기 자신을 죽인 인물'로 정의했다. 이러한 비극성에도 불구하고 그의 외모와 지성, 감성 등 모든 것이 너무도 속물적인, 심지어 저속한 모습을 띤다. 그의 이른바 미학적 죽음은 이반의 윤리적 부활(삶)을 위해 불가피하게 요청되는 구성적 장치(분신의 죽음이 주인공-영웅의 부활을 낳는다.)인 것으로 보인다. 한편으론 러시아적 악마(스메르댜코프)와 서구적 악마(이반)의 투쟁에서 전자가 후자를 압도하는 양상을 강조할 수도 있겠다.

㈁ 알료샤의 에피퍼니와 기적에 대한 시험 —— 기적을 보지 않고도 믿을 수 있는가

카라마조프 집안의 막내아들 알료샤는 이 소설뿐 아니라 도스토예프스키 창작을 통틀어 가장 긍정적 인물로 얘기된다. 『죄와 벌』의 소냐 마르멜라도바, 더 가까이는 『백치』의 므이시킨('전적으로 아름다운 인간') 등 그리스도의 문학적 형상을 창조하려는 작가의 노력이 비로소 결실을 거두었다는 식의 평가다. 하지만 작가가 서문에서 자문하듯 소설 속의 인물로서 알료샤의 형상은 다소 창백해 보인다. 구성적인 역할도 『카라마조프가의 형제들』 텍스트에서는 부차적인 수준에 그치고 있다. 하지만 바로 이 '두드러지지 않음'이 곧 물이나 공기와 같은 그의 실존에 핵심적인 요소다. 여러 점에서 이반의 대극에 서 있는 그는 말을 하기보다 (죄인의 고해성사를) 들어 주는 인물(고해 신부, 나아가 신)이며 그 스스로 사건을 일으키기보다는 일어난 사건을 수습하고 해결하는 인물이다. "가까이 있는 사람을 사랑할 수 없다!"라고 절규하는 이반과 달리, 그런 사람들을 직접적으로, 실천적으로 사랑하며 그들에게 당장 필요한 도움을 준다. 무엇보다도 그를 통해 '삶의 논리'에 맞서는 '삶' 그 자체, 말하자면 대심문관의 '말'에 맞서는 그리스도의 '입맞춤'이 실현된다. 미탸의 표현대로 '리얼리즘' 속에서 빛을 발하는 사랑과 구원이란, 뭔가 거대하고 추상적인 것이 아니라, 알료샤가 보여 주듯, 가장 평범한(=건강한) 형상을 띨 수밖에 없다. 그가 평면적인 인물로 그려질 수밖에 없는 것도 이 때문이다.

그러나 모두를 두루 사랑하고 또 두루 사랑받는 알료샤가 전적으로 완벽한 인물로 창조된 것은 아니다. 오히려 그에게 이제 막 성년에 이른, 뺨이 발그스레한 어린 청년 특유의 방황과 고뇌를 함께 부여함으로써(다소 히스테릭한 성격에 경증의 지체 장애인인 리자와의 연애는 그래서 꼭 필요하다.) 지상의 그리스도(신의 사도-천사)로 만든다. 형들과 마찬가지로 그 역시 과제를 부여받고 '시험'에 들게 되는데, 「대심문관」에서 얘기되는 세 가지 유혹(기적, 신비, 권위) 중 두 번째(첫 번째 것과 경계가 모호함) 것인 셈이다. 조시마 장로가 사망하자 알료샤(또 다른 모든 숭배자)의 기대와는 달리 그의 시신에서 방향은커녕 시체 썩는 냄새가 난다. 여기에 조금도 굴하지 않는 파이시 신부와 달리 어린 알료샤는 "정의"의 부재에 분노한다. 라키틴의 비아냥대는 표현대로 "(장로의) 직위도 올려주지 않고 명절맞이 훈장도 안 줬다"고(2: 132) 삐져서 라키친에게 이끌려 '탕녀' 그루셴카의 집을 찾아가는,[9] 말하자면 '타락'의 길로 접어든다. 그러나 실제로 그녀를 만나 보고는 소문과는 달리 착하고 정겨운 '누나'의 모습에 감동하고(나중에 형수가 되는 셈이다.) 그녀가 들려주는 이야기("양파 한 뿌리")[10]에 깊이 감화된다. 다시 수도원으로 돌아온 알료샤는 확연히 다른 모습이다. 창문과 문을 다 열어 놓아야 할 만큼 시취가 심해졌지만 더 이상 동요하지 않고 독경 중인 파이시 신부 옆으로 조용히 다가가 앉는다. 시체 썩는 냄새(육체성)가 조시마의 가치(신성)를 훼손하지 않음을 기꺼이 받아들이고, 기적과 신비를 보았기 때문에 믿는 것이 아니라 정반대로 믿기 때문에, 그 믿음으로써 기적과 신비를 불러내는 것이다. 이어 그가 평화로운 잠에 빠져 꾸는 꿈, 갈릴리 가나의 혼인 잔치의 한 장면은 알료샤의 에피퍼니라고 할 수 있다.

---

9 라키틴은 원래 그루셴카의 이종사촌 동생이다. 그루셴카는 반쯤 장난삼아 그에게 알료샤를 데려오면 돈을 준다고 했다.

10 지옥에 떨어진 한 아줌마에게 마지막으로 구원의 가능성이 주어지는데, 바로 그녀가 살아 생전에 행한 유일한 선행(양파 한 뿌리를 적선한 것)의 상징인 양파 한 뿌리를 지옥 불 속에 떨어뜨려 그것을 잡고 올라오도록 하는 것이다. 한데 옆에 다른 죄인들이 매달리자 아줌마는 자기만 살겠다면서 사람들을 밀어 떨어뜨리다가 다시 불속에 빠지고 만다. 그루셴카는 자신을 저 일화 속의 악덕한 아줌마에게 비유한다.

"이곳의 많은 사람들이 그저 양파 한 뿌리를, 그것도 작은 양파 한 뿌리를 내놓았을 뿐이란다……. 그래, 우리 일은 어떠냐? 너도, 조용하고 온순한 나의 소년이여, 너도 오늘 갈증에 허덕이는 여인에게 양파 한 뿌리를 주지 않았느냐. 시작해라, 애야, 온순한 아이야, 너 자신의 일을 시작해야지……! 우리의 태양이 보이느냐, 너는 그분이 보이느냐?"

"무서워서…… 감히 쳐다보질 못하겠습니다……." 알료샤가 속삭였다.

"그분을 무서워하지 말거라. 그분이 무서운 것은 우리에 비해 너무도 위대하기 때문이요 또 그분이 끔찍한 것은 우리에 비해 너무 높기 때문이지만, 그분은 무한히 자비롭고, 우리를 사랑하는 마음에서 우리와 똑같은 모습으로 우리와 함께 즐거워하며, 손님들의 기쁨이 끊이지 않도록 물을 포도주로 바꾸고, 새로운 손님들을 기다리고, 또 새로운 손님들을 끊임없이, 정녕 세세토록 불러들이고 있는 거란다. 저기 새 포도주를 가져오는구나, 보이느냐, 그릇을 가져오는구나……."

뭔가가 알료샤의 마음속에서 불타오르더니 갑자기 뭔가가 그를 고통스러울 정도로 가득 채웠고, 환희의 눈물이 그의 영혼 속에서 솟구쳤다……. 그는 두 팔을 뻗어서 소리치다가 잠에서 깨어났다…….(2: 174~175)

그로부터 사흘 뒤 알료샤는 "속세에 머물라."라는 장로의 말씀[11]에

---

11 훗날 알료샤가 기록한 장로의 성자전에서 발췌한 말로 이루어진 6편 「러시아의 수도승」은 소설 전체의 구성상 5편 「Pro와 Contra」에 대응한다. 이로써 대심문관(이반)의 말에 조시마(알료샤)의 말이 화답한다. '전기적 사항'과 '담화와 가르침', 즉 설교로 구성된 이 텍스트에서 소설적 흥미를 불러일으키는 것은 아무래도 전자 쪽이다. 가령 유년 시절, 잠깐 자유 사상(니힐리즘)에 경도되었다가 병으로 요절한 형 마르켈의 이야기와 그가 죽음을 앞두고 역설하는 만인 유죄 사상은 죄와 벌, 구원의 문제를 다루는 『카라마조프가의 형제들』 전체와 호응한다.(조시마는 자신이 알료샤를 유달리 아낀 것도 그의 얼굴이 죽은 형을 닮아서였다고 죽기 전에 말한다.) 이미 성인이 된 다음 군 복무 시절 젊은 치기와 허영, 질투 때문에 당번병에게 폭력을 행사하고 심지어 살인까지 범할 뻔했던 (결투) 이력, 바로 이어지는 '신비

따라 수도원을 떠난다.

　알료샤와 관련하여 『카라마조프가의 형제들』의 적잖은 분량을 차지하는 것이 일류샤를 둘러싼 여러 아이들 이야기인데, 카라마조프 집안의 참극과 유기적으로 연결된다. 우선, 부유하되 패륜적인 가정(카라마조프)과 가난하되 화목한 가정(스네기료프), 아비를 수치스러워하는 아들들(드미트리, 이반 등)과 정반대로 아비를 자랑스러워하는 아들(일류샤) 등의 대립이 도드라진다. 지적인 허영에 사로잡힌 다소 이기적인 소년 콜랴 크라소트킨은 이반 카라마조프의 유년을 짐작게 하는, 그의 어린 분신으로 정의되기도 한다. 「에필로그」의 맨 마지막, 알료샤와 함께 이 아이들이 모두 등장한다. 결국 죽고 만 일류샤의 장례식을 끝낸 다음 콜랴는 의구심을 내비친다. "모든 게 참 이상해요, 카라마조프 씨, 이렇게 슬픔이 있는데 갑자기 무슨 블린(핫케이크) 같은 것이 나오다니, 우리의 종교로 봐도 참 자연스럽지 못한 것 같아요!"(3: 549) 하지만 이에 대한 알료샤의 대답, 나아가 소설은 삶과 죽음, 육체와 정신의 모순과 대립을 고스란히 받아들일 것을 역설한다. 가령 평소에 단것과 기름진 음식을 먹고 부인네들과의 만남을 즐긴, 요컨대 육체를 억압하지 않은 조시마를 찬미하고 오히려 고행과 금욕을 실천한 은둔자형 수도승 페라폰트 신부를 희화한 것(자신이 평민 출신에 하급 승려라는 것에 대한 열등감도 내보인다.)에서 보이듯, 알료샤(나아가 작가)는 '지상의 빵'을 결코 멀리하지 않는다. 죽은 자에 대한 애도와 산 자의 쾌락 향유가 서로 모순되지도 않는다. 덧붙여, 이반이 추상적인 아이들의 고통을 근거로 하여 신에 대한 반역을 선언한 반면 알료샤는 정반대로 구체적인 한 아이(일류사)의 죽음을 근거로 총체적인 화합을 역설하는 것도 강조되어야 할 대목이다.

스러운 방문객'의 고백도 흥미롭다.

"자, 이제 말들은 그만하고 일류샤의 추도식에 가 봅시다. 우리가 블린을 먹는다고 해서 당혹스러워할 필요는 없습니다. 이것은 태곳적부터 내려오는 영원한 풍습이고, 여기엔 좋은 점이 있습니다." 알료샤가 웃기 시작했다. "자, 그럼 갑시다! 자, 이제 이렇게 손에 손을 잡고 갑시다."

"영원히 이렇게, 평생 이렇게 손에 손을 잡고! 카라마조프 만세!" 콜랴가 다시 한번 환희에 차서 이렇게 외쳤으며, 다른 소년들도 전부 또다시 그의 외침에 화답했다.(3: 555)

이것이 『카라마조프가의 형제들』의 마지막이다. 그리스도(알료샤)와 열두 명의 사도(아이들)를 연상시키는 이 교조적인 장면에서 구원, 영생과 부활을 향한 작가의 강한 열망이 드러난다. 요컨대 진정한 부활이란 일류샤의 죽음 이후에도 살아남은 이 아이들의 앞으로의 삶을 통해 실현되는 것이다. 카라마조프 집안에 초점을 맞춘다면 아비의 죽음 이후에도 살아남은 아들들(형제들!)의 삶이야말로 아비의 희생을 보상할 수 있는 유일한 길이다. 여기서 소설 속에서 조시마를 통해 언급되기도 하는, 『카라마조프가의 형제들』의 제사이기도 한 '한 알의 밀알'이 상기된다. "내가 진실로 진실로 너희에게 말한다. 밀알 하나가 땅에 떨어져 죽지 않으면 한 알 그대로 남고, 죽으면 많은 열매를 맺는다."(「요한복음」 12: 24)

생활의 발견, 결혼의 생리학

톨스토이의 『안나 카레니나』

1) 톨스토이 백작과 소설가 톨스토이

러시아의 대문호라는 수식어가 붙어 있는 레프 니콜라예비치 톨스토이(1828~1910)는 작가이기에 앞서 어마어마한 영지를 소유한 지주이자 유서 깊은 귀족 가문의 후예였다. 비록 조실부모의 아픔을 겪긴 했으나(어머니는 그가 만 두 살이었을 때, 아버지는 만 아홉 살이었을 때 사망한다.) 그의 고향인 야스나야 폴랴나 영지(모스크바 근교 툴라에 있음), 지방(카잔 대학), 대도시(모스크바와 페테르부르크)를 중심으로 한 그의 성장 환경과 문화적 토양은 풍요로운 편이었다. 대체로 20대 이후의 톨스토이는 생애 주기에 따라 ① 귀족 장교(청년) ② 지주 귀족이자 가장(중장년) ③ 사상가이자 구도자(노년) 등 세 단계로 나눌 수 있다.

우선 군인(무관) 톨스토이는 1851년에 맏형 니콜라이가 복무하고 있던 캅카스로 가 사병으로 복무하다가 다음 해 사관후보생 시험을 거쳐 4급 포병 하사관으로 편입된다. 사실상의 처녀작인 「유년 시절」을 탈고, 발표한 것이 이 무렵이다.(이후 발표한 「소년 시절」(1854), 「청년 시절」(1857)까지 묶어 '자전 삼부작'이라 불린다.) 1853년 발발한 크림 전쟁에서는 체첸 토벌에 참가한 것으로 알려져 있다. 1854년, 소위보로 임명, 세바스토폴 전투에서 얻은 경험을 토대로 연작 소설 『세바스토폴 이야기』를 쓴다.

1856년, 퇴역하여 귀국, 귀향한 톨스토이는 농지를 경영하며 젊은 지주 귀족으로 산다. 농민의 아이들을 위한 학교 설립, 교육 잡지 간행 등 농촌 계몽 운동에도 관심을 기울인다. 이 무렵, 말년에 쓴 미발표 소설(「악마」)에 묘사된 대로 농부(農婦) 아크시냐와 사귀지만, 동시에 제법 긴 노총각 생활을 청산하기 위해 열심히 신붓감을 모색하던 끝에 1862년 의사 베르스의 둘째 딸 소피야 안드레예브나(18세)와 결혼한다. 그녀는 이후 거의 50년 동안 온갖 불미스러운 가정사에도 불구하고 가사와 육아, 살림을 도맡아 꾸린 백작 부인이었으며 작가 톨스토이의 훌륭한 비서이기도 했다. 젊은 톨스토이 부부는 소소한 다툼이 없지 않았으나 대체로 행복과 안정을 구가했으며(아이가 거의 1~2년마다 한 명씩 태어난다.) 그 과정에서 톨스토이는 6년에 걸쳐 『전쟁과 평화』를 쓴다. 수차례에 걸친 소설의 퇴고, 교정 작업에 가장 큰 도움을 준 사람도 아내다. 그녀가 결혼 생활 동안 낳은 아이는 총 13명으로 알려져 있는데,(그중 5명은 일찍 사망) 특히 마지막 아이가 태어난 시기는 부부간의 불화가 극에 달한 작가의 말년이다. 과연 톨스토이의 인생과 문학에서 결혼과 가정과 섹슈얼리티가 중요한 화두가 될 수밖에 없음이 짐작되는 대목이다.

부유하고 다복한 지주 귀족의 삶을 영위하던 톨스토이는 중장년을 넘어설 무렵부터 그동안의 계몽사상가와 사회사업가적인 면모에서 한층 더 나아가 구도자의 모습을 보인다. 애초 그의 전공은 동양어(카잔 대학에서 아랍어와 터키어 전공하고 이후 페테르부르크 대학에서 잠깐 법학을 공부한다.)였는데 쉰 살을 넘기며 복음서 공부, 종교적 논문과 저작 집필에 몰입하고(히브리어를 배워 구약 성서를 읽기도 한다.) 공자와 노자도 읽는다. 금주와 금연, 나아가 극도의 금욕주의를 주장함과 동시에 기근 발생 시 농민 구제 운동, 종교 운동(『부활』의 집필 동기 역시 '두호보르이' 종파를 위한 기금 마련이었다.) 등 현실 참여적인 운동에도 적극적이었다. 1904년 러일 전쟁이 발발하자 전쟁 반대론을 펴기도 한다. 1910년 10월 28일 새벽, 아내와의 불화 끝에(소피야가 연못에 몸을 던져 자살을 시도하기도 했다.) 톨스토이는 드디어 오랜 숙원을 실현에 옮긴다. 등에 봇짐을 지고 허름한 농민 복장을 하고, 즉 오랫동안 꿈꾸던 순례자의 모습을 하고 가출(어쩌면 출가!)한 것이다. 순례 중 와병, 랴잔-우랄 철도 중간에 있는 아스타포보 역에 정차한 그가 마지막 일기를 쓴 날짜는 11월 3일이다. 그리고 11월 7일(현재력 19일) 새벽 6시 5분에 사망하고 11월 9일 야스나야 폴랴나에 묻힌다.

총 82년에 걸친 톨스토이의 생애는 대단히 촘촘하고 빽빽한 연보가 보여 주듯 각종 성취와 활동으로 가득 차 있다. 여기에는 우선 타고나길 튼튼하고 건강한 육체가 큰 몫을 했다. 츠바이크가 강조했듯 그는 역사상 장수한 여러 유명인들(칸트, 볼테르 등)과도 달리 죽기 전까지도 말 타고 들판을 질주하고 손수 낫을 들고 풀을 벨 만큼, 심지어 '최후의 여행'을 걸어서 떠날 만큼 건강했다. 타고난 건강 체질에 덧붙여, 거의 평생 자연과 호흡하며 규칙적인 생활을 했고(음주와 매춘, 방탕조차도 그 스스로 짜 놓은 계획표를 일탈하지 않았다.) 철두철미한 현실 감각(영지 관리와 재무 관리에 능한 인물이었다.)과 자본 감각(기부나 적선을 할 때도 계획적이었다.)을 유지했다. 성적 방종함을 비롯하여 이해 타산적이고 쫀쫀하고 속물적인 지주 귀족 톨스토이와, 항상 '무소유'를 꿈꾼 이타적이고 희생적인 구도자 톨스토이(말년에는 저작권을 다 내놓고 토지도 농민에게 무상으로 나눠 주려 했다.)의 충돌은 톨스토이 문학의 핵심적인 토대를 이룬다. 『참회록』과 더불어 그가 평생에 걸쳐 쓴 방대한 분량의 일기가 말해 주는바, 반성하는 톨스토이(반성의 주체)와 반성되는 톨스토이(반성의 객체) 사이의 역동성이 중요하다. 흔히 세간의 비난거리가 된 톨스토이의 이중인격보다 더 중요한 것이 바로 이것, 즉 그 누구보다도 도덕적인 삶을 살고자 했고 '실제의 나'(육체)와 '이상적인 나'(정신) 사이의 간극을 극복하고자 한 그의 내적 투쟁이다. 이것이 없었다면 우리가 아는 대문호 톨스토이는 없었을 것이다. 달리 말해, 무엇이 부와 명예와 행복한 가정 등 모든 것을 다 가진 톨스토이 백작을 문학으로 이끈 것일까.

톨스토이는 어마어마한 분량의 소설과 희곡, 민화를 썼음에도 죽을 때까지 자신의 문학 행위를 지주 귀족의 '소일거리'로 여겼으며 말년에는 자신의 문학을 통째로 부정했다. 그를 문학으로 이끈 것은 톨스토이 안의 '악마', 즉 그가 평생을 두고 무찌르고자 했던 '육체'였던 것 같다. 이것은 단순한 육욕을 비롯하여 의식주와 관련된 물질적 부를 향한 욕망을 두루 아우른다. 그의 소설의 저변에는 이른바 이원론(dualism; 혹은 이중성) 내지는 '육체와 정신의 변증법'이 깔려 있고 궁극적으론 전자에 대한 후자의 우위를 주장하는 식이다. 이런 주제와 맞물려 그는 성장 소설, 가정 소설, 가족 소설의 형식을 선호한다. 그의 3대 장편 『전쟁과 평화』(1869), 『안나 카레니나』(1877), 『부활』(1899) 중 가장 큰 인기를 누리고 있는 『안나 카레니나』는 러시아의 한 고관 부인의 불륜을 소재로 취하되 19세기 후반 러시아 귀족 사회의 풍속도를 세밀하게 그려 낸 사회 소설적 성격의 가정 소설이라고 할 수 있다.

2) 『안나 카레니나』

(ㄱ) 오블론스키 공작 집안과 결혼의 생리학

『안나 카레니나』의 첫 문장과 도입부는 톨스토이가 퇴고를 반복하며 공들여 쓴 것으로 유명하다.

> 행복한 가정은 모두 모습이 비슷하고, 불행한 가정은 모두 제각각의 불행을 안고 있다.
>
> 오블론스키 집은 모든 것이 뒤죽박죽이었다. 아내는 남편이 전에 자기 집의 가정 교사로 있던 프랑스 여자와 바람이 난 것을 알아차리고, 남편에게 더 이상 한집에서 살 수 없다고 선언했다. 이런 상황이 벌써 사흘째 이어지자, 당사자인 부부뿐 아니라 다른 가족과 하인들까지 못 견디게 괴로웠다. (중략) 아내는 자기 방에서 한 발짝도 나오지 않았고, 남편은 사흘째 집에 들어오지 않았다. 아이들은 부모 잃은 고아처럼 온 집안을 뛰어다녔다. 가정 교사인 영국 여자는 가정부와 다투더니 친구에게 새 일자리를 구해 달라는 편지를 썼다. 요리사는 어제, 그것도 저녁 식사 시간에 맞춰 집을 나가 버렸다. 그리고 허드렛일을 하는 하녀와 마부는 급료를 계산해 달라고 성화였다.(1: 13)[1]

이 소설이 처음부터 묘사의 대상으로 삼는 것은 조만간 등장할 여주인공(안나 카레니나)의 오빠인 오블론스키 공작, 즉 스티바의 외도가 밝혀진 직후의 상황이다. 자신의 잘못으로 집안이 쑥대밭이 됐는데도

---

[1] 이하 본문 인용은 레프 톨스토이, 연진희 옮김, 『안나 카레니나』(민음사, 2009)에 근거하며 인용문 뒤에 권수와 쪽수를 병기한다.

결혼과 불륜, 아내와 정부에 대한 오블론스키의 태도는 당당하다. 실제로 그의 논리는 참 정연하다. 친구(레빈)에게 털어놓는 말마따나 자신은 생기로 충만해 있는데 점점 늙어 가는 아내를 사랑하는 것은 아예 불가능하다. 그 아내인 돌리(다리야)는 쉐르바츠키 집안의 맏딸(나중에 레빈의 아내가 되는 키티(카테리나)의 큰언니다.)로서 이 집안의 세 딸 중 미모가 가장 출중했고 덕분에 젊은 오블론스키 공작의 사랑과 숭배를 받으며 그와 결혼했다. 그러나 8년에 걸친 결혼 생활, 일곱 번의 출산,(아이 중 둘은 사망한다.) 육아와 살림에 시달린 나머지 여자로서의 매력은 이미 잃은 지 오래다. 그러면서도, 혹은 그렇기 때문에 더더욱 남편에게 끊임없이 사랑과 의무를 요구한다. 반면, 그의 '이번' 애인인 프랑스어 가정 교사는 무한한 사랑과 이해를 베풀면서도 아무것도 요구하지 않는다. 따라서 불륜은 당연할뿐더러 불가피한 것이고, 문제는 불륜이 아니라 발각이다. 이런 생각과 행동이 명백하게 파렴치함에도 좀처럼 그를 비난하기 힘든 것은 오블론스키가 소설 속 인물로서, 남자-사람으로서 갖는 매력과 시공을 초월한 성격적 보편성 덕분인 듯하다.

이 서른두 살의 유부남 공작에게 작가는 미모와 재력에 덧붙여 '자유주의'를 부여했는데, 이는 어디까지나 사상적 차원이 아니라 성격과 성향, 생활 태도 차원의 문제다. 자유주의 신문을 구독하고 그 경향에 일정 부분 동조하는 것도 어디까지나 유행과 통념을 따르는 것이며 또 편리하기 때문이다.

스테판 아르카디치는 어떤 유파도, 어떤 견해도 선택한 적이 없었다. 오히려 유파와 견해가 그에게 찾아왔다. 그것은 모자나 프록코트의 모양을 그리지 않고 남들이 입는 것을 따라 입는 것과 다를 바 없었다. 일정한 사회에 사는 그에게, 흔히 성년기에 발달하는 어떤 사유 활동을 필요로 하는 그에게, 견해를 갖는다는 것은 모자를 갖는 것과 똑같은 일일 수밖에 없었다. 그의 주변에는 보수적인 견해를 가진 사람도 많았다. 그런데도 그가 보수주의보다 자유주의에 더 애착을 가진 이유가 있다면, 그것은 자유주의가 보다 합리적이라고 생각해서가 아니라 자유주의가 그의 생활 방식에 더 가깝기 때문이었다. 자유주의파 사람들은 러시아의 모든 것이 추악하다고 말했다. 사실 스테판 아르카디치에게는 빚이 많고 돈이 절대적으로 부족했다. 자유주의파 사람들은 결혼이 진부한 제도이므로 이를 개혁하지 않으면 안 된다고 말했다. 사실 가정생활은 스테판 아르카디치에게 별 만족을 주지 못했고, 그에게 거짓말과 허위를 강요했다.(1: 26~27)

이런 성향은 그의 인생 전반에서 나타난다. 타고난 수재이나 워낙 게으르고 놀기 좋아해 성적이 좋지 못했다. 그런데도 그가 연봉 6000루블을 받는, 관청의 책임자 자리에 앉을 수 있었던 것은 상류 사회의 충실한 일원으로서 그의 출생과 성장 환경이 제공한 인맥 덕분이다. 여기에 덧붙여, 역시나 그가 누려 온 물질적 풍요와 무관하지 않은 그의 착하고 명랑한 성격이 가세한다. 그는 항상 주변 사람들의 사랑과 존경을 받아 왔는데, 작가는 그 이유를 이렇게 정리한다. 첫째, 그는 스스로 자신의 결점을 잘 알았기 때문에 남들에게 극히 관대했고, 둘째, 자신의 핏속에 흐르는 생래적 자유주의 덕분에 모든 사람을 재산과 신분에 상관없이 똑같이 공평하게 대했고, 셋째, 자신이 맡은 일에 철저히 무관심했기 때문에 오히려 일에 몰두하거나 실수를 범하는 일이 없었다.(1: 44) 이 마지막 항목이 가장 중요한데, 복지부동과 대체 가능성을 특징으로 한 러시아 관료제(나아가 관료제 전반)에 대한 작가의 반어적인 태도가 엿보이기도 한다. 아무튼 그의 자유주의와 '좋은 게 좋다'는 식의 실용주의, 인화력까지 포함하여 19세기 러시아의 귀족 남성이자 건전한 생활인-사회인 오블론스키에게 외도는 그야말로 '바람'일 뿐 그의 사회적 토대를 뒤흔들 만큼 큰 의미를 지니지는 않는다. 이 경우 가장 고통스러운 인물인 돌리의 상황 역시, 그와는 정반대의 방식으로, 비슷하다.

앞서 언급했듯, 그녀는 쉐르바츠키 공작 집안의 맏딸로서 남편의 수입과는 별개로 자기 명의로 된 재산이 적잖이 있다. 불성실하고 무책임하고 낭비벽과 허영까지 있는 남편이지만 어쨌거나 그녀에겐 남편이, 어쩌면 그보다는 다섯 아이들의 아빠가 필요하다. 그리고 그녀는 한때 분명히 그를 사랑했고 어쩌면 지금 더 많이 사랑한다. "얼마나 사랑했는데! 그런데 이젠 내가 정말로 그를 사랑하지 않는 건 아닐까? 혹시 예전보다 더 깊이 사랑하고 있는 건 아닐까?"(1: 40) 적어도 아직 이렇게 '사랑'을 문제 삼을 만큼 정서적으로, 육체적으로 오블론스키를 필요로 한다. 그녀가 손아래 시누이인 안나의 사탕발림에² 혹하는 것도 그녀 스스로 그렇게 믿고 싶기 때문이다. 이것을 '허위와 기만'이라고 할 수도 있겠지만, 돌리는 결국 그 속으로 침잠하는 쪽을, 가정을 지키는 쪽을 택한다. 여기에도 19세기 러시아의 귀족 여성으로서 그녀 나름의 논리와 희로애락이 있다. 계속 남편의 낭비벽을 탓하고 또 외도를 의심하면서 동시에 육아와 살림에 더욱더 몰입하고 그 와중에 남편이 자신을 사랑한다는 자기기만의 힘을 최대한 동원한다. 그렇게 유지되는 조강지처의 자리에 대한 만족도도 낮지 않다. 한때는 남편의 불륜 문제를 상의할 만

---

2 "그럼요, 난 오빠를 알아요. 난 오빠가 가여워 차마 눈뜨고 못 보겠어요. 우리 둘 다 오빠를 알잖아요. 오빠는 착하지만 오만한 사람이죠. 그런 오빠가 지금은 얼마나 수치스러워하는지 몰라요. 무엇보다 내 마음을 움직인 건(그 순간 안나는 돌리의 마음을 움직일 수 있는 최선의 무기를 알아냈다.) 오빠가 두 가지 일로 괴로워하고 있다는 사실이에요. 하나는 아이들을 볼 면목이 없다는 것이고, 또 하나는 오빠가 당신을 사랑하면서도, 그래요, 이 세상에서 그 누구보다도 사랑하면서도 (중략) 당신을 아프게 하고 절망에 빠뜨렸다는 거예요. 오빠는 계속 '아냐, 아냐, 그녀는 날 용서하지 않을 거야.'라는 말만 했어요."(1: 152~153)

146

큼 살가운 사이였던 시누이 안나가 브론스키와 사실혼 관계를 맺자 부럽기는커녕 오히려 꺼림칙하거나 심지어 안쓰럽다. 다섯 아이를 키우고 큰살림을 꾸리는 공작 부인의 자리란 남편의 외도와 같은 하찮은 일로 포기될 수 있는 성질의 것이 아니다. 육체적인 요소, 심리적인 요소, 현실적인 요소가 제각기 비중을 달리하며 복잡한 상호 관계를 유지하는 가운데 한 가정이 유지된다.

『안나 카레니나』의 처음을 여는 오블론스키 집안의 이야기는 이렇게 시시하게, 즉 상식적인 방식으로 끝난다. 남편의 불륜 폭로라는 '위대한 순간'[3]은 그야말로 순간이고 그 이후에 부각되는 것은 일상-생활이 지닌 산문적 위력 내지는 그것을 지배하는 관성의 법칙이다. 톨스토이가 포착한 결혼의 생리학이야말로 인생사에서 이런 흐름을 가장 잘 반영하는 것이다. 안나 카레니나의 불륜 역시도 일견, 또 처음에는 일상으로부터의 완전한 일탈이자 낭만적인 파열처럼 보이지만 큰 흐름을 놓고 보면 오블론스키 부부의 삶과 별반 다를 바 없다. 각각의 인물들의 입장에서 세세하게 살펴보자.

(ㄴ) '위대한 순간'과 열정 ── 안나의 입장에서

애초 톨스토이는 타락하고 경박한 사교계 여성의 이야기를 쓸 생각이었고 여주인공은 외모는 아름답되(처음에는 심지어 박색이었다.) 정신적 깊이는 결여된 인물로 설정되었다. 그러나 실제 집필 과정에서 큰 변화를 겪는데, 소설의 도입부, 안나는 고관 부인의 정숙한 아내이자 여덟

---

3 루카치가 『소설의 이론』에서 이야기한 것인데, 앞으로 『안나 카레니나』를 읽는 데 계속 사용할 것이다.

살짜리 아들의 자상한 어머니이자 오빠와 올케언니의 민감한 문제마저도 해결해 주는 훌륭한 시누이다. 오빠의 외도 문제 때문에 페테르부르크에서 모스크바에 온 그녀가 바로 그 사건을 계기로 똑같은 문제의 주인공이 된다는 것은, 핏줄 문제가 아니라면, 이 소설이 묘파한 우리 삶의 치명적인 아이러니이기도 하다. 더욱이, 오빠의 처제이자 올케언니의 여동생이 사랑한 남자를 빼앗은 셈이니 더 볼썽사나운 형국이다. 소설 전체를 놓고 볼 때 이 중심 사건이 진정성을 확보하고 나아가 소설적 감동을 주기 위해서는 여주인공이 반드시 아름다운 인물, 즉 미모와 지성과 신분과 부와 도덕성(이 경우에는 모성)을 두루 갖춘 인물이어야 한다. 그래야만 그녀의 열정이 미학적인 정당성을 확보하고, 동시에 그녀로 하여금 모든 것을 포기하도록 만든 그 강한 열정의 귀추에 대한 소설적 흥미가 자극된다.

실제로 『안나 카레니나』의 1부는 한 편의 연애 소설로 읽어도 될만큼 풋풋한 달뜸과 긴장을 담고 있다. 오빠의 부름을 받고 페테르부르크에서 모스크바에 온 안나는 기차역에서 그녀와 같은 칸에 탔던 한 귀부인을 마중 나온, 그녀의 아들 브론스키와 처음 만난다. 1부 18장, 여주인공이 기차에서 내리면서 독자에게 사실상 처음으로 모습을 드러내는 장면은 첫눈에 그녀에게 반한 청년의 시선에 의해 포착된다.

브론스키는 차장을 뒤따라 객차로 들어가다가 어느 부인에게 길을 내주고자 객차의 입구 앞에서 걸음을 멈췄다. 사교계 사람의 감각이 몸에 밴 브론스키는 그 부인의 용모를 보고는 한눈에 그녀가 상류 사회의 여성임을 알아차렸다. 그는 양해를 구하고 객차 안으로 들어가려다, 한 번 더 그녀를 꼭 보아야겠다는 충동을 느꼈다. 그녀가 대단히 아름다워서도 아니고, 그녀의 모습 전체에서 풍기는 우아함과 겸손한 기품 때문도 아니었다. 다만 그의 옆을 지나치는 그녀의 사랑스러운 얼굴 표정에 유난히 상냥하고 부드러운 무언가가 있었기 때문이다. 그가 뒤돌아보자, 그녀 또한 고개를 돌렸다. 짙은 속눈썹 때문에 검게 보이는 그녀의 빛나는 회색 눈동자가 다정한 빛을 띠며 마치 그를 알기라도 하듯 그의 얼굴을 유심히 바라보았다. 그러고는 곧 누군가를 찾는지 가까이 다가오는 군중들에게로 시선을 옮겼다. 그 짧은 시선을 통해, 브론스키는 그녀의 얼굴에서 뛰노는 절제된 활기를 포착할 수 있었다. 붉은 입술을 곡선 모양으로 만든 희미한 미소와 빛나는 눈동자 사이에서 차분한 생기가 날개를 파닥이며 날아다녔다. 마치 그녀의 존재에서 어떤 것이 넘쳐흘러 그녀의 의지와 상관없이 반짝이는 눈빛과 미소로 나타나는 것 같았다. 그녀가 일부러 눈 속의 빛을 꺼 버리긴 했지만, 그 빛은 그녀의 의지에 반해 희미한 미소로 반짝였다.(1: 137)

이어, 소설의 1부 22장, 톨스토이는 그 특유의 '낯설게 하기'의 시선, 즉 순진하고 착한 '소녀-처녀'의 전형인 키티의 시선을 통해 안나의 매력을 강조한다. 무도회 의상으로 키티는 화려한(그래서 촌스러운!) 연보라색 드레스를 권하지만 안나가 입고 나온 드레스는 아무 장식 없이 어깨와 가슴 부분이 깊이 파인 심플한 검정색 벨벳 드레스다. 10대 후반의 소녀-처녀의 눈에는 20대 후반 유부녀의 성숙하고 농염한 아름다움이 낯설고 그렇기에 두려운 것, 심지어 악마적인 것으로 느껴진다. 브론스키와 춤을 추는 안나의 모습은, 키티 입장에서 이미 브론스키에게 '퇴짜'(사랑이 담긴 눈빛에 대한 응답도 받지 못하고 기대했던 춤 신청을 받지 못한다.)를 맞은 셈이기 때문에 더 그렇게 보인다.[4] 톨스토이가 키티의 투

---

4 "안나가 웃으면, 그 미소가 그(브론스키)에게 전해졌다. 그녀가 생각에 잠기면 그도 진지해졌다. 어떤 초자연적인 힘이 키티의 눈동자를 안나의 얼굴로 끌어당겼다. 단순한 검은 드레스를 입은 그녀는 매력적이었다. 팔찌를 낀 풍만한 팔도 매력적이고, 흘러진 곱슬머리도 매

명한 시선을 통해 우리 앞에 드러내 보이는 것은 안나의 내면에 도사린 거친 자연력의 불씨다. 상식과 정상(=가정)의 테두리 안에 머물던 그녀의 미덕이 소설적 사건이 되는 것은 우선은 운명의 테러, 즉 훗날 오빠 스티바의 말대로 "사랑도 없이, 어쩌면 사랑이 뭔지도 알지 못한 채"(2: 403) 어린 나이에 스무 살 연상의 남자와 결혼한 안나를 덮친 열정이다. 일종의 바이러스와 같은 '사랑'의 침입을 막연히 감지한 채, 그녀는 무도회 직후 저녁 만찬에도 남지 않을뿐더러 다음 날, 예정보다 빨리 도망치듯 모스크바를 떠난다. 페테르부르크행 기차 안에서 그녀는 어느 삼류 영국 소설을 읽고 동시에 브론스키와의 추억에 사로잡혀 저도 모르게 수치심에 사로잡힌다.

> 소설의 남자 주인공은 이미 영국인으로서의 행복과 남작의 지위와 영지를 손에 넣기 시작했다. 안나도 그와 함께 그 영지에 가 보고 싶었다. 그런데 문득 그녀는 그 주인공이 수치스러워하고 있는 게 틀림없다고 느꼈다. 그리고 그녀에게도 이것이 수치스럽게 느껴졌다. 하지만 그는 도대체 무엇 때문에 수치스러워할까? '난 도대체 왜 수치스러워하는 거지?' 그녀는 모욕과 놀라움을 느끼며 스스로에게 물었다. 그녀는 책을 내려놓고 좌석의 등받이에 기댄 채 페이퍼 나이프를 양손으로 꽉 쥐었다. 부끄러워할 일은 아무것도 없었다. 그녀는 모스크바에서의 기억을 하나하나 되새겨 보았다. 모든 것이 좋았고 유쾌했다. (중략) 그녀가 브론스키를 떠올린 순간, 마치 어떤 내면의 목소리가 그녀에게 이렇게 말하는 듯했다. '따뜻해. 아주 따뜻해, 타

력적이고, 자그마한 손과 발의 가볍고 우아한 동작도 매력적이고, 생기가 넘치는 아름다운 얼굴도 매력적이었다. 하지만 그녀의 매력에는 무섭고 잔혹한 무언가가 있었다. / 키티는 이전보다 더욱 그녀에게 매혹되었지만, 그럴수록 더욱 고통스러웠다. 키티는 산산이 부서진 자신을 느꼈고, 그녀의 표정이 이를 드러냈다."(1: 184)

는 듯이 뜨거워.' (중략) '과연 나와 저 풋내기 장교 사이에 단순한 지인 관계를 뛰어넘은 어떤 다른 관계가 있다는 건가? 아니, 그런 관계가 있을 수 있을까?' 그녀는 경멸 섞인 미소를 지으며 다시 책을 집어 들었다. 그러나 도무지 글이 머릿속에 들어오지 않았다. 그녀는 유리창 표면을 따라 페이퍼 나이프를 움직였다. 그러고는 매끄럽고 차가운 유리에 뺨을 갖다 대고 있다가, 불현듯 원인 모를 기쁨에 사로잡혀 자칫 소리 내어 웃을 뻔했다. 그녀는 자신의 신경이 줄감개에 조인 현처럼 점점 더 팽팽해지는 것을 느꼈다. 그녀는 자신의 눈동자가 더욱더 크게 벌어지고, 손가락과 발가락이 신경질적으로 움직이고, 가슴속의 무언가가 숨을 막고 이 흔들리는 어둠 속의 모든 형상과 소리가 그녀의 마음에 매우 또렷한 인상을 남기고 있다고 느꼈다.(1: 222~223)

기차 밖의 싸늘한 눈보라와 기차 안의 따뜻한 공기가 대조를 이루는 가운데 안나의 내면에서 이제 막 생겨났으되 아직 의식되지는 못한 열정, 그리고 그로 인한 수치가 잘 포착된다. 기차가 도중에 정차하고, 바람을 쐬러 잠시 밖으로 나간 그녀는 브론스키 역시 같은 기차에 탔음을 알게 된다. 그들의 해후, 그리고 짧은 대화는 연애 소설의 한 장면으로서 손색이 없다. 왜 모스크바에 가냐는 안나의 흥분 섞인 질문에 대한 브론스키의 답은, 이미 그의 출현 자체가 그렇거니와, 노골적인 사랑 고백이다. "왜 가냐고요? (중략) 당신도 알잖습니까, 당신이 있는 곳에 있고 싶어서 떠난다는 걸. (중략) 달리 어쩔 도리가 없었습니다."(1: 227) 이후, 새벽녘, 의자에 앉은 채 졸다 깨 보니 페테르부르크에 도착한 그녀는 마중 나온 남편의 얼굴에 새삼스레 반감을 느낀다.

"'아, 어쩜! 저이의 귀는 어째서 저렇게 생긴 걸까?' 그녀는 차갑고 당당한 그의 모습, 특히 지금 자신에게 충격을 준 귀의 연골—둥근 모자의 가장자리를 떠받친—을 보며 생각에 잠겼다."(1: 229)

　　이른바 '카레닌의 귀'는 지금껏 관성의 법칙을 충실히 지켜 온 카레닌 부부의 관계에 한순간 균열이 생겼음을 보여 주는 상징이다. 안나의 사랑은 앞서 영국 소설을 읽는 부분에서 살짝 보이듯 소설 속 세계와 현실 사이의 미묘한 연상 작용과 은근한 모방 욕망을 갖긴 하지만, 이는 어디까지나 부분적인 차원에 그칠 뿐이다. 그녀의 운명에서 위력을 발휘하는 것은 에마 보바리의 경우처럼 권태와 다독과 몽상이 아니라 구체적인 현실이다. 그렇기에 또한 작가의 방점은 "베르테르식의 지독한 열정"(브론스키 어머니의 표현: 1: 378)이 아니라 그것을 포함하되 결국엔 그것을 뭉개 버리는 생활-일상의 저력에 찍힌다. 즉 안나의 파멸은 열정에 내포된 자연력이나 광기 때문이 결코 아니다. 심지어 불륜에 대해 남성과 여성에 대한 잣대가 달랐던 19세기 사회의 특수성(관습의 폭력)도 어느 정도 기여는 했으되 역시 부수적인 요소다. 본질적인 것은 '위대한 순간'이 아니라 그 이후의 삶이 지닌 산문적 위력이다.

　　요컨대 1부 사랑의 탄생이 첫 번째 '위대한 순간'이라면 그 이후의 삶은 19세기 특유의 완곡 어법으로 묘사되는 거의 1년에 걸친 그들의 연애(동침과 임신)다. 다분히 일상이 된 그들의 관계에서 두 번째 '위대한 순간'이 되는 것은 경마장 장면, 즉 거국적인 폭로다. 2부 28장(29장), 페테르부르크의 상류 사교계가 총동원된 가운데 경마가 진행되던 중 브론스키가 낙마하자 안나가 비명을 지름으로써 기왕지사 공공연한 사실이었던 그들의 연애가 만천하에 알려진다. 그러나 어마어마한 수치, 무엇보다도 남편과의 결정적인 결렬까지 감수하면서 단행한 이 '위대한 순간'도 이내 이어지는 산문적인 생활에 자리를 내준다. 경마 직전에 독자는 (그리고 브론스키는) 안나의 임신 사실을 알게 되고 몇 개월 뒤 세 번째, 그리고 이 소설에서 가장 '위대한 순간'인 출산의 순간이 찾아온다. 죽음의 공포를 느낀 안나는 카레닌에게 절박한 내용의 전보를 보낸다. 다행히 두 번째 아이(브론스키의 아이)를 출산하는 데는 성공하지만, 분만 직후 백 명 중 아흔아홉 명은 죽는다는 산욕열에 시달리게 된다. 막 도착한 카레닌을 앞에 두고 안나는 회개하고 용서를 구하는 탕녀의 역을 맡을 수밖에 없다.

> "나에게 놀라지 말아요. 난 아직 예전 그대로예요……. 하지만 내 안에 다른 여자가 있어요. 난 그녀가 무서워요. 그녀는 그 남자와 사랑에 빠졌어요. 그래서 난 당신을 증오하려 했고, 예전에 있던 그녀를 도저히 잊을 수 없었어요. 그 여자는 내가 아니에요. 지금의 내가 진짜예요. 온전한 나라고요. 난 지금 죽어 가고 있어요. (중략) 날 용서해요, 깨끗이 용서해 줘요!(2: 372~373)

이어 도착한 브론스키를 포함하여 모두가 한자리에 모인 가운데 총체적인 화해의 분위기가 조성된다. 카레닌은 죽음을 앞두고 회개하는 탕녀이자 '원수'인 안나에게 기꺼이 연민과 용서를 베풀고 이로써 기쁨을 느낀다. 안나는 물론이거니와 브론스키마저도 그의 관대함에 감화되어 나중에 집에 간 다음 자살까지 시도한다. 진정한 회개의 순간(안나), 거국적인 용서와 포용의 순간(카레닌), 무한한 감사와 참담한 굴욕의 순간(브론스키) 등 세 인물 모두에게 카타르시스를 선사한 이 '위대한 순간'은 그러나 대단원의 막으로 이어지지 않는다. 명백히 죽을 것처럼 보였던 안나는 살아나고 범속하고 진부한 일상이 다시 시작된다. 카레닌은 안나의 회복에 당혹감을 감추지 못하고 안나는 또 안나대로 남편의

'미덕'을 증오한다. 이런 불평을 토로하는 안나에게 스티바는 결혼 자체는 이미 과거지사고 지금 현재, 남편과 계속 살 마음이 있는지를 따져 보라고 충고한다.(4부 21장) 오누이 사이에 오가는 진실한 대화가 보여 주듯 답은 이혼밖에 없지만 안나는 실제적인 고민을 회피한 채 계속 '왜 나는 차라리 죽지 않았을까?' 하는 식의 절규만 거듭하다가 브론스키와 함께 대책 없이 외유를 떠나 버린다. 이후, 그녀가 실제 죽음을 맞이하기까지는 더욱더 긴 시간을 살아 내야 하는데, 이 부분을 브론스키의 입장에서 살펴보자.

(ㄷ) 열정의 법칙과 생활의 법칙 —— 브론스키의 입장에서

알렉세이 키릴로비치 브론스키는 페테르부르크에서 모스크바에 온 어머니를 마중하러 기차역에 나온 아들로 맨 처음 소설 속에 등장한다. 그는 젊은 미망인으로 곧잘 염문을 뿌린 어머니를, 어쩌면 딱 당시의 관습과 도덕률이 요구하는 만큼만 사랑하고 존경하는 '점잖은' 효자(그리고 차남)다. 키티를 깊이 사랑하는 것은 아니지만 일정 부분 호감을 느껴 쉐르바츠키 집안을 드나드는 모습에서 19세기 청년 장교의 자유로운 경쾌함을 엿볼 수 있다. 하지만 그는 결코 허랑방탕한 청년이 아닐뿐더러 오히려 무질서를 싫어하고 특히 경제 관념이 철저하여 1년에 다섯 번 정도는 집안에서 "결산 또는 faire la lessive(돈세탁)"(2: 143)에 열중한다. 이렇게 꼼꼼하고 계획성 있는 생활, 유년 시절부터 키워 온 명예욕과 동창생(세르푸홉스키)의 출세에 대한 은근한 동경, 말('프루프루')과 경마에 대한 애착, 여러 취미 활동과 사교계 생활 등 거의 모든 점에서 그는 자신이 속한 계급의 전형을 보여 주는 인물이다. 안나를 향한 사랑 역시 처음에는 당시의 관습과 문화에 종속되는 보편적인 의미를 갖는다. 그의 어머니는 아들이 아름답고 정숙한 고관 부인의 정부(情夫)가 된 것을 기뻐하고 또 그의 사촌 누이 벳시는 사교계의 소문난 연애의 달인이기도 한바, 19세기 러시아 귀족 사회에 정략결혼과 더불어 혼외정사가 얼마나 만연했는지 짐작이 된다. 이런 맥락을 고려한다면 브론스키의 사랑과 그 진정성이 더더욱 의미심장하다.

1부 18장의 첫 만남 이후 거의 1년에 걸친 페테르부르크에서의 연애, 그리고 2부 11장의 첫 정사('큰 죄') 이후 2부 22장을 보자. 브론스키가 안나의 집을 방문, 마침 세료쟈도 없어(하인들도 아이를 찾으러 나간 상태다.) 단둘이 대화를 나누는데, 모국어가 너무 부담스러워 서로 프랑스어로 반말을 쓴다. "나, 임신했어요." 안나의 이 조심스러운 고백에 그는 정겨운 어투로 안나에게 남편을 떠나 자기와 '결합'하자고 권한다. 그리고 집에 돌아와 본격적으로 현실적인 문제, 즉 자금 마련과 퇴역 문제를 고민한다. 안나의 출산 이후에도 그녀를 진짜 아내로 생각하고 굴욕적인 사실혼 상태에서 벗어나기 위해 이혼을 종용한다. 요컨대 그는 출셋길을 상당 부분 포기하면서까지 안나와의 관계를 지속하지만, 이토록 깊은 사랑과 이토록 반듯한 인격조차 시간과 생활-일상의 힘 앞에서는 무력하다.

일종의 기분 전환과도 같았던 유럽 여행(이탈리아 체류, 그림 공부 등) 이후 페테르부르크로 돌아온 브론스키는 반쪽 아내와 반쪽 아이를 거느린 반쪽 가장으로서 본격적으로 현실과 마주한다. 한데 그 현실이 그들 각각에게 다른 모습을 띠는바, 브론스키는 여전히 사교계의 문을 자유로이 드나들 수 있는 반면 안나에게는 그것이 완전히 닫혀 버렸다. 브론스키의 만류에도 불구하고 이런 상황에 도전장을 던지듯 새로 주문한 드레스를 차려입고 오페라 극장을 찾았다가 충분히 예상되었던 굴욕을 맛본 안나와 그가 벌이는 말다툼은 가정 소설, 심지어 멜로드라마의 전형적인 한 장면을 방불케 한다.

　　"난 당신의 냉정함을 증오해요. 당신은 날 그렇게까지 몰고 가지 말았
어야 했어요. 만약 당신이 날 사랑한다면……."
　　"안나! 왜 여기서 나의 사랑에 대한 문제를……."
　　"그래요, 내가 당신을 사랑하는 만큼 당신이 날 사랑했다면, 당신이 나
만큼 괴로워했다면……." 그녀는 두려운 표정으로 그를 쳐다보며 말했다.
　　그는 그녀가 가여웠으나, 그럼에도 그녀에게 화가 치밀었다. 그는 그녀
에게 자신의 사랑을 맹세했다. 왜냐하면 지금은 그것만이 그녀를 진정시킬
수 있었기 때문이다. 그는 말로 그녀를 질책하지는 않았지만 마음속으로는
그녀를 비난하고 있었다.
　　그리고 그가 입에 담기 부끄러울 만큼 저속하게 느끼는 그 사랑의 맹
세를 들이마시고, 안나는 점차 침착해졌다. 이튿날 그들은 완전히 화해를 하
고 시골로 떠났다.(2: 656~657)

　　여기에서 갈등은 완전히 해결되는 것이 아니라 임시방편처럼 얼기
설기 봉합되고 그 와중에 일상의 피로감과 신경질은 점점 더 쌓여 간다.
결국 모스크바를 떠난 그들이 새롭게 둥지를 튼 시골(브론스키의 영지 보
즈드비젠스코예) 역시 유럽 여행처럼 일시적인 도피와 고립일 뿐, 새로운
생활의 영역을 열어 주지는 못한다. 안나와의 합법적인 결혼, 그리고 합
법적인 아이(특히 아들)를 바라는 브론스키의 건전하고 상식적인 바람,
즉 생활에의 의지에 안나는 전혀 동참하지 않는다. 그들의 집을 방문한
돌리에게, 이전 키티와의 관계로 인해 다소 불편한 관계임에도, 그는 허
심탄회하게 조언을 구하기도 한다. 그의 딸도 법적으로는 카레닌의 딸
이며, 당장 아이가, 아들이 태어나도 그의 이름도 재산도 물려받을 수가

없다. 안나의 사랑에 행복감을 느끼지만 일을 가져야 한다는 생각도 강하다. 이토록 현실적이고 바람직한 고민에 빠져 있는 브론스키에게 임신마저 거부하고(혹은 불가능하고) 오직 자기 치장에만 집중하는 안나의 과도한 열정은 '사랑의 올가미'에 다름 아니다. 이렇듯 관성의 법칙에 지배되는 산문적 시간 속에서 이들 부부 역시 사실상 오블론스키 부부와 별반 다를 바 없는 일상의 피로에 찌들어 가고 심지어 가장 치명적인 화두였던 이혼도 위력을 상실한다. 두 사람 모두 아무런 실질적인 노력도 하지 않고 하릴없이 시간만 보내고 있는 상황에서 마지못해 그저 '생활의 변화'를 꾀하기 위해 모스크바로 간다. 하지만 충분히 예상했던 대로 공간 이동도 아무런 의미를 지니지 못한 채, 카레닌에게서 이혼 승낙을 받기 위해(이것도 그냥 빌미에 가깝다.) 모스크바에 머문 6개월은 일상화된 지루한 짜증의 연속, 간단히 '부부 싸움'의 드라마로 채워진다. 가장 큰 원인은 이혼이 성사되지 않았기 때문인데 그 이유는 무엇인가.

우선은 안나가 카레닌의 '관대함'을 받아들이기 싫었기 때문이고, 또한 어쩌면 그보다는 아들을 빼앗기기(혹은 두고 떠나기) 싫었기 때문이다. 더 본질적으론 안나의 감정적이고 즉흥적인 대응과 변덕이 일의 진전을 계속 방해한다. 그다음, 처음에는 이혼에 비교적 적극적이었던 카레닌이 오블론스키(처남)의 설득에도 불구하고 그것에 응해 주지 않은 탓인데, 이번에는 그의 집안 살림과 육아를 도맡고 있는 리디야 백작 부인의 압력도 적잖이 작용한다. 그러나, 안나가 훗날 생각하듯, 이혼이 그녀가 원하는 방식으로(즉 아이를 데려오는 식으로) 성사되고 브론스키와 정식으로 결혼했다고 할지라도, 이런 '우연한 가족'이 『안나 카레니나』의 사실적인 시공간 속에서 전원시적 행복을, '가정의 행복'을 구가하는 것은 불가능했을 법하다. 여기에서 톨스토이가 사랑의 낭만화와 신비화를 얼마나 배격했는지, 또한 영웅주의에 대해 얼마나 냉소적인 태도를 지녔는지 여실히 드러난다. 안나의 파멸의 원인은 결코, 『안나 카레니나』의 흔한 오독이 단정 짓는 대로 브론스키의 무책임이나 비열함에 있지 않다. 오히려 평균 이상의 책임감과 사랑을 가진 브론스키마저도 지치게 만드는 일상과 시간의 저력에 작가는 초점을 맞춘다. 그것은 그 어떤 위대한 인물-영웅도 극복할 수 없는 것이다. 물론, 안나의 비극을 완성하기 위해 브론스키가 다소 평면적이고 우유부단한 인물이 되는 것은 불가피했을 법하고[5] 이 점에서 카레닌은 최고의 악역을 맡을 수밖에 없다.

(ㄹ) 카레닌을 위하여 ── 석조 페테르부르크의 상징

작가가 매우 공들인 안나 카레니나의 성격과 형상에서 가장 부각되는 것은 '생기'다. 소설의 흐름상 안나의 이른바 타락과 일련의 후안무치한 행동에 미학적인 개연성, 나아가 도덕적인 진정성을 부여하기 위해, 즉 안나라는 인물을 살리기 위해 절대적으로 요구되는 것이 카레닌의 '미학적 죽음'이다. 구체적으로, 그는 경직된 문화(제도와 관습)의 육화이자 왜곡된 기독교 윤리에 사로잡힌 이기주의의 화신이며 그나마도 희화화되어 있다. 안나가 삶-자연의 상징인 만큼 그는 죽음-문화의 상징, 안나의 말을 빌리면, '남자'도, 숫제 '인간'도 아닌 '밀랍인형'이자 '관료 기계'다. 이미 다른 남자를 사랑하게 된 아내의 시선이 아니라 최대한 객관적인 관점에서 이 인물을 살펴보자.

소설에서 곧잘 불리는 명칭대로 '알렉세이 알렉산드로비치'는 반쯤 고아처럼 자라(유일한 피붙이인 형 역시 일찌감치 사망했다.) 학창 시절

---

5   『전쟁과 평화』에서 그와 비슷한 유형인 젊은 장교이자 백작인 니콜라이 로스토프는 공작의 딸(마리야 볼콘스카야)과 결혼하여 안정적인 가정을 꾸린다.

에는 줄곧 모범생이었고 이후에는 정치적 야망에 사로잡힌 일 중독자에 출세주의자로 살아왔다. 청혼과 결혼 역시 지인을 통해 '자연'(사랑)이 아니라 '문화', 즉 다분히 관습적인 수순을 거쳐, 그리고 그가 무엇보다도 중시하는 가치인 '명예'와 '체면'의 법칙에 따라 행해진다. 여러 조건상 안나만 한 신붓감이 없거니와 이미 그녀의 집에도 여러 번 드나든 상태에서 청혼을 하지 않는 것은 무례한 일로 생각되었던 것이다. 현재 그는 정부 고관의 지위, 화목한 가정, 경건한 종교 생활, 품위 있는 취미 활동(야밤의 규칙적인 독서) 등 모든 것을 다 갖춘 인간이다. 이런 그가 실은 대러시아 제국-페테르부르크의 문화(관료제)의 보편적이되 기형적인 자질의 총합이라는 점은 아이러니가 아닐 수 없다. 그는 대부분의 관료처럼, 덧붙여 자수성가한 입지전적 인물의 전형으로서 이성과 의지의 격률에 따라 계획표의 실천처럼 삶을 영위해 왔다. 50여 년의 질서정연한 인생은 아내의 외도가 아니었다면 평생 그렇게 유지됐을 것이고 또 그것이 마땅하다. 그런데 자신의 인생에 뭔가 오류가 생기자 그가 보이는 반응이 무척 흥미롭다.

스무 살 연하의 딸 같은 아내가 '부적절한 행위'로 사교계의 입방아의 대상이 되자 그는 자신이 발의한 법안이 막 상정된 시점에서 가정사에 이런 골칫거리가 생긴 것이 무척 불쾌하다. 아내와 그녀의 정부가 함께 있는 장면을 목격했을 때도 어떤 감정적 동요를 느끼기보다는 이성적 추론에 따라 타인의 시선, 즉 체면과 명예를 먼저 의식한다. 아내의 생기 있는 모습이 '부적절'하게 여겨지지는 않지만 '다른 사람들'의 눈에는 그렇게 보이고, 그 때문에 일침을 가해야겠다는 것이다. 이런 경우에 남편이라면 응당 보여야 할 반응, 즉 인지와 질투(혹은 분노)를 느끼지 않는, 정확히, 그러지 못하는 것은, 원래 질투심이 별로 강하지 않은 성격이거니와, 아무래도 아내를 사랑하지 않기 때문일 것이다. 하지만 여기에는 나름의 독특한 논리도 일조하는데, 무엇보다도 "질투는 아내를 모욕하는 행위"(1: 311)라는 생각이다. 아내가 왜 항상 자기만을 사랑해야 하는가, 하는 물음을 (다른 모든 남편처럼!) 던져 본 적이 없지만 동시에 이런 점에서는 아내를 전적으로 신뢰해야 한다고 생각했고, 그 때문에 자신의 논리와 어긋나는 이 불가해한 사건 앞에서 어찌할 줄 모른다. 작가가 정리해 주는 그의 삶의 이력을 보면 이 당혹감이 충분히 이해된다.

> 알렉세이 알렉산드로비치는 삶의 반영을 다루는 공무(公務) 분야에서 전 생애를 보냈다. 그래서 그는 삶 자체와 부딪칠 때마다 매번 그것을 회피했다. 이제 그는 낭떠러지 위에 놓인 다리를 침착하게 걸어가던 사람이 문득 그 다리는 허물어졌고 그 아래에 깊은 바다가 있다는 것을 알게 되었을 때 느꼈음 직한 그런 감정을 맛보고 있었다. 이 심해는 삶 자체였으며 다리는 알렉세이 알렉산드로비치가 살아온 인공적인 삶이었다. 그의 아내가 다른 누군가를 사랑할 수도 있다는 생각이 처음으로 그의 뇌리를 스쳤다. 그는 이러한 의혹 앞에서 전율했다.(1: 312)

2부 28장, 29장의 경마장 사건을 통해, 지금껏 '삶의 반영'과 더불어 살아온 카레닌은 거의 알몸으로 '삶 자체'의 심연 속에 내팽개쳐진다. 페테르부르크의 온 사교계가 참석한 '무대' 한가운데에서 '오쟁이 진 남편' 역할을 맡게 된 그는 실상 낙마한 브론스키나 그것을 애달파하는 안나보다 더 동정을 받아야 할 인물이다. 이처럼 곤혹스러운 상황을 카레닌은 자신의 몸에 밴 방식대로 최대한 점잖게 해결하고자 한다. 모든 것을 잊고 사랑 타령만 늘어놓는 '철없는' 아내에게 세 차례에 걸쳐 손을 내밀며 귀가할 것을 종용한다. 이러한 공공연한 치욕에도 불구하고

(어쩌면 그렇기에!) 이후 카레닌은 "오랫동안 앓던 이를 뺀 사람이 느꼈을 법한 감정"(2: 94)을 맛본다. 여기에는 그의 치명적인 약점이 작용하기도 하는데, 원래 그는 어린아이나 여자의 눈물을 참지 못하는 사람으로 안나의 고백과 오열 앞에서 "정신적 붕괴가 밀물처럼 밀려드는 것을"(2: 94) 느낀다. 하지만 이런 '위대한 순간'은 그 나름의 숙고(결투 신청, 이혼 등)를 거쳐 극히 특이한 논리에 따라 극히 이기적인, 하지만 무척 타당한 결론에 도달한다. "난 결코 불행해질 수 없어. 하지만 그녀도, 그도 행복해져서는 안 돼."(2: 101) 그가 노골적으로 '복수'를 바라지는 않으나 속으로는 그녀가 자신의 '평온과 명예'를 파괴한 대가로 '고통'받기를 바란다. "그녀는 불행해져야만 해. 하지만 난 죄를 짓지 않았으니 절대로 불행해질 수 없어."(2: 103) 그녀와의 화해를 종용, 권하는 돌리와의 대화는 더 흥미롭다. 돌리가 "당신을 미워하는 사람을 사랑해야"(2: 337)라고 조심스럽게 운을 떼자 그는 다소 경멸의 미소를 띠며 대답한다.

> "나를 미워하는 사람을 사랑할 수는 있지만, 내가 미워하는 사람을 사랑할 수는 없습니다. 당신을 실망시켜서 죄송합니다. 저마다 나름의 충분한 슬픔이 있는 법이죠!"(2: 337)

유치한 동어 반복 같지만 아포리즘처럼 묘한 울림을 주는 말이다. 카레닌의 편협한 이기주의도 충분히 이해되거니와 무엇보다도 그의 어휘 사전에는 '사랑'과 같은 낱말이 없다는 점을 상기해야 한다. 유년 시절부터 제대로 사랑을 받아 본 적이 없고 또 자라면서 누군가를 사랑해 본 적이 없기에 그는 오직 자기 자신만을, 자신의 행복과 성공만을 생각한다. '알렉세이 알렉산드로비치'의 사회적 삶('문화')이 승승장구할수록 카레닌 본연의 삶('자연')은 점점 더 척박하고 거칠어진다. 석조의 페테르부르크, 그 딱딱함의 상징인 그에게도 '위대한 순간'은 찾아온다. 정부(情夫)의 아이를 출산하는 아내의 전보를 받고 곧장 귀가한 카레닌은 '회개'하며 죽어 가는 안나의 모습에 진심으로 감화되어 관대함의 발작에 사로잡힌다. 그리하여 진정으로 아내를 용서하고 또 그녀의 고통과 회한을 동정한다. 그다음, 흥미롭게도, 죽지 않고 살아난 안나에 대한 감정이 불편해질수록, 아내와 정부의 아이에게는 더 관심을 갖는다.

> 그러나 갓 태어난 어린 여자아이에게는 연민뿐 아니라 부드러움이 깃든 어떤 특별한 감정을 느꼈다. 처음에 그는 단순한 연민의 감정에서 자신의 딸이 아닌 그 갓 태어난 연약한 여자아이에게 관심을 쏟았다. 그 여자아이는 어머니가 앓는 동안 보살핌을 받지 못했으므로 그가 돌보지 않았더라면 죽었을지도 모른다. 그는 자신이 어떻게 그 여자아이를 사랑하게 됐는지 깨닫지 못했다. 그는 하루에도 몇 번씩 어린이 방에 들러 오랫동안 그곳에 앉아 있었기 때문에, 처음에는 그를 겁내던 유모와 보모도 그에게 익숙해졌다. 이따금 그는 잠든 아기의 사프란빛을 띤 발그스름한 얼굴을, 솜털이 보송보송하고 그 자그만 얼굴을 말없이 30분 정도 바라보며, 손가락을 구부린 채 손등으로 조그만 눈동자와 미간을 비비는 그 작고 포동포동한 두 손과 찡그린 이마의 움직임을 관찰했다. 특히 그런 순간이면 알렉세이 알렉산드로비치는 완벽한 평온을 느꼈으며 자신의 자아와 완전히 하나가 되는 기분을 맛보았다. 그럴 때면 자신의 어떠한 이상한 점도, 바꾸어야 할 그 무엇도 찾을 수 없었다.(2: 386~387)

물론 이 역시 카레닌의 본질과 사태의 흐름을 바꿔 놓지는 못한다. 안나가 출산하기 전 그는 변호사와 이혼 상담을 하고 실제 이혼을 제안하기도 했으나 이제는 유보적인 태도를 취한다. 여기에는 상당히 특이한, 거의 궤변 같은 기독교 논리가 개입된다. 자신이 사랑하고 또 용서해 준 아내가 간통죄를 짓는 것을 용인할 수 없다는 것, 즉 이혼을 승낙함으로써 아내를 '선의 길'에서 완전히 이탈시켜 '파멸의 구렁텅이'에 빠지게 할 수 없다는 것, 나아가 이런 죄 많은 여자에게 아이를 맡길 수는 없다는 것이다. 결국 '신앙심이 깊은 자' 카레닌은, 역설적으로, 그 깊은 신앙심과 기독교 율법의 이름으로 안나의 파멸을 촉진한다. 이것이 적극적으로 의도된 악의 산물이 아니라 그의 성격적 특수성과 환경적 요인의 결합이라는 점이 더 큰 비극이다. 사실 10여 년에 걸친 결혼 생활은 안나보다는, 적어도 안나 못지않게 카레닌에게도 건조한 것이었을 터다. 결국 아내의 불륜과 그로 인한 파열에도 불구하고 그는 1부에서 기차역으로 아내를 마중 나왔던 척박하고 메마른 형상 그대로 남게 된다. 그런 그에게 작가는 새로운 벗을 선사한다.

리디야 백작 부인은 결혼 직후 버림받아 사실상 독신이나 다름없는 여성으로 사교계의 마당발에 오지랖 넓은 성격의 소유자다. 그런 그녀가 안나가 가출한 직후 카레닌을 찾아와 우정의 손길을 건넨다.

> "나의 친구!" 리디야 이바노브나 백작 부인은 그에게서 눈을 떼지 않고 같은 말을 되풀이했다. 그러자 갑자기 그녀의 눈썹 한쪽이 올라가 이마에 세모꼴을 이루었다. 그녀의 아름답지 않은 누런 얼굴이 한층 더 못생겨 보였다. 그러나 알렉세이 알렉산드로비치는 그녀가 그를 불쌍히 여기고 있으며 금방이라도 눈물을 쏟을 것 같다고 느꼈다. 그러자 그에게 감동이 밀려왔다. 그래서 그는 그녀의 통통한 손을 잡고 입을 맞추었다.(2: 571)

작가는 이후에도 수차례에 걸쳐 그녀가 얼마나 박색인지를 강조한다. 여성으로서의 매력의 부재, 즉 안나의 생기에 맞서는 척박함과 메마름이, 역설적으로, 그녀와 카레닌의 공통분모가 되어 준다. 그녀가 세료자의 양육과 집안 살림을 도맡게 되면서 두 사람의 관계는 더욱더 심도 깊게 발전한다. 오블론스키의 눈에는 그로테스크하게 여겨진, 두 사람이 함께 성경을 읽는 장면은 대표적인 예다. 제삼자(가령 오블론스키)의 눈에도 너무 못생겼고 살림도 잘 못하고 성격마저 심술궂고 옹졸한 그녀가 카레닌에게는 유일한 심리적인 안식처일뿐더러, 무엇보다도 그의 눈에 그녀는 충분히 매력적이다. 그녀 역시 카레닌에게 자신의 매력을 부각시키기 위해 화장과 치장에 공을 들이고 안나를 향한 질투심에서 안나가 보내는 편지를 숨기고 심지어 없앤다. 안나의 눈에는 혐오스러운 단점으로 보인 것('귀', 손가락의 마디를 딱딱 꺾는 버릇, 훈계조의 말 등)이 그녀에게는 인지되지 않거나 심지어 좋은 것으로 여겨진다. 소설의 후반부(특히 8부), 카레닌은 안나와 브론스키의 딸을 거두고 자기 아들보다 더 예뻐한다. 그가 리디야 백작 부인과 함께 일구는 이 '성가족'에 희화적 요소가 없는 것은 아니나, 이 역시 그 나름으로 아름다운 공생 관계다. 카레닌의 입장에서 보자면, 안나와 함께한 세월의 고독을 이렇게 보상받는 셈이다. 그와 더불어, 작가가 그의 성격적 특수성과 성장 환경의 맥락에서 포착한 도덕적, 윤리적 지향도 실현되는 듯하다.

⑴ 위대한 순간과 그 이후 —— 안나의 자살과 그 이후

『안나 카레니나』는 제목 그대로 한 여자의 이야기, '여자의 일생'을 다룬 소설이고, 응당 우리는 안나의 최후에 관한 물음을 던질 수밖에 없다. 안나는 왜 자살하는가, 왜 자살해야 했는가. 나아가, 왜 하필이면 기차 바퀴 밑으로 몸을 던졌는가. 연재 당시 독자들도 던졌던 이런 유의 질문에 톨스토이가 남긴 답이 유명하다. "대체로 나의 남녀 주인공들은 내가 바라지 않는 짓을 더러 하곤 합니다. 그들은 내가 원하는 식이 아니라 그들이 실제 삶 속에서 마땅히 그리 했을 법한, 또한 실제 삶 속에서 하는 방식으로 행동합니다."[6] 안나뿐 아니라 다른 인물들의 삶의 개연성이 확보됐음에 대한 작가의 자부심이 엿보이고 그의 문학적 원칙(리얼리즘)이 강조되는 발언이다. 즉, 안나의 자살을 읽어 내기 위해 그녀의 삶의 맨 처음으로 되돌아가지 않을 수 없다.

안나는 어떤 인간인가. 심지어, 어떤 '여자'인가, 라고 물어야 할 만큼 그녀는 '인간'이기에 앞서 '여자'로 창조된 인물이다. 삶을 사유하지 않고 삶을 그 자체로, 있는 그대로 살 뿐이고, 그 사회적 표현은 기본적으로 누군가의 딸이거나 어머니이거나 약혼녀이거나 아내이거나 정부, 하여간 '여자'일 뿐인 존재다. 『전쟁과 평화』의 나타샤를 비롯해 톨스토이의 많은 여성 주인공 중 가장 입체적인 인물임에도 안나가 자신의 역동성을 발휘할 수 있는 영역은 역시나 여성적인 것(불륜)에 국한된다. 그녀가 자신의 기존의 삶(각종 기만과 허위의 거미줄)을 파괴하면서까지 얻고자 했던 사랑은 새로운 삶의 동의어이고 그 쟁취의 과정이 곧 소설이 쓰이는 과정이다.

'난 더 이상 자신을 속일 수 없다는 걸 깨달았어. 난 살아 있는 여자야. 내게는 죄가 없어. 내게는 죄가 없어. 하느님은 날 사랑하며 살아야 하는 그런 여자로 만드셨어. 이제야 그걸 알겠어.'(2: 122)

'우리의 생활은 예전처럼 계속되어야 하오.' 그녀는 편지에 있던 다른

---

6   1883년 루사노프에게 보낸 편지.

문구를 떠올렸다. '그 생활은 전에도 고통스러웠어. 최근에는 끔찍할 정도였지. (중략) 난 그를 알아! 난 그가 물속의 물고기처럼 거짓 속을 헤엄치며 즐기고 있다는 것을 알아. 하지만 안 돼. 난 그에게 그런 기쁨을 허락할 수 없어. 난 그가 내 주위에 휘감고 싶어 하는 이 거짓의 거미줄을 찢어 놓고 말거야. 무슨 일이 있어도 어떤 것이든 거짓과 기만보다야 낫겠지!'(2: 123)

그리하여 안나는 30년에 가까운 인생에서 처음으로 삶의 주체가 되고자 노력한다. 물론 불륜은 남성(브론스키)과 여성(안나)에게 서로 다른 잣대로 작용하지만, 이보다 더 본질적인 것은 결혼 상태 여부다. 특히 아들을 끔찍이도 사랑하는 안나는 엄마의 삶과 여자의 삶 사이에서 하나를 선택해야 하는 기로에 선다. 애초에는 하나였던 모성과 여성성이 분리되면서 서로 과격하게 충돌하는 것은 당연지사다. 브론스키와 외유를 떠났다가 돌아온 안나는 아들(세료쟈)의 아홉 번째 생일날 이른 아침, 장난감을 잔뜩 사 들고 카레닌 몰래 집을 찾는데, 소설을 통틀어 안나가 '애 엄마'로서 아들과 함께 등장하는 거의 유일한 장면(5부 29장)이기도 하다. 그 아름답고 감동적인 자리를 끝끝내 포기하면서까지 그녀는 브론스키와 시골(그의 영지)에 안착한다. 아들을 향한 그녀의 사랑이 딸(아니)에게로 옮겨 가지는 못한다. 한편으론 이상한 대목이지만, 세료쟈의 엄마로서 안나는 그 무엇보다도 엄마였던 반면 아니와의 관계에서 그녀는 엄마이기에 앞서 브론스키의 연인이라는 것으로 설명될 수 있을 법도 하다. 이제 안나는 브론스키의 사랑을 잃을지도 모른다는 불안에 사로잡혀 살림과 육아를 거의 다 내팽개친다. 심지어, 돌리가 아연실색하는바, 딸의 이빨이 몇 개 났는지도 모른다. 그 대신 농학, 건축학, 말 사육, 스포츠 등 분야를 막론하고 독서와 공부에 몰두하고 심지어 병원 설립과 같은 사회 운동에 관심을 가져 보기도 한다. 모스크바에 체류할 때는 아동용 책을 쓰고 완성된 원고를 오블론스키에게 보여 주기도 한다. 레빈이 오블론스키와 함께 그녀의 집을 방문했을 때는 '졸라'와 '도데'의 이름을 언급하며 미모에 덧붙여 지성까지 과시한다.(7부 10장) 하지만 여기에서 안나가 위안과 기쁨을 얻는 것은 지적 허영심이 만족돼서가 아니라 자신이 다른 남자(레빈)에게 여전히 여자로서의 매력을 느끼게 한다는 것을 확인했기 때문이다.

요컨대 어느 경우든 그녀는 여자이고, 이 지위가 위협받을 때는 모든 것이 흔들릴 수밖에 없다. 미모와 지성을 겸비한, 아들까지 둔 사교계 고관 부인이자 대저택의 안주인에서 모르핀과 아편에 의지해 사는 사치스럽고 허영 많은 정부(情婦)로 전락한 삶은 무미건조하고 심지어 위태롭다. 이 일련의 과정에는 물론 19세기 사회의 특수성이 작용한다. 그러나 그녀를 옥죄는 남녀 불평등, 제도와 관습, 그리고 그녀의 미모와 정숙을 질투해 온 사교계의 비가시적인 폭력보다 더 무서운 것은 바로 우리의 일상과 시간의 폭력이다. 여기에서 안나의 특수한 정황(19세기 러시아의 귀족 여성)이 인간사 전반의 보편적 정황으로 확대된다. 다른 한편, 톨스토이가 극도의 사실성과 심리주의를 뽐내며 완성한 안나라는 인물은 '인간-남자' 톨스토이의 또 다른 자아라고 할 수 있다. 즉 톨스토이의 소설 속에서 남성 주인공들이 정신과 의지의 운동성을 대변한다면, 안나는 오직 육체와 감정의 운동성, 즉 욕망을 대변하는 인물이다. 그녀에게 톨스토이의 육적인 자아, 감성적이고 열정적인 정염의 자아가 고스란히 투영되었다고 볼 수도 있겠다. 미리 말하자면, 어떤 경우든 육체와 정신의 이분법에서 후자(남자-레빈)의 가치를 절대적으로 높이 평가한 그에게 있어 전자(여자-안나)는 죽어 마땅하다. 그녀의 파국을 전후한 상황을 살펴보자.

카레닌에게서 이혼 승낙을 받지 못한 채 모스크바에서 6개월을 보낸 다음 안나와 브론스키는 다시 시골로 돌아가기로 결정한다. 그러나 브론스키와 어머니 사이에 다른 일정(소로키나 공작 영애와의 만남)이 생겨 이틀을 더 머물기로 하면서 갈등이 증폭된다. 외출한 브론스키의 귀가가 늦어지자(그는 밤 10시에 돌아가겠다는 전언을 보낸다.) 안나는 분노와 질투, 증오에 사로잡혀 외출, 오블론스키 집(마침 사돈처녀인 키티가 와 있다.)을 거쳐 기차역에 도착, 혼란스러운 상태에서 오비랄로프행(行) 기차에 오른다. 이어, 짧은 여행 뒤 기차역에 내린 그녀는 다시 한번 10시에 귀가할 것을 알리는 브론스키의 쪽지를 전달 받은 거의 직후 달리는 기차를 보며 일견, 극히 충동적으로 자살을 감행한다.

'저기야!' 안나는 객차의 그림자를, 석탄 가루와 뒤섞인 채 침목을 뒤덮은 모래를 쳐다보며 혼잣말을 했다. '저기가 바로 중간이야. 난 그에게 벌을 주고 모든 사람에게서, 나에게서 벗어날 거야.'

그녀는 첫 번째 객차의 중간 지점과 자신이 나란해진 순간 그 아래로 몸을 던지려 했다. 그러나 그녀가 팔에서 끌어내리던 빨간 손가방이 그녀를 붙드는 바람에 때를 놓치고 말았다. 기차의 중간 지점은 그녀를 지나쳐 버렸다. 수영을 하러 물속에 들어갈 준비를 할 때와 비슷한 느낌이 그녀를 사로잡았다. 그녀는 성호를 그었다. 십자가를 긋는 익숙한 동작이 그녀의 마음속에 처녀 시절과 어린 시절의 모든 기억을 불러일으켰다. 그러자 갑자기 눈앞의 모든 것을 뒤덮고 있던 암흑이 찢어지고, 일순간 과거의 모든 눈부신 기쁨과 함께 삶이 그녀 앞에 나타났다. 하지만 그녀는 다가오는 두 번째 객차의 바퀴에서 눈을 떼지 않았다. 그리고 바퀴와 바퀴 사이 중간 지점이 그녀와 나란히 온 바로 그 순간, 그녀는 빨간 손가방을 내던지고는 어깨 사이에 머리를 폭 숙인 채 객차 밑으로 몸을 던져 두 손으로 바닥을 짚었다. 그러고는 마치 곧 일어날 자세를 취하려는 듯 경쾌한 동작으로 무릎을 땅에 대고 앉았다. 그 순간 그녀는 자기가 한 짓에 몸서리를 쳤다. '내가 어디에 있는 거지? 내가 뭘 하고 있는 거야? 무엇 때문에?' 그녀는 몸을 일으켜 고개를 뒤로 젖히려 했다. 하지만 거대하고 가차 없는 무언가가 그녀의 머리를 떠밀고 그녀를 질질 잡아끌고 갔다. '하느님, 나의 모든 것을 용서하소서!' 그녀는 어떤 저항도 불가능하다는 것을 느끼며 중얼거렸다. 왜소한 농부가 뭐라고 중얼거리면서 철로 위에서 일을 하고 있었다. 그리고 그녀가 불안과 허위와 슬픔과 악으로 가득 찬 책을 읽을 때 그 옆에서 빛을 비추던 촛불 하나가 어느 때보다 밝은 빛으로 확 타오르더니, 이전에 암흑 속에 잠겨 있던 모든 것을 그녀 앞에 비춰 보이고는 탁탁 소리를 내며 점점 흐릿해지다가 영원히 꺼지고 말았다.(3: 455~456)

안나의 마지막 의식 속에서 명멸한 농부는 그녀가 출산을 앞두고 꾼 꿈에 처음 등장한다.(브론스키 역시 경마를 앞두고 비슷한 꿈을 꾸었다고 안나에게 고백한다.) 이 악몽은 이후에도 약간의 변주를 거쳐 계속 그녀를 괴롭힌다. 악몽 속에서 안나는 뭔가를 확인하려고 침실에 갔다가 한 구석에서 덩치가 작고 수염이 덥수룩하고 무섭게 생긴 농부를 발견하는데, 그는 자루 위로 몸을 굽힌 채 손으로 무언가를 뒤지며 뭐라고 중얼댄다.(2: 268~269) 하녀의 해몽인즉, 안나가 산고로 죽게 되리라는 것이었지만, 그녀는 살아났고 꿈은 그저 미신처럼 여겨진다. 7부에서 안나는 자살의 유혹에 시달리며 또다시 저 악몽을 꾸는데(3: 422) 농부가 그녀에겐 아랑곳하지 않고 '철'을 만지는 일에 열중하고 있다. 나보코프의 경험적이고 실증적인 분석을 참조하면, 악몽 속의 농부가 다루는 '철'은 기차 바퀴와 선로를 상징한다. 안나는 브론스키를 처음 만난 운명적인 날 우연히 한 역무원이 기차에 치여 죽는 장면을 목격했고, 이후 그들의 관계가 진척될수록 그녀의 무의식 속에서 '철'은 어떤 위협적인 이미지를 지니다가 심신이 모두 섬약해진 그녀를 파국으로 이끌었을 법하다.

한편, 급기야 '철'로 뛰어든 그녀의 의식이 꺼져 가는 찰나 또다시 프랑스어를 중얼거리며 '철'(철로)과 함께 나타난 악몽 속의 농부는 어쩌면 작가가 파악한 어떤 절대자의 형상을 반영하는지도 모르겠다. 그것은 이 소설 속에서 기독교 신의 희화된 버전(카레닌)이나 경직된 버전(레빈)과는 달리 다분히 이신론(理神論: deism)의 면모를 띤다. 요컨대 안나의 비극은 그녀 개인의 욕망이나 의지의 문제가 아닌, 심지어 인간관계(관습과 사회)의 문제만도 아닌, 자연-문화의 복합적인 흐름의 산물이다. 그녀가 그토록 벌하고 또 복수하려 했던 브론스키는 물론 쉽사리 이혼에 동의해 주지 않은 카레닌도 일방적이고 무조건적인 단죄의 대상이 될 수 없고 그래서도 안 된다. 기차역에서 안나를 탓하는 브론스키의 어머니(물론 그녀의 입장도 이해된다.)에게 코즈니셰프가 근엄하게 던지는 말 속에도 같은 뜻이 포함되어 있다. "심판하는 것은 우리의 몫이 아닙니다, 백작 부인."(3: 479) 여기에서 작가가 제사로 택한 「신명기」와 「로마서」의 일절이 환기된다. "복수는 내가 할 일, 내가 보복하리라." 이는 여주인공을 비롯하여 그녀의 참극에 관련이 있는 모든 자들에 대한 심판을 더 높은 심급(신-자연)으로 이월하려는 작가적 의지의 표명으로 읽힌다.

끝으로, 『안나 카레니나』는 주인공의 죽음으로 끝나지 않을뿐더러 그 이후 앞선 장들과 거의 같은 분량의 에필로그(8부)까지 덧붙여진 소설이다. 톨스토이의 소설은, 가령 도스토예프스키의 소설이 '주인공-영웅'을 위한 소설이라면, 반대로 '주인공-영웅'을 죽이고 세계, 즉 시간과 자연력의 승리를 보여 주는 소설이다. 그 거대한 흐름 속에서는 여주인공의 자살도 한 결절에 불과할 뿐, 살아남은 자들의 삶은 그 이후에도 지속된다는 것이 이를 방증한다. 심지어 안나의 시신이 출정을 앞둔 브론스키의 회상 속에서 독자 앞에 생생한 모습으로 던져진다.

낯선 사람들 가운데에서 수치스러운 줄도 모르고 창고의 탁자 위에 뻗어 있던, 조금 전까지만 해도 생명으로 충만해 있던 피투성이의 육체, 손상을 입지 않은 머리는 땋아 내린 무거운 머리채와 관자놀이 위로 곱슬곱슬하게 감긴 머리카락과 함께 뒤로 젖혀져 있다. 그리고 입이 반쯤 벌어진 매혹적인 얼굴의 입가에는 얼어붙은 듯한 낯설고 애처로운 표정이 어려 있고, 닫히지 않은 고정된 눈동자에는 마치 그들이 싸울 때 그녀가 그에게 말했던 그 끔찍한 말, 즉 그가 후회하게 될 거라고 한 말을 내뱉는 듯한 끔찍한 표정이 어려 있었다.(3: 486)

브론스키는 그의 어머니의 말[7]에 따르면 안나의 자살로 인해 거의 죽다 살아난 셈이다. 러시아-터키전 출정을 앞둔 지금도 기차역에서 안나의 모습이 떠오르자 치통도 잊을 만큼 절망적으로 흐느껴 운다. 하지만 그뿐, 톨스토이의 소설 속에서 더 이상의 비극은 없다. 여동생의 시신을 앞에 두고 절망적으로 흐느꼈던 일은 깡그리 잊고 오랜 벗인 브론스키를 마중하러 나온 오블론스키가 이 점을 잘 보여 준다. 『안나 카레니나』의 전체 구성의 차원에서는 안나-브론스키의 대극에 선 레빈-키티의 삶이 그 역할을 해 준다.

⑻ 가정의 행복 — 레빈과 키티, 혹은 톨스토이와 소피야

레빈과 키티의 이야기는 기만적인 부부(돌리-오블론스키), 척박한

---

7   "6주 동안 그애(브론스키)는 아무와도 이야기하지 않고 음식도 내가 애원을 해야 겨우 먹었답니다. 게다가 단 한시도 그 애를 혼자 내버려 둘 수 없었어요. 우리는 그 애가 자살에 사용할 만한 것들을 모조리 치워 버렸죠. …… 그래요, 그 여자는 그런 여자가 마땅히 목숨을 끊어야 하는 방식으로 그렇게 목숨을 끊었어요. 그 여자는 죽음조차도 비열하고 저급한 죽음을 택하더군요."(3: 479)

부부(안나-카레닌), 타락한 부부(안나-브론스키) 등 '제각기 불행한 가족' 과 대위법적 구성을 이루며 전개된다. 안나가 오빠 집안의 문제를 해결 하기 위해 모스크바에 온 시점, 레빈은 키티에게 청혼하기 위해 모스크 바에 와 있는 상황이고, 오랜 벗이자 키티의 형부인 오블론스키를 만난 것도 그녀에 관한 정보를 얻기 위해서다. 그 무렵 키티는 자기 집을 드 나들며 약혼자 비슷한 대접을 받는 브론스키에게 호감을 갖고 있고 (그 녀의 아버지는 레빈을 사위로 맞고 싶어 하는 반면) 키티의 어머니는 그녀의 선택을 지지하는 쪽이다. 이런 상황에서 그녀가 레빈의 청혼을 거절하 는 것은 당연하다. 퇴짜를 맞고 다시 시골로 돌아온 레빈은 영지 경영과 농사일에 몰두한다. 더욱이, 러시아를 대표하는 지식인이자 저명인사로 서 휴가차 시골에 와 자연을 완상하는 그의 이부형 코즈니셰프와 달리 자연과 부대끼고 더불어 호흡한다. 오랜만에 동생과 한담이나 나누고 싶어 하는 형을 뿌리치고 풀을 베러 나가는 것도 당장 '육체적인 노동' 이 필요하기 때문이다.(2: 33) 노동을 통한 자연-민중과의 합일, 나아가 '생활'에의 의지는 3부 5장의 저 유명한 풀베기 장면에서 잘 표현된다.

레빈은 그들 사이에서 풀을 베어 나갔다. 가장 무더운 때였지만, 그에 겐 풀베기가 그다지 힘들게 느껴지지 않았다. 그의 온몸을 적신 땀이 그를 시원하게 해 주었고, 등과 머리와 팔꿈치까지 걷어 올린 팔에 내리쬐는 태양 은 노동에 단단함과 끈기를 북돋아 주었다. 무의식의 순간이 점점 더 빈번하 게 찾아들었고, 그럴 때면 자기가 무엇을 하는지 아무 생각도 들지 않았다. 낫이 저절로 풀을 벴다. 행복한 순간이었다. 더욱 행복한 순간은 노인이 냇가 로 내려가 축축하고 도톰한 풀로 낫을 닦고 날을 맑은 냇물에 씻은 후 숫돌 상자로 물을 떠 레빈에게 대접했을 때였다.

"자, 나의 크바스를 드셔 보시지요! 어때요, 훌륭하죠?"

(중략) 레빈은 풀을 베면 벨수록 망각의 순간을 더욱더 자주 느끼게 되었다. 그럴 때는 손이 낫을 휘두르는 것이 아니라, 낫 자체가 생명으로 충만한 그의 몸을, 끊임없이 스스로를 의식하는 그의 몸을 움직였으며, 그가 일에 대해 아무 생각을 하지 않아도 마치 마법에 걸린 것처럼 일이 저절로 정확하고 시원스럽게 진행되었다. 이럴 때가 가장 행복한 순간이었다.(2: 41~42)

농사일에 탐닉한 레빈은 농사꾼 처녀와 결혼, 가정을 일굼으로써 진정으로 민중과 하나가 되려는 새로운 몽상에 젖기도 한다. 여러모로 작가 톨스토이의 30대 지주 귀족으로서의 삶을 고스란히 반복하는 셈이다. 마침 외국의 요양 생활에서 돌아와 언니(돌리)의 시골 영지(예구쇼보)에 가는 키티를 우연찮게 목격한 그가 다시 그녀를 향한 사랑을 느끼고 역시나 다시 모스크바로 그녀를 찾아가 백묵으로 청혼하는 장면 역시 작가의 경험을 소설화한 것이다. 레빈의 기대 섞인 우려에도 불구하고, 키티는 첫 철자만 나열된 그의 질문을 정확히 이해하는 것은 물론 그가 듣고 싶던 답을 던져 준다.(4부 13장) 그리하여 성사된 키티와의 결혼은 레빈에게 정녕 '위대한 순간'이라고 할 수 있다. 오랫동안 연모해 온 아름다운 처녀와 결혼하여 그가 꿈꾸던 대로 시골 영지에서 가정을 일구게 되었으니 말이다. 결혼 전 방탕의 기록(일기)을 (장인의 허락하에!) 아내에게 보여 줌으로써 키티를 경악게 하고 그로 인한 갈등을 수습하는 과정은 오히려 이 '위대한 순간'의 일부라고 할 수 있다.

문제는 결혼-사건이 아니라 그 이후인 결혼-생활이다. 아니나 다를까, 결혼한 지 석 달이 지났을 무렵 레빈은, 결혼 준비 과정에서도 어느 정도 느꼈던 것이지만, 결혼 생활의 범속함과 평범함에 놀란다. "뜻밖에도 그와 아내의 생활은 (그가 독신 시절 비웃던 남들의 결혼 생활과) 별다르지 않았을 뿐 아니라 오히려 그가 예전에 그토록 경멸해 마지않던, 하지만 이제는 그의 의지에 반하여 대단히 확고한 중요성을 띠게 된 지극히 보잘것없는 사소한 것들로 꽉 차 있었다."(2: 513) 일상의 행복과 불행이 엎치락뒤치락하는 가운데, 오랫동안 폐병을 앓아 온 친형 니콜라이의 죽음과 사건이 발생한다. 죽어 가면서 '육(肉)의 공포'를 환기한 형이 5부 20장(이 소설에서 유일하게 부제('죽음')가 붙어 있다.)에서 마침내 사망한 순간, 남편과 함께 모스크바에 와 있는 키티가 임신했음이 밝혀진다. 이어 상당히 길게 묘사되는 출산 과정, 신생아와 마주한 레빈의 복잡다단한 심경 역시 '위대한 순간'과 그 이후 산문적 풍경의 교차를 보여 준다.

소소한 일상과 각종 사물에 대한 레빈의 사유와 고뇌는 소설의 후반부로 갈수록 더 많은 부분을 차지하고 사실상 그를 위한 챕터인 8부의 대부분이 그러하다. 존재와 삶의 의미를 캐물을수록 더 큰 회의에 부딪치고 그때마다 레빈은 자살의 유혹에 시달리지만(그래서 끈도 숨기고 총을 들고 다니는 것도 꺼린다.) 꾸준히 살아간다. '말-사상'을 압도하는 '일상-생활'의 징글맞은 저력이야말로 톨스토이가 파악한 우리 삶의 진면목이기도 하다. 이러저러한 굴곡에도 불구하고 아무튼 건강한 삶을 일궈 가는 레빈-키티의 모습은 '위대한 순간', 즉 우리 삶의 극성(劇性)과 시성(詩性)의 앞뒤에 굳건히 자리한 산문성을 고스란히 보여 준다.[8] 8부 19장, 이 소설의 마지막을 장식하는 레빈의 상념은 그 깨달음을 전하는 듯하다.

---

[8] 특히, 키티의 입장에서 보자면 『안나 카레니나』의 일부분은 키티의 성장 소설이기도 하다. 그녀는 톨스토이의 이상적인 여성 주인공의 계보에 속하는, 『전쟁과 평화』의 나타샤 로스토바의 뒤를 잇는 인물이다. 모스크바의 유서 깊은 공작 집안의 막내딸로서 귀여움과 사랑을 듬뿍 받은 그녀는 부모의 축복을 받으며 레빈과 결혼, 임신과 출산(첫 아이가 아들이라 기쁨은 더 배가된다.) 이후 진정한 '아줌마'로 거듭난다. 그녀가 레빈의 '고뇌'를 이성적으로는 이해하지 못해도 사랑으로 충분히 이해함을 강조함으로써 아내이자 어머니로서의 여성의 소임을 역설한다.

'이 새로운 감정은 나를 바꾸지도, 나를 행복하게 하지도 않아. 그리고 내가 상상하던 것처럼 갑자기 나를 계몽시키지도 않아. (중략) 난 여전히 마부 이반에게 화를 내겠지. 여전히 논쟁을 벌이고, 여전히 내 생각을 부적절하게 표현할 거야. 나의 지성소와 다른 사람들 사이에는, 심지어 아내와의 사이에도 여전히 벽이 존재할 거야. 난 여전히 나의 두려움 때문에 아내를 비난하고 그것을 후회하겠지. 나의 이성으로는 내가 왜 기도를 하는지 깨닫지 못할 테고, 그러면서도 난 여전히 기도를 할 거야. 하지만 나에게 일어날 수 있는 그 모든 일에 상관없이, 이제 나의 삶은, 나의 모든 삶은, 삶의 매 순간은 이전처럼 무의미하지 않을 뿐 아니라 선의 명백한 의미를 지니고 있어. 나에게는 그것을 삶의 매 순간 속에 불어넣을 힘이 있어!'(3: 559~560)

그럼에도 "행복한 민족들은 역사가 없다."(Les peuples heureux n'ont pas d'histoire.)[9]라는 말처럼 '다 엇비슷하게 행복한 가정'은 가뜩이나 가정 소설과 사회 소설의 종합인 『안나 카레니나』 속에서 '제각기 불행한 가정'에 비해 소설적 차원의 흥미가 떨어질 수밖에 없다. 따라서 이 작품의 제목을 대위법적 구성에 걸맞게 '두 결혼'으로 생각했다가 '안나 카레니나'로 바꾼 것은 소설가 톨스토이의 직관력을 보여 주는 대목이기도 하다.

---

9   『전쟁과 평화』 이후 새 소설을 구상하며 톨스토이가 인용했던 프랑스 속담이다.

우수의 윤리학

체호프의 단편 소설과 희곡

1) 「어느 관리의 죽음」과 작가 체호프

안톤 파블로비치 체호프(1860~1904)의 「관리의 죽음」(1883)은 어느 하급 관리가 오페라를 관람하던 중 재채기를 한 사건을 소재로 다룬 소설이다. 하필 그때 그의 앞에 앉아 있던 노인이 부서는 다르지만 아무튼 상관이어서 체르뱌코프는 거듭 사과를 한다. 그러나 잘 받아들여지지 않자(그렇다고 생각되자) 불안한 마음에 상관의 집무실까지 찾아갔다가 푸대접만 받는다. 이튿날은 편지를 쓸까 하지만 잘 쓰이지 않자 다음 날 또다시 찾아갔다가 "꺼져!"라는 호통을 듣고 반쯤 쫓겨난다. 충격을 받은 그는 집에 오자마자 '배 속에서 무언가가 터지는' 것을 느끼며 죽는다. 스물세 살의 대학생이 쓴 이 콩트에서 우선 눈에 띄는 것은 '벌레'나 다름없는 '작은 인간', 즉 속되고 평범한 인간이 주인공이라는 점이다.('체르뱌코프'라는 이름은 '벌레'에서 나온 것이기도 하다.) 도스토예프스키나 톨스토이의 소설이라면 '영웅'이 되었을 인물도 체호프의 소설에서는 한없이 '작은 인간'이 되고 만다. 그들이 만드는 사건 혹은 어쩌다 처하게 되는 상황은 극히 황당한 경우가 많지만 극적인 조명을 받기보다는 지속적인 일상의 한 결절로 치부된다. 더욱이 그것이 종료되기가 무섭게 작가는 매몰차게 등을 돌린다.('열린 결말') 끝으로, 주인공의 죽음은 애도하기에는 너무 황당하고 웃어넘기기에는 어딘가 찝찝하다. 이런 식의 눈물(비극)과 웃음(희극)의 공존은 훗날 웅숭깊은 고품격의 희비극으로 발전한다. 스물네 살에 처음 각혈하고 이후 평생을 골골대다가 모스크바예술극장의 여배우 올리가 크니페르와 결혼한 지 3년 만에 장결핵으로 사망한 황망한 전기[1] 역시 그의 문학의 일부처럼 여겨진다. 각종 사진과 그림이 증명하는 그의 미남형 얼굴에 순박한 시골 청년의 느낌과 예민한 인텔리겐치아의 느낌이 공존하는 것도 출생 및 성장 환경과 무관하지 않다.

체호프는 러시아 남부 지역(아조프해 연안 타간로크)에서 해방 농노의 아들(5남 2녀 중 3남)로 태어났고, 잡화상을 경영하는 아버지를 도와가며, 또 병약한 형제자매들과 옥신각신하며 자랐다. 아버지가 파산하고 가족이 모스크바의 빈민가로 이주한 다음에는 혼자 시골에 남아 학교를 마쳤다. 지역 장학금을 받아 모스크바 대학 의학부에 입학한 다음에는 진정한 주경야독 생활이 시작되었다. 그 무렵 여러 삼류 잡지에 콩트를 발표한 것이 작가 인생의 출발점이다. 이렇듯 그에게 문학은 어떤 거창한 야심의 발로가 아니라, 적어도 그에 앞서 생계의 방편이었고, 절박한

---

[1] 1898년, 거의 마흔이 다 되어 만난 그녀와 급속도로 가까워진 그는 1901년 결혼에 이르지만 병과 일 때문에 아내와 떨어져 있는 시간이 많았다. 그로부터 3년 뒤, 남부 독일에서 요양을 하던 중 아내가 지켜보는 가운데 샴페인 한 모금을 마시고 "샴페인을 오랜만에 마셔 보는군." 이어, "Ich sterbe."(나는 죽는다.)라는 독일 말을 남기고 사망한다. 둘의 사랑과 연애는 후기작인 「개를 데리고 다니는 부인」에 소설적 가공을 거쳐 형상화되었다.

만큼이나 급조된 측면이 강했다.[2] 가난 역시 실존이 되었던바, 그의 문학은 극히 '생활 밀착형'에 가까웠다.

힘들게 학업을 마친 그는 이후 평생 동안 사람을 고치는 의사로 살았다.(더욱이 사할린 여행을 포함하여 주로 봉사에 가까운 의료 활동을 하기도 했다.) 그와 동시에 많은 양의 소설과 희곡을 써냈는데, 44년이라는 짧은 생애 동안 그가 남긴 글의 양은 도스토예프스키의 저작에 맞먹을 정도의 양이다. "의학은 나의 아내, 문학은 나의 애인."[3] 그가 남긴 유명한 말처럼 의학과 문학은 상보적이었다. 그는 냉혹한 유물론자였고, 그 때문에 저 세계와 영혼이 아니라 이 세계와 몸에 주목했다. 또한 자신의 문학에 대단히 엄격한 작가였으되 동시에 사람 속에서 사람과 더불어 산 이타적인 생활인-의사이기도 했다. 어쩌면 그 때문에, 아동 문학가인 추콥스키가 회상하듯, 다들 그를 사랑하고 좋아했음에도 톨스토이와 같은 위대한 작가로 생각하지는 않았다고 한다. 무엇보다도, 체호프 스스로 그런 자의식이 없었던 듯하다. 그럼에도 훗날 문학사는 그를 클래식과 모더니즘 사이를 가르는 작가로 평가했을 뿐 아니라 도스토예프스키, 톨스토이와 나란히 대가의 반열에 올려놓았다. 심지어 투르게네프 대신

---

2   체호프의 가벼운 콩트에 숨어 있는 재능을 알아본 원로 작가 그리고로비치가 편지(1886년 12월)를 보내 보다 진지한 작품에 힘을 쏟으라고 충고해 준다. 그는 40년쯤 전, 도스토예프스키의 공병사관학교 동창이자 같은 집에 사는 친구로서 그의 등단작인 『가난한 사람들』의 원고를 문단의 관련자들에게 전해 준 작가이기도 하다.

3   이 유명한 말은 '두 마리의 토끼를 쫓지 말고 한 우물만 파라.' 하는 식의 충고를 해 준 1888년 9월 11일 A.C. 수보린에게 보낸 답장에서 나왔다. "잘 모르겠군요, 왜 두 마리의 토끼를 쫓으면 안 됩니까, 심지어 직설적인 의미에서도요? …… 나에게 일이 하나가 아니라 둘이 있음을 인정할 때 나는 더 원기 왕성하고 자족적으로 느껴집니다. 의학은 나의 합법적인 아내이고 문학은 애인이랄까요. 하나가 싫증나면 다른 여자한테 가서 잡니다. 이게 문란하다고 할지라도 대신 별로 지루하지 않고, 게다가 나의 배신 때문에 두 여자가 뭘 잃어버리는 것이 전혀 아니니까요." 『체호프 전집』(총 30권)(모스크바: 나우카, 1974~1983), П2, 326. 이하 체호프의 작품과 편지 인용은 이 전집에 근거하며 인용문 뒤에 권수와 쪽수를 밝힌다.

체호프가 러시아 문학의 '트로이카'의 일부가 된 지 오래다. 인간과 세계의 '작음'을 '위'가 아니라 그저 '밖'에서 그려 낼 줄 알았던, 말하자면 문학적 '겸손함'이야말로 그의 천재성의 근거가 아니었나 싶다. 이 점을 소설과 희곡을 통해 두루 살펴보자.

2) 소설가 체호프

㈀ '삶 공포증' 혹은 '진부함'의 공포

단편 「공포」(1892)에서 드미트리 페트로비치 실린은 광장 공포증과도 유사한 삶 공포증을 호소한다. 그의 말을 듣고 있던 '나'가 정확히 무엇이 그렇게 무섭냐고 묻자 다음과 같이 대답한다.

> "전부 무서워요. 나는 타고나길 깊이가 없는 사람이고 사후 세계라든가 인류의 운명이라든가 하는 문제에는 거의 관심이 없고, 대체로 저 높은 하늘의 문제에는 거의 관여하지 않습니다. 내가 무엇보다도 무서운 것은 저 진부함인데요, 우리 중 누구도 그것에서 몸을 피할 수 없거든요."(8: 131)

실린이 두려워한 진부함은 불륜으로 구체화된다. 그와 친분 관계를 유지해 온 '나'는 오래전부터 그의 아내 마리야에게 호감을 갖고 있다. 이 애매한 삼각관계는 '나'와 그녀의 밀회로 이어진다. 그러나 오랫동안 흠모해 온 여인을 손에 넣은 '나'의 느낌은 불편함과 부담스러움에 가깝다. 한편 실린 쪽에서는 아내와 친구의 불륜을 사실상 현장에서 목격했음에도 결혼 생활을 지속한다. 이들 부부의 묵직한 권태도, 또 '나'와 마리야의 심드렁한 불륜도 우리 삶의 한 흐름일 뿐이다.

「베짱이」(1892)의 여주인공 올가 이바노브나는 예술가를 동경함에도 정작 결혼은 의사와 하게 된다. 결혼식 날에도 남편 드이모프의 단순함과 평범함이 못마땅하고 그 이후에도 예술에 무관심한 남편이 불만스럽다. 그러다 화가 랴봅스키와 연애에 빠지자 로돌프의 유혹에 넘어간 에마 보바리처럼 그동안의 '설움'을 '설욕'한다. 보바리 부인의 '소설 같은 삶'이 올가에게서는 '그림 같은 삶'으로 실현된 것이다. 고요한 7월의 달밤, 볼가강의 증기선, 터키옥처럼 짙은 푸른빛 바다, 무엇보다도 기껏해야 생활인에 불과한 남편 대신 '진짜 위대한 사람, 천재, 신의 선택을 받은 사람', 무한한 재능을 타고난 화가와 함께하는 삶! 그러나 이 대단한 사랑도 시간의 저력 앞에서 환멸을 피하지 못한다. 겨울, 랴봅스키에게 새 애인이 생기고, 그 충격으로 올가는 남편이 학위 논문이 통과되어 강단에 서게 됐음에도 완전히 무관심하다. 그 와중에 드이모프가 디프테리아에 감염되어 사망한다. 그녀는 병이 전염될까 봐 한 번도 남편의 서재를 찾지 않는 자신을 하느님이 벌할 것만 같은 두려움과 죄책감을 느낄 만큼 순진하다. 올가의 이런 성격상, 또 이야기의 흐름상, 드이모프의 천재성에 대한 그녀의 깨달음은 무척 자연스럽다.

> "드이모프!" 그녀는 그에게 실수가 있었다고, 아직 모든 것을 잃지는 않았다고 설명하고 싶었다, 인생은 아직도 아름답고 행복할 수 있다고, 그는 드물고 비범하고 위대한 사람이라고, 그녀는 평생 동안 그 앞에서 공경심을 품고 기도하고 성스러운 공포를 느낄 것이라고……(8: 31)

그러나 올가의 깨달음을 조롱하듯, 문밖의 거실에서는 코로스텔료프가 하녀에게 후처리를 지시한다. 그의 어조는 앞서 올가 앞에서 드이

모프의 위대함에 대한 장황한 찬사를 늘어놓을 때와는 사뭇 다르다. 그 실무적인 말이 소설의 마지막을 장식함으로써 올가의 각성이 그녀의 연애만큼이나 찰나적이고 한시적인 것임이 강조되는 듯하다. 이제 와서 남편이 의학사에 남을 위대한 천재였다는 것이 (혹은 아니었다는 것이) 무슨 의미가 있을까. 코로스텔료프가 하녀를 채근하며 하는 말대로 "여기에 묻고 자시고 할 게 뭐 있나?"(8: 31) 대체로 그녀의 희비극은 그녀라는 존재가 모 연구자의 분석대로 에피고넨(랴봅스키)의 모방, 말하자면 아류의 아류, 패러디의 패러디('제곱 패러디')에 다름 아니라는 사실에 있다. 그리고 「베짱이」가 수작인 것은 '위대한 사람'과 '베짱이'[4]의 이분법이 얼마나 허망한지를 보여 주기 때문이다. 우리의 삶은 엄정한 인과론적 고리(가령 올가가 예감한 인과응보)가 아니라 오히려 그것을 엉성하게 비껴가는 것 같으면서도 실은 교묘하게 핵심을 찔러 버리는 미지의 메커니즘에 종속된다. 바로 이 비의(秘義)가 '삶 공포증', '진부함의 공포'의 진앙이 아닐까.

(ㄴ) 지식인 소설과 진부함의 공포 ——「문학 선생」, 「상자 속의 사나이」

체호프의 소설 중 이른바 지식인 소설에 들어가는 일련의 소설 역시 정도의 차이는 있지만 대체로 작은 사람의 작은 공포, 즉 진부함의 공포에 지배되는 듯하다. 가령 「문학 선생」(1894)의 주인공 니키틴은 사랑하는 마뉴샤를 아내로 맞지만 행복하기는커녕 자신을 옥죄는 범속함 때문에 질식할 것 같다. 다른 한편으론 결혼 전에 문학 애호가인 셰발진이 던진 질문, "레싱의 『함부르크 연극론』을 읽어 보셨습니까?"(8: 316)에

4　「베짱이」의 원래 제목으로 생각했던 것이 '위대한 사람'이었다.(8: 433)

서 시작된, 명색이 문학 선생인데 그런 것도 읽지 않았다는 자괴감에 시달린다. 레싱을 읽고 싶은 마음, 혹은 읽어야 한다는 강박 관념과 그것을 읽지 못하게 하는 속된 현실이 대립각을 세운다. "속물적이고 또 속물적인 것이 나를 에워싸고 있다. 지루하고 한심한 인간들, 스메타나⁵ 단지, 우유병, 바퀴벌레들, 바보 같은 여자들…… . 속물적인 것보다 더 무섭고 모욕적이고 서글픈 것은 아무것도 없다. 여기에서 도망칠 것, 오늘 당장 도망칠 것, 안 그러면 나는 미쳐 버릴 것이다."(8: 332) 니키틴의 일기로 소설이 끝나기 때문에 이후 그의 행로는 알 수 없다. 레싱과 속물적인 것 사이에 낀 문학 선생보다 더 흥미로운 인물은 지리-역사 선생 이폴리트다.

이 노총각은 교사임에도 전혀 지식인답지 않은 외모의 소유자(붉그죽죽한 턱수염, 들창코, 좀 거친 얼굴 등)이며 지리 선생으로서 지도 그리는 것을, 역사 선생으로서 연대를 아는 것을 중시한다. 무엇보다도, 화자가 수차례 강조하듯, 주로 "침묵하거나 아니면 이미 오래전부터 다들 아는 말만"(8: 318) 한다. 즉, 좀처럼 말을 하지 않다가 간혹 내뱉는 말은 무척 식상한 얘기다. 그의 말을 모두 정리해 보자.

① "예, 좋은 날씨입니다. 지금은 5월이니까 곧 진짜 여름이 올 겁니다. 여름은 겨울과는 다르지요. 겨울에는 난로를 때야 하지만, 여름에는 난로가 없어도 따뜻합니다. 여름에는 밤에 창문을 열어 놔도 따뜻하지만, 겨울에는 이중창을 해도 춥지요."(8: 318)

② "일어나요, 출근해야지요. (중략) 옷을 입고 자면 안 돼요. 그러면 옷이 망가지잖아요. 잠은 침대에 자야지요, 옷을 벗고서…… ."(8: 319)

---

5   러시아식 크림으로 요구르트 원액과 유사함.

③ "그 애(마뉴샤)는 김나지움 다닐 때 우리 반이었어요. 나는 그 애를 알아요. 지리 공부는 무난했지만, 역사는 나빴어요. 수업 시간에는 산만했고요."(8: 323)

④ "결혼은 진지한 일보입니다. (중략) 모든 것을 곰곰 생각하고 잘 따져 봐야지, 그냥은 안 돼요. 현명하게 굴다가 손해 볼 일은 없는데, 사람이 독신 생활을 접고 새로운 생활을 시작하는 결혼에 임해서는 특히 더 그렇지요."(8: 323)

⑤ "지금까지 당신은 결혼한 몸이 아니어서 혼자 살았지만, 이제는 결혼한 몸이니 둘이 살게 될 겁니다."(8: 325)

⑥ "사람은 음식이 없으면 생존할 수 없습니다."(8: 326)

⑦ "볼가강은 카스피해로 흘러갑니다. …… 말은 귀리와 건초를 먹습니다."(8: 328)

①은 날씨가 좋다는 니키틴의 말에 대한 응수이며 ②는 문제의 레싱을 읽다가 옷을 입은 채 소파에서 잠든 니키틴을 깨우며 하는 말이다. ③은 마뉴샤와 결혼한다는 소식을 듣고 하는 말인데, 다소 눈치 없는 동문서답처럼 들린다. 같은 맥락에서 나온 ④는 당신은 왜 결혼하지 않느냐는 니키틴의 질문에 상당히 심사숙고해서 내놓은 대답이다. ⑤는 니키틴의 결혼식 날 이폴리트 나름의 감동을 담아 건네는 축하 인사이며 ⑥은 흰 빵 하나로 점심을 때우는 그가 아내가 정성껏 싸 준 도시락을 먹는 니키틴을 보며 하는 말이다. 끝으로 ⑦은 임종 직전에 내뱉는 말이지만 화자의 암시대로 인생에 대한 어떤 통찰도 담고 있지 않다.

이렇듯 이폴리트의 말은 각각의 상황에 따라 그 나름의 진정성을 담고 있음에도 기계적인, 따라서 그로테스크한 동어 반복에 가까워 정녕 부조리극의 대사를 연상시킨다. 어떤 의미에서는 공소한 만큼이나 철학적인데, 도스토예프스키와 톨스토이의 주인공들의 말이 지녔던 (혹은 그러고자 했던) 의미와 무게, 그 지나친 '있음'에 대해 '없음'으로 맞선다는 점에서 그러하다. 매일 학생들이 그린 지도를 고쳐 주고 연대기를 작성하는 것이, 숙고 끝에 흔한 말만 내놓는 것이 그토록 한심한가! 아무 생각 없이 살면서도 뭔가 깊은 생각을 한다고, 아무 일도 하지 않으면서도 뭔가 대단히 큰일을 한다고 생각하는 것이야말로 생존을 위한 필요악과 같은 환상이 아닐까. 분명한 것은 이폴리트의 동어 반복과 같은 삶이 니키틴보다 더 열등할 것은, 적어도 딱히 더 지루할 것은 없다는 점이다. 굳이 말하자면 누구나 다 그렇게 살다가 그렇게 죽는다는 사실(이폴리트는 단독(丹毒)으로 죽는다.)에 저 진부함의 공포와 비극이 환기될 뿐이다.

역시나 지방 소도시 교사의 이야기를 다룬 후기의 걸작 「상자 속의 사나이」(1898)의 주인공 벨리코프는 "가재-은둔자, 혹은 달팽이처럼 자신의 껍질 속으로만 들어가려 하는, 천성상 외로운 사람들 중 하나"(10: 42)로서 스스로를 외부의 영향으로부터 보호해 줄 '상자'를 창조하고자 하는 지속적이고 극복하기 힘든 지향"(10: 43)을 보인다. 마흔을 훌쩍 넘긴 이 그리스어 교사는 모든 것을 상자 속에 담아 놓을뿐더러(우산-우산집, 주머니칼-칼집, 시계-시계집, 상자를 닮은 침실) 평소 복장(따뜻한 날에도 덧신에 외투를 입고 항상 검은 안경을 쓰고 마차를 탈 때는 항상 덮개를 씌우라고 한다.)이나 수면 습관(이불을 머리끝까지 뒤집어쓴다.)도 상자를 연상시킨다. "아무 일도 일어나지 말아야 될 텐데!"("무슨 일이 일어나면 어쩌나.") 이 습관적인 말이 보여 주듯 거의 피해망상증에 가까운 지나친 의심과 기우, 결벽증을 의심케 하는 깐깐하고 좀스러운 성격, 세간의 소문에 대한 예민함,(안 좋은 소문이 퍼질까 봐 집안에 하녀 대신 늙은 남자 하인을 두고 있다.) '금지'에 대한 사랑도 상자의 다른 표현이다. 문제는 그가 그 와중에 '오지랖'까지 넓어서 자신의 상자를 남에게 강요한다는 점이다. 사소한 일로 학생들의 품행을 문제 삼는가 하면(결국 제적한다.) 체면치레의 명분으로 동료 교사 집을 방문하여 상대방을 곤혹스럽게 만든다. 신임 교사 코발렌코의 누이인 바렌카의 등장은 이런 벨리코프를 상자 속에서 꺼낼 수 있는 가능성처럼 여겨진다. 서른 살임에도 얼굴이 예쁘장하고 쾌활하고 웃음이 많은 우크라이나 처녀와 벨리코프는 얼마간 교제하지만 예의 그 기우에 사로잡혀 결정을 내리지 못한다. 그러던 중 발생한 '사소한' 일[6]로 인해 수치심을 이기지 못한 벨리코프는 시름시름 앓다가 한 달쯤 뒤 사망한다. 그의 황망한 죽음은 그 희비극적 정조에 있어 하급 관리 체르뱌코프의 죽음을 연상시키되 우리의 삶과 세계의 운행에 관한 한층 진일보한 소설적 사유를 보여 준다.

대체로 그의 '상자성'은, 실상 도스토예프스키의 '지하성'과 비슷한 측면이 많음에도 불구하고, 철학적 논의의 대상으로 미화되기는커녕 철저히 희화된다. 벨리코프가 명색이 교사임에도(앞서 니키틴보다 못하게도!) 자신의 상자성에 대한 자의식이 없다는 점이야말로 그 증거다. 더 근본적인 문제는, 지금껏 우리에게 벨리코프의 이야기를 들려준 화자인 교사 부르킨이 다시금 강조하는바, 벨리코프가 우리 삶의 하고많은 현상 중의 하나일 뿐이라는 점이다. 다들 겉으로는 표를 안 내려 하지만 은근히 그의 죽음을 반기고 어린 시절 어른들이 집을 비웠을 때와 같은 해방감을 맛보는 것도 잠시다. 이런 '자유'가 일주일도 안 돼 사라지는 것은 무슨 또 다른 극적인 요인이 개입된 탓이 아니라 그 자체로 피곤하

---

6   학교에서 (벨리코프와 바렌카를 그린) 캐리커처 사건이 발생하여, 벨리코프는 교사와 여자가 자전거를 타고 다니는 일까지 포함하여 '해명'을 듣기 위해 코발렌코의 집을 찾는다. 그동안 가뜩이나 그를 싫어해 온 코발렌코(누이가 발랄한 만큼이나 그는 다혈질이다.)는 괄괄하게 응수하다가 벨리코프를 걷어차고, 그는 계단 밑으로 굴러 떨어진다. 마침 귀갓길에 이 장면을 목격한 바렌카는 단순한 실족으로 착각, 예의 그 깔깔 웃음을 터뜨린다.

고 진부한 삶 자체의 속성에 있다. "이런 상자 속 사나이들이 얼마나 많은지, 또 얼마나 더 많이 생길지……!"(10: 53) 요컨대 상자성은 체호프가 포착한 인간 본연의 실존이자 혁명이나 개혁은커녕 소소한 변화조차도 불가능하거나 무의미한, 영원히 관성의 법칙에 지배되는 세계의 본질일 수 있겠다. 벨리코프 얘기를 끝낸 다음 밖에 나가 담배 한 대를 피우고 들어온 부르킨에게 그의 대화 상대였던 수의사 이반 이바노비치가 연거푸 늘어놓는 말도 비슷한 함의를 담고 있다.

"아니, 그럼 우리가 이런 도시에서 갑갑하고 비좁게 살면서 불필요한 서류나 쓰고 카드놀이나 하고 — 아니, 이러는 것은 상자가 아니란 말인가? 우리가 한량들, 소송꾼들, 어리석고 하릴없는 여자들 틈새에서 한평생을 보내고 온갖 헛소리를 지껄이고 또 듣고 — 아니, 이것은 상자가 아니란 말인가? 그나저나 원한다면, 내 아주 교훈적인 얘기를 하나 해 주겠네."

"아니, 이미 잘 시간이야." 부르킨이 말했다. "내일 보지!"

두 사람은 헛간으로 가 건초 위에 누웠다. (중략) 헛간에서 멀지 않은 곳에서 누가 걸어 다녔다. (중략)

"이건 마브라 소리요." 부르킨이 말했다.

[마브라의] 발걸음 소리가 잦아들었다.

"사람들이 거짓말하는 것을 보고 듣는다는 것은 말이야." 이반 이바노비치가 이렇게 말하며 다른 쪽으로 몸을 돌렸다. "자네가 이 기만을 참는다는 이유로 자네를 바보라고들 부르지. 모욕과 굴욕을 참는 것, 자네가 정직하고 자유로운 사람들 편이라는 것을 떳떳하게 선언할 용기가 없는 것, 자네 자신도 거짓말하고 미소 짓고, 그것도 빵 조각이며 따뜻한 방구석이며 별 가치도 없는 무슨 관직 나부랭이를 얻기 위해 그렇게 하는 것은, — 아니, 더 이상은 이렇게 살 수 없어!"(10: 53~54)

액자 속(벨리코프 이야기)에서 밖으로 나와 보면, 교사 부르킨과 수의사 이반 이바노비치는 사냥을 하던 중 어느 마을의 촌장 집 헛간에서 밤을 보내려던 참이었다. 졸음에 겨운 부르킨은 계속 자고 싶어 하고 (또 이내 잠이 들고) 지금껏 부르킨의 이야기를 듣고만 있던 이반은 자기 얘기를 하고 싶어 안달이다. 하지만 상대가 응수해 주지 않자[7] 혼자 계속 뒤척이다 밖으로 나와 담배를 입에 무는 것으로 소설은 끝난다. 두 인물의 어긋남이 뭉근한 우수를 만들어 내고, 번갈아 가며 그들의 눈에 비친 달, 시골의 적막한 달밤에 헛간 근처를 오가는 마브라의 발소리가 어떤 단조의 반주처럼 여겨진다. 그녀는 부르킨의 얘기의 시발점이 되어 준 촌장의 하녀로서 평생 이 시골 바깥으로 나가 본 적이 없는, 그래서 자기만의 좁은 세계(상자!)에 갇혀 있는 인물의 상징처럼 제시된다. 그녀는 물론이거니와 우리의 소소한 일상사가 모두 거대한 자연의 흐름 속으로 녹아든다. "더 이상은 이렇게 살 수 없어!"라는 이반의 외침은 그래서 절절한 만큼이나 공소하고, 또 공소한 만큼이나 절절하다. 체호프가 이런 실존적 고뇌를 거의 일말의 희극성도 없이 비극적으로 쓴 경우는 드문데, 그렇기에 더더욱 소중한 작품이 중편 「6호실」(1892)과 더불어 「검은 수사」(1894)다. 여기에서는 후자만 살펴보도록 하자.

(ㄷ) 체호프의 우수 ─「검은 수사」

「검은 수사」는 명실상부한 지식인 소설, 관념 소설로서 3인칭 서사

---

7 그가 못 다한 얘기는 「나무딸기(구스베리)」의 내용을 이룬다. 즉, 이후 체호프는 「나무딸기」, 「사랑에 대하여」 등 두 편의 소설을 더 써서 소(小)삼부작을 완성한다.

임에도 한 지식인의 정신적 운동성에 초점이 맞추어져 있다. "과대망상증을 앓는 한 청년의 묘사"(5П: 253)를 담은 "의학 소설, historia morbi"(5П: 262)라는 작가의 정의를 도입부부터 보여 준다.

> 안드레이 바실리이치 코브린 박사는 너무 지친 나머지 신경이 망가졌다. 치료를 받지는 않았지만, 의사인 친구와 포도주를 마시며 어쩌다 무심코 얘기를 좀 했더니 그쪽에서 봄과 여름을 시골에서 보내라는 충고를 해 주었다. 마침 타냐 페소츠카야에게서 긴 편지가 왔는데, 보리숍카에 와서 지내라고 부탁하는 내용이었다. 그래서 그는 자기가 정말로 바람을 쐴 필요가 있다고 결정했다.(8: 226)

코브린의 동의어처럼 '박사'라는 단어가 명시됨으로써 이 정황과 신경질환의 징후가 무관하지 않은 듯한 인상을 준다. 여기에 관념적 삶과 실제적 삶, 즉 관념과 삶의 갈등의 시발점이 된 타냐의 편지가 '마침'이라는 접속사로 연결된다. 원래 코브린의 전공은 심리학임에도 짐작건대 각종 인간관계로 인해 심신이 피폐해졌고, 무척 짧게 언급되는바, 자기 집안의 영지 코브린카에서 3주 동안 완전한 고독의 시간을 보낸다. 그 덕분인지 페소츠키 부녀의 영지 보리숍카에 도착했을 때는 어마어마한 희열을 느끼고 페소츠키의 정원, 즉 '도시-문명'과 반대되는 '자연'에 흠뻑 도취된다.

그러나 1장에 만연한 조증은 2장에 이르면 울증으로 바뀌어 있다. 공간이 바뀌었지만 그의 생활이 여전히 신경질적이고 불안한 탓이다. 어느 저녁, 발코니에 앉아 책을 읽다가 듣게 된, 타냐와 이웃이 부르는 세레나데는 짧은 낮잠과 야밤의 노동과 많은 포도주와 담배로 채워지는 생활에 결정적인 자극이 된다. 그 내용인즉, 상상병을 앓는 한 처녀가 밤중에 정원에서 어떤 신비스러운 소리를 들었는데, 그 성스러운 하모니는 너무나 아름답고 야릇한 까닭에 우리 같은 필멸의 존재는 이해하지 못하고 그래서 다시 하늘로 날아가 버린다는 것이다. 코브린이 타냐에게 '검은 수사'의 전설을 얘기해 주는 것은 이 노래를 들은 직후다. 전설의 출처가 명확하지 않은 것은 오래전부터 알고 있는 것이라는 환상과 함께 즉석에서 창조된 까닭인지도 모르겠다. 즉, 상상병 소녀가 신비스러운 소리를 듣듯 그는 검은 수사의 환영을 보는 것이다. 드넓은 호밀밭 한가운데 홀로 선 코브린의 다분히 자기중심적인 상념은 과대망상증의 전조처럼 보이기도 한다. 검은 기둥을 닮은 회오리바람처럼 호밀밭을 가르며 사라지는 검은 옷의 수사는 착시, 심지어 환시의 산물이겠지만 그럼에도 그것에 코브린의 영혼이 빙의된 것 같은 신비감이 형성된다. 코브린 역시 자기만 검은 수사를 본 것은 정신병의 징후임을 잘 알고 있지만 그 나름의 논리와 윤리를 내세워 더욱더 환영에 몰입한다.

페소츠키의 정원, 소나무 숲 뒤에서 나타나 인기척도 없이 벤치로 다가와 앉은 남루한 검은 옷의 '거지' 혹은 '순례자'와 삶의 피로에 전, 마흔을 목전에 둔 심리학 박사가 대면하는 장면은 물론 중년 식객의 모습을 한 '악마'와 이반 카라마조프의 대면을 연상시킨다. 그러나 간결하고 압축된 형식 속에서 이반을 괴롭힌 죄의식의 문제는 거의 사라지고 천재론이 더 부각된다. 이반의 젊음과 코브린의 조로가 대조되기도 한다.

"너는 몹시 늙고 현명한, 극도로 인상적인 얼굴을 가졌군, 꼭 정말로 천년 이상을 산 것처럼." 코브린이 말했다. "나는 나의 상상력이 이런 현상을 창조해 낼 능력이 있는 줄은 몰랐어. 한데 왜 나를 그렇게 환희에 찬 표정으로 바라보는 거지? 내가 마음에 드나?"

"그럼. 너는 신의 선택을 받은 자라고 불려야 마땅한 저 소수 중 하나인 걸. 너는 영원한 진리를 섬기지. 너의 사상들, 의도들, 너의 놀라운 학문과 삶 전체가 신적인 천상의 봉인을 갖고 있어, 그것들은 이성적이고 아름다운 것, 다시 말해, 영원한 것에 헌납된 것이니까.(8: 241~242)

이어, 이들의 대화는 영원한 진리와 영원한 삶, 선택받은 자들과 그들의 소명 등에 관한 것이다. 코브린의 나르시시즘은 거의 황홀경에 이르지만("네 얘기를 듣는 것이 얼마나 유쾌한지 네가 안다면!"(8: 242)) 무엇보다 큰 기쁨은 바로 '광기의 축복'에서 비롯된다.

> "네가 아픈 것은 일을 너무 많이 해서 지쳤기 때문인데, 그건 네가 관념을 위해 너의 건강을 희생했음을, 그것을 위해 삶 자체를 내놓을 때가 가까웠음을 의미하는 거야. 어떤 것이 더 낫나? (중략)"
> "내가 정신적으로 아픈 것이라면, 내가 나 자신을 믿을 수 있을까?"
> "(중략) 요즘 학자들은 천재가 광기와 유사하다고들 말하지. 이 친구야, 건강하고 정상적인 것은 평범한 사람들, 떼 지어 사는 사람들뿐이야. (중략)"
> "로마인들은 'Mens sana in corpore sano.'(건강한 신체에 건강한 정신이 깃든다.)라고 말하잖나."
> "로마인이나 그리스인이 말하는 것이 전부 진실은 아니지. 고양된 기분, 흥분 상태, 황홀경 — 예언자, 시인, 이념의 수난자를 평범한 사람과 구별해주는 이 모든 것이 인간의 동물적인 측면, 즉 그의 육체적인 건강에 반대되는 것이야. 반복하지만, 건강하고 싶고 정상이고 싶다면, 떼 속으로 들어가라고."(8: 242~243)

검은 수사는 천재와 광인-광기를 동일시하고 정신과 육체를 가치론적 이분법에 종속시키지만 그의 논리는 가령 라스콜리니코프의 '범죄론'이나 대심문관의 이론과는 다른 느낌을 준다. 여전히 '영웅'의 지위를 잃지 않은 주인공이 '영원한 진리'의 문제에 골몰하는 도스토예프스키의 경우와 달리 체호프는 주인공-영웅의 몰락 이후의 풍경을 포착한다. 그의 세계는 신 없는 유토피아 건설이 문제시되는 환상적 공간(「대심문관」)도, 존속 살해와 같은 극악한 범죄가 범람하는 조건적인 시공간(『카라마조프가의 형제들』)도 아니다. 그것은 과수원 경영과 상속, 결혼, 살림 등의 문제로 가득 찬 속된 시공간으로서 천재가 아니라 건전한 상식과 생활 감각을 갖춘 가장을 필요로 한다. 한데 코브린이 타냐에게 청혼하는 것은 환영을 본 직후의 일로서 광기가 선사한 열락의 여운과 무관하지 않다.[8] 이미 결혼한 이후 그의 광기가 기정사실화됐을 때도 그는 마침 자기들 집에 와 있던 페소츠키를 앞에 두고서 차마 발설은 하지 못하지만 대단한 흥분에 사로잡혀 "축하해 주세요, 저, 미친 것 같아요."(8: 249)라는 말을 떠올린다. 그러나 실상 이제 그는 병원으로 이송되는, 치료를 요하는 환자-광인일 뿐이며 자신의 정체성과 '영원한 진리'에 관한 그의 고민은 참담한 아나크로니즘의 산물로 전락한다. 문제는 소설의 무대 저편에서 코브린의 치료가 완료된 이후에 비로소 그의 진짜 비극이 시작된다는 것이다.

8장, 코브린은 다시 페소츠키의 영지에 와 있는데, 공간이 반복되기 때문에 그의 변화가 더욱 두드러진다. 금주와 금연, 다량의 우유 섭취, 야밤의 연구 대신 하루 2시간의 노동 등 유물론의 위대함을 증명하듯 물질적 조건이 바뀌자 자연스레 정신의 건강 상태도 바뀌어 있다. 회복기로 접어든 코브린 앞에는 더 이상 환영도 나타나지 않는다. 모든 것

---

8 환각이 끝난 뒤 타냐의 눈에 비친 코브린은 황홀경에 들떠 있고, 한편 그의 입장에서는 어리둥절해하는 타냐가 유달리 아름다워 보인다.

이 정상과 상식의 범주에 들었음에도, 오히려 그렇기 때문에 그는 자신이 불행하다고 느낀다. 여기에서 유물론이 기각되는 셈인데, 심리적 건강(행복감!)의 상실과 함께 육체적 건강도 위기를 맞는다. 아름다운 장발(長髮)은 사라지고 걸음걸이도 힘이 없고 얼굴은 작년 여름과 비교하면 붓고 창백해졌다. '배고픈 소크라테스'에서 '배부른 돼지'로 전락했다고 생각하는 코브린이 아내와 장인에게 퍼부어 대는 푸념은 거의 졸렬한 수준이다.

> "여러분 축하드립니다. 금요일 이후 내 몸무게가 또 1푼트 불었거든요." 그는 두 손으로 머리를 꽉 움켜쥐고 괴로워하며 말했다. "왜, 대체 왜 나를 치료했죠? 브롬화칼륨, 무위, 온수욕, 감시, 물 한 모금과 발 한 발짝에도 소심하게 전전긍긍하고 — 이 모든 것이 결국에는 나를 바보 천치로 만들고 말 거예요. 나는 미쳐 가는 중이었고 과대망상증이었지만, 그 대신 명랑하고 활기차고 심지어 행복했어요, 흥미롭고 독창적인 존재였죠. 이제는 더 똑똑하고 말쑥해졌지만, 그 대신 나는 모두와 똑같은 존재예요. 나는 중치라고요, 사는 것도 지루하고…… 다들 나한테 얼마나 잔인한 짓을 했는지! 나는 환각을 봤지만, 그런다고 누구에게 방해가 됐어요?"(8: 251)

코브린은 자신이 "붓다, 마호메트, 셰익스피어"(8: 251)가 되지 못한 것이 모두 가족 탓인 양 그들을 공격하고 그로써 그의 선민의식과 광기 예찬은 타인에 대한 폭력으로 비화된다. 마지막 부부 싸움에서 묘사되는 자칭 천재의 몰골은 진부하고 촌스럽기 그지없으나, 그의 미학적 형상은 다시 한번 전복된다.

독립된 강좌를 맡았음에도 혹은 그랬기 때문에 예전 생활로 다시 돌아간 탓인지 그의 건강은 극도로 악화된다. 어머니에게서 물려받은

병의 묘사는 짧지만 낭만적이다. 타냐와는 달리 그를 어린아이처럼 돌봐 주는 두 살 연상의 바르바라 니콜라예브나와 함께하는 생활도 비슷한 느낌을 준다. 현재 그들이 일상의 공간을 떠나 있고(요양차 얄타로 가는 길에 세바스토폴의 한 호텔에 머무는 중이다.) 그녀의 존재가 부각되지 않기(대사가 하나도 없거니와 지금은 잠들어 있다!) 때문이다. 더불어 지금 눈앞에 펼쳐지는 숭고한 자연의 풍광을 배경으로 타냐와의 지난 삶은 추(醜)의 극치처럼 여겨진다. 코브린은 늘 하던 대로 공책을 꺼내 놓고 뭐든 한 가지 생각에 집중하려고 애쓴 결과 평화롭고 차분하고 무심한 기분을 되찾는다.

> 개요가 적힌 공책은 세상사의 덧없음에 대한 사색으로 그를 이끌기도 했다. 그는 인생이란 그것이 인간에게 줄 수 있는 저 하찮거나 극히 평범한 행복을 대가로 얼마나 많은 것을 가져가는가에 대해 생각했다. 예를 들어, 마흔즈음에 강좌 하나를 얻기 위해, 평범한 교수가 되기 위해, 시들하고 지루하고 힘겨운 언어로 평범한, 그것도 남의 사상을 늘어놓기 위해, 한마디로 중치 학자의 지위를 획득하기 위해, 그, 코브린은 15년을 공부하고 밤낮없이 일하고 위중한 정신병을 앓고 결혼 생활을 파탄 내고, 기억하지 않는 편이 더 유쾌할 법한 온갖 바보짓과 옳지 못한 짓을 많이 저질러야 했다. 코브린은 이제 자기가 중치라는 것을 분명히 의식했으며, 그의 생각으로 사람은 누구나 자신의 모습 그대로에 만족해야 하기 때문에, 이 사실을 기꺼이 받아들였다.(8: 256)

이런 상념은 이반 일리치가 죽음 직전에 맛보았던 각성 및 눈뜸과 유사한 측면이 물론 있다. 그러나 체호프의 세계에서 육체와 삶-현실, 이른바 속(俗)은 정신의 운동성에 의해 구원되는 성질의 것이 아니다.

코브린이 채 다 읽지 못하고 찢어 버린 타냐의 편지, 마룻바닥에 널브러져 있다가 열린 창문으로 들어온 바닷바람에 흩날리는 그 조각이 보여 주듯, 관념에 대적하는 삶의 위력은 실로 무시무시하다. 한번 되살아난 삶은 타냐가 불렀던 세레나데로, 그리고 또다시 환영의 출현으로 이어진다. 검은 회오리처럼 나타나 어느덧 코브린의 방 한가운데에 떡하니 선 검은 수사와 코브린의 대화는 이미 대화랄 수도 없다. "코브린은 이미 자신이 신의 선택을 받은 자임을, 천재임을 믿었고 (중략) 말을 하고 싶었지만"(8: 257) 이 모든 것이 얼마나 무의미한가를 그의 가슴팍에서 목구멍으로 치솟는 피가 보여 준다. 이 순간 "타냐!"라고 외치며 바닥으로 쓰러진 채 소중한 것들, 가령 정원, 공원, 소나무, 호밀밭, 학문, 젊음, 용기, 기쁨, 그리고 "그토록 아름다웠던 삶"(8: 257)을 부르는 죽어 가는 그의 모습이야말로 말하자면 '시간 없는 시대', 즉 침체기와 세기말 지식인의 초상일 것이다.

한데 일찍이 비평가 미하일롭스키가 복잡하게 던졌던 질문을 단순화시켜, 과연 코브린은 천재였을까? 그 답이 무엇이든 소설에는 그의 학문적 성취를 보여 주는 증거가 없는데 페소츠키의 경우와는 달리 최소한 그의 논문의 주제나 내용도 전혀 언급되지 않는다. 그런 것이 무의미함을 강조하는 작가의 의도가 반영된 것일 수도 있겠으나 코브린이 불면의 밤을 보낸 것은 주로 망상에 몰입한 탓이며 그 때문에 각성 수준이 너무 높아져 알코올의 도움으로 간신히 잠이 들기 일쑤라는 사실은 어떻게 설명해야 할까. 결국 코브린의 선민사상과 광기는 물론 인물 자체가 아이러니의 대상이 되는 것이다. "그가 죽는 것은 그의 허약한 육신이 이미 균형을 상실하여 더 이상 천재의 껍질 구실을 할 수 없기 때문"(8: 257)이라는 검은 수사의 속삭임은 씁쓸한 자기 위안일지도 모르겠다. 그렇다면 숨이 끊어지기 직전 그가 "표현할 수 없는 무한한 행복"(8:

257)을 느끼는 것은 '존재함'의 본원적 아이러니로부터 자유로워진 덕분일까. "바르바라 니콜라예브나가 잠에서 깨 병풍 뒤에서 나왔을 때 코브린은 이미 죽은 상태였고 그의 얼굴에는 지복의 미소가 굳어 있었다." (8: 257) 어쨌거나 제삼자의 시선을 통해 이 점을 한 번 더 강조함으로써 「검은 수사」는 끝난다.

체호프는 수보린에게 보낸 편지에서(1894년 1월 25일) 코브린과 자신을 동일시하는 견해를 마뜩지 않아 하며 "나는 정신적으로 건강한 것 같다", "사실 딱히 살고 싶은 생각은 없지만 아직 …… 병은 아니다", "「검은 수사」는 어떤 음울한 생각도 없이 냉정한 사색에 따라 쓴 것이다."(5П: 265)라고 썼다. 그저 과대망상증을 묘사해 보고 싶었고 또 들판을 가로지르는 검은 수사의 꿈을 꾸었을 뿐이라면서 "가엾은 안톤 파블로비치가 다행히도 아직은 미치지 않았고 저녁도 많이 먹고 그래서 꿈속에서 수도사들을 보기도 한다."(5П: 265)라는 말도 덧붙였다. 여기에서 역설적으로 암시되듯, 이 무렵 체호프는 거의 병적으로 예민했는데, 그 내면의 노골적이고도 예술적인 반영이 「검은 수사」인 것이다.

3) 극작가 체호프와 「벚꽃 동산」

㈀ 체호프의 드라마투르기 여정

어린 시절부터 연극을 좋아했던 체호프가 처음 희곡을 쓴 것은 1881년(21세)인데, 이 작품이 앞으로 그가 쓸 몇 편의 희곡을 합친 만큼의 분량은 족히 된다는 점이 우선 놀랍다. 「플라토노프」(혹은 「아버지 없음」)는 훗날에 완성될 체호프 드라마투르기의 온갖 요소가 중구난방으로 혼재하는 작품으로 명백한 실패작이다.[9] 공연 가능성을 타진해 보았지만 물론 퇴짜를 맞았고 첫 독자인 형에게도 앞으로 희곡에는 절대 손대지 말라는 뼈아픈 충고를 듣기도 했다. 이후 희곡을 향한 그의 열망은 잠깐 소강 상태로 접어드는 듯하다가 20대 후반 음울한 느낌의 장막극 「이바노프」(1887)를 쓴다. 이어, 그보다 훨씬 더 소박하게, 희극적인 보드빌 느낌의 단막극을 쭉 써 본다.(더러 단편 소설을 개작하기도 한다.) 「곰」(1888), 「청혼」(1888), 「억지 비극 배우」(1889), 「기념일」(1891) 등은 웃긴 보드빌(그냥 희극)에서 진지한 보드빌(체호프식 희극)로 진화하는 여정의 출발점을 보여 준다. 특히, 대배우를 꿈꾸었으나 결국 단역 배우로 인생을 마감하는 중인 한 늙은 배우가 프롬프터에게 청승스러운 넋두리를 늘어놓는, 사실상의 모노드라마 「백조의 노래」(1887: 단편 「칼카스」(1886)를 개작한 것)는 그 희비극적 정조에 있어 단연코 수작이기도 하다.

1896년, 36세의 체호프는 꾸준히 공부해 절치부심 끝에 첫 장막극 「갈매기」를 완성, 《러시아 사상》에 발표한다. 그러나 1896년 알렉산드린스키극장에서의 초연이 실패하는 바람에[10] 심히 좌절하고 앞으로 다시는 희곡을 쓰지 않겠다는 맹세를 또다시 반복한다. 그럼에도 그는 이내 「바냐 외삼촌」(1899: 1889년에 쓴 「숲 귀신」이 그 원형), 「세 자매」(1900/1901), 「벚꽃 동산」(1903/1904) 등의 장막극을 써 간다. 그의 희곡이 당대에 별로 높은 평가를 받지 못한 것은 그것이 아리스토텔레스의 『시학』 이래 삼위일치(시간과 공간과 행동의 일치)의 원칙에 기초한 전통적인 극 장르와 너무 달랐기 때문이다. 주인공과 주변적인 인물(나아가 프

9　원작 희곡보다는 그것을 토대로 만든 니키타 미할코프의 영화 「피아노를 위한 미완성 희곡」(1977)이 더 훌륭하다고 할 수 있다.

10　1898년 12월 모스크바예술극장에서 네미로비치-단첸코의 연출로 다시 상연했을 때 대성공을 거둔 것은 참 아이러니다.

로타고니스트와 안타고니스트)의 구별도 거의 없거니와 이른바 주인공도 더 이상 영웅이 아니다. 이와 무관하지 않은바, 둘째, 이렇다 할 사건이 없다. 더 정확히, 극적인 사건은 모두 시간적으로든, 공간적으로든 무대 뒤에서 발생함으로써(실제 공연에서도 이 점이 강조되어야 한다.) 그 극성과 사건성이 퇴색되고 숫제 제거된다. 따라서 극적 효과, 나아가 카타르시스가 있을 리 없다. 사건(갈등)의 발생과 진척을 유도해야 하는 인물들의 대화는 구태여 상대방의 화답을 요구하지도 않는 청승스러운 넋두리나 사소한 우스갯소리의 총합처럼, 각자의 독백의 다성악적 공존처럼 제시된다. 이렇듯, 무대 위에 세워졌으되 더 이상 '주인공-영웅'이 존재하지 않는 이 괴상하게 진부한 세계와 지루하고 가라앉은, 독특하게 서정적이고도 산문적인 정조에 당시 독자와 관객은 당황했다. 물론 이것은 극도로 사실적인 무대, 즉 무대는 최대한 우리 삶의 실제 모습을 보여 주어야 한다는 체호프 나름의 원칙의 소산이다.

이 모든 것을 아우르는 보다 치명적인 특징은 희극을 향한 작가의 열망이다. 「갈매기」는 아예 '4막의 희극'이라는 부제를 달고 있으며 「바냐 외삼촌: 4막으로 이루어진 시골 생활의 장면들」과 「세 자매: 4막 드라마」 역시 애초에 희극 창작을 목표로 한 작품이었다. 그러나 작가 스스로도 이 작품들이 여전히 구질구질하고 신파적인 알갱이(사건성)가 가득한 멜로드라마(신파)에 가까웠음을 인정하지 않을 수 없었다. 독자 혹은 관객의 시선으로 볼 때는 더더욱 그렇다.[11] 주요 인물들과 별로 구별

---

11 「갈매기」는 사랑(니나)도, 문학도 다 잃어버린 다음 환멸과 좌절 끝에 자살하는 젊은 극작가 트레플레프와, 여배우를 꿈꾸었으나 역시나 사랑(트리고린)도 꿈도 거의 다 잃어버린 소녀 니나의 이야기다. 「바냐 외삼촌」은 시골에 틀어박혀 사는, 피해 의식에 전 노총각 이반 보이니츠키와 못생긴 조카 소냐의 청승맞은 신세 한탄 이야기다. 「세 자매」에서는 부모와 함께 유년 시절을 보낸 모스크바로의 귀향을 항상 꿈꾸지만 결국 지방 소도시에 영원히 유폐되는 세 자매의 이야기가 전개된다.

되지 않는(무대 등장 횟수나 시간, 대사의 양 등도 거의 비슷하다.) 여러 인물들도 한결같이 어딘가 뒤틀린 인생, 잘 풀리지 않은 (적어도 그렇다고 생각하는) 인생의 주체들이다. 이런 자들이 세기말적 정조의 분위기를 연출하는 무대와 마주하여 웃기 위해서는 연출가의 연출력과 배우의 연기력은 물론 우리의 미학적 수준이 얼마나 높아야 할 것인가. 「벚꽃 동산」은 체호프가 쓴 어떤 희곡보다도 더 신파에 가깝지만 동시에 작가 스스로 그토록 완성하길 바란 희극에 가장 가까운 작품이다.

(ㄴ) 희극 「벚꽃 동산」

웃음의 진앙: 무엇이 웃긴가

「벚꽃 동산」의 내용인즉, 지주 귀족인 라넵스카야(류보비)의 영지(벚꽃 동산)가 그녀와 오빠 가예프(레오니드)의 노력에도 불구하고 경매에 붙여지고 그들의 농노였던 로파힌(예르몰라이)에게 넘어간다는 것이다. 여기에서 농노 해방(1861년) 이후 전원시적인 색채를 잃어버린 당시 대러시아 제국과 몰락하는 귀족 계급의 쓸쓸한 풍경이나 자본주의의 발달과 급속한 산업화가 가져온 신분 변동을 엿볼 수도 있을 것이다. 희곡의 4막, 마지막을 장식하는 도끼로 벚나무를 찍고 베는 소리는 사라져 가는 봉건 러시아와 아름다웠던 과거에 고하는 작별 인사처럼 들리기도 한다. 그럼에도 작가는 집필을 전후하여 줄곧 이것이 희극임을 강조하고 모스크바예술극장이 공연한 「벚꽃 동산」은 슬픈 드라마 같다며 불만을 표하기도 했다. 요컨대, 인물들이 처한 정황의 비극성(눈물)과 희극(웃음)을 향한 작가의 집요한 의도 사이의 괴리가 「벚꽃 동산」(보다 근본적으론 체호프 희곡 전반) 읽기의 전제라고 할 수 있겠다. 작가의 의도를 존중하여 희극과 웃음에 관한 일반론을 참조하되 보다 폭넓은 시각을 갖고서 무엇이 웃긴지 짚어 보자.

우선 희곡의 주된 등장인물인 귀족들의 나이와 상황에 걸맞지 않는 삶의 양상이 웃음을 유발한다. 라넵스카야가 무대 위의 사건 발생 이전에 겪은 일, 이른바 무대 뒤의 사건은 비극에 가깝지만 작품 속에서는 그녀의 독백이나 타인의 말을 통해 거의 신파극, 즉 통속적인 멜로드라마처럼 제시된다. 귀족이 아니라 그냥 변호사와 결혼함으로써 집안(야로슬라블의 부자 고모)의 불화를 야기했고, 그 남편은 지나친 음주로 사망했고, 다른 남자와 사랑에 빠졌고, 그것에 대한 '천벌'처럼 어린 아들 그리샤가 물에 빠져 사망했고, 그 슬픔을 이기지 못해 외국으로 떠난 다음 파리에서 정부와 함께 살았고, 그가 다른 여자와 바람을 피우자 "너무나 한심하고 창피해서"(2막, 368)[12] 음독자살까지 시도했고, 불현듯 향수에 사로잡혀 다시 조국으로, 벚꽃 동산으로 돌아온 것이다. 5년 만에 귀향한 그녀는 사뭇 달라진 현실을 직시하기는커녕 계속 과거에 매여 있다. 영지를 잃어버릴 판국임에도 예전의 사치스럽고 관대한 생활을 지속하고(고급 식사, 많은 팁, 잦은 적선 등) '놀고먹는 삶'을 선호하는 까닭에 은행 근무의 가능성을 내비치는 오빠를 탐탁지 않게 여기기도 한다. "오빠가 은행은 무슨! 그냥 가만히 계세요……."(2막, 370) 1막에서 3막까지 그녀에게 가장 절박한 문제는 벚꽃 동산의 생존이다. 그런데, 백과사전에도 올라갈 만큼 유명하고 온갖 추억으로 아로새겨진 소중한 벚꽃 동산을 그대로 갖고 싶은 마음은 간절하지만 그것을 위한 실제적인 노력은 조금도 하지 않는다. 고작해야 야로슬라블의 고모에게 돈을 빌려 오려고 하는 것뿐이지만 그나마도 평소 그녀의 언행처럼 아이처럼 즉흥적이

12　본문 인용은 안톤 체호프, 박현섭 옮김, 『체호프 희곡선』(을유문화사, 2012)에 근거하며 인용문 뒤에 막과 쪽수를 병기한다.

고 감정적이다. 벚꽃 동산을 별장지로 내놓아야 한다는 로파힌의 설득 혹은 요구에 라넵스카야는 "누가 여기에서 이렇게 지독한 시가를 피웠을까?"(2막, 364)라는 동문서답으로 응수하고 가예프는 계속 당구 타령이다. 로파힌의 영지 얘기는 그야말로 '소귀에 경 읽기'다.

> 가예프: 야로슬라블 고모님이 돈을 보내 주겠다고 약속하시긴 했는데, 언제, 얼마나 보내실지 모르겠어.
>
> 로파힌: 얼마나 보내 주실까요? 10만? 아니면 20만?
>
> 류보비 안드레예브나: 글쎄……. 1만이나 1만 5천 정도? 그것만 해도 고마운 일이지.
>
> 로파힌: 실례지만, 여러분처럼 생각이 짧고 물정을 모르는 분들, 여러분처럼 이상한 분들은 이제껏 만나 본 적이 없습니다. 분명히 러시아어로 말씀 드리고 있지 않습니까? 댁의 영지가 팔려 버린다고요. 도무지 이해를 못하시네요.
>
> 류보비 안드레예브나: 그럼 어떻게 하면 되죠? 가르쳐 주세요. 어떻게 하면 되는 거예요?
>
> 로파힌: 이렇게 매일 가르쳐 드리고 있지 않습니까? 제가 매일 드리는 말씀은 한 가지밖에 없어요. 벚꽃 동산도, 택지도, 전부 별장지로 임대를 놓아야만 됩니다.(2막, 366)

로파힌의 극히 실무적인 충고를 그녀는 "별장과 별장주 — 너무 저속해요. 실례지만."이라며 무시한다. "전적으로 동감이야."(2막, 367)라고 말하는 가예프도 만만찮다. 이런 대책 없는 태도는 순수함의 발로라기보다는 현실에 대한 무지 내지는 그것을 직시하길 피하는 비겁함의 산물처럼 보인다. 과거(벚꽃 동산)로의 도피는 또 다른 도피의 동선을 만들어 낸다. 굳이 트로피모프의 말이 아니더라도 '놈팡이'임이 분명한 파리의 그 정부가 사랑을 맹세하는 편지 공세를 퍼붓자 처음에는 과감히 찢어 버리지만, 결국에는 영지도 매각되었거니와 겸사겸사 다시 그의 품으로 돌아가려 한다. "난 그이를 사랑해요. 그건 분명해. 사랑, 사랑해……. 이건 내 목에 매인 돌덩이예요. 난 그 돌덩이와 함께 밑바닥으로 가라앉고 있지만, 그래도 나는 그 돌덩이를 사랑하고, 그것 없이는 살아갈 수가 없어요."(3막, 392) 작품 속에서 그녀의 이 애절한 고백은 차라리 청승스러운 넋두리처럼 들리면서 고답적인 비극성을 상실한다. 그 진부함 때문에 더더욱, '마님'으로서의 그녀의 습관도 그렇지만, 우리 스스로 좀처럼 헤어날 수 없는 (따라서 그럴 필요도 없는) 삶의 어떤 수렁의 상징처럼 보이기도 한다. 조카의 모든 것이 못마땅하고 무엇보다도 그녀의 헤픈 씀씀이를 잘 아는 야로슬라블의 할머니가 (아마 마지못해) 보내 준 "1만 5천" 역시 그녀의 혼잣말처럼 이내 바닥나고 말 것이다. 과연 오빠 가예프의 평가대로 그녀는 "좋은 애"고 "착하"고 "우아"함에도 "귀족이 아닌 사람하고 결혼한 데다, 행실도 그다지 좋다고 할 수는 없"(1막, 354)을 법하다.

그러나 그녀와 달리 평생을 독신으로 살아온 가예프 역시 긍정적인 인물처럼 보이지 않는다. 로파힌의 말마따나 "워낙에 게을러"(4막, 412) 벚꽃 동산 매각 이후 얻은 은행 일(연봉이 6천 루블이나 된다!)도 얼마나 할지 의심스럽다. 쉰한 살이 되도록 미혼인 것은 그렇다 쳐도 그동안(특히 여동생이 외국에 가 있는 동안) 영지 관리를 얼마나 소홀히 했으면 경매에 넘길 지경까지 갔을까. 항상 추상적인 감상이나 늘어놓는 그의 '여전함'에 당구 게임이 또 가세한다. 집안에서도, 또 걸핏하면 기차를 타고 시내까지 나가 당구를 치고 무슨 말을 하든 당구 타령이다. 당구대 위의 공, 그리고 그가 곧잘 입안에 넣고 굴리는 '알사탕'은 한자리에서 맴도는 그의 인생의 상징처럼 읽힌다. 무엇보다도 벚꽃 동산이 매각된 이후에 이들은 오히려 더 자유롭고 행복해 보인다는 것이 참 아이러니하다.

> 가예프: (유쾌하게) 정말 이제 모든 게 잘됐어. 벚꽃 동산이 팔리기 전까지는 우리 모두 걱정하고 괴로워했지만, 이제 문제가 돌이킬 수 없이 완전히 결정되고 나서는 모두들 마음이 놓이고 유쾌해졌잖아. 심지어……. 나는 은행원, 이제 어엿한 금융업자지. 노란 공은 한가운데로……. 그리고 류바, 어쨌든 넌 더 예뻐졌다. 확실히 그래.
>
> 류보비 안드레예브나: 네, 기분은 전보다 나아요. 그건 사실이에요.(4막, 414)

정녕 잃어버린 것에 대해 이토록 태평한, 초연한 태도를 취하는 인물들에겐 뭔가 부정할 수 없는 강력한 긍정의 힘이 있다.

라넵스카야와 가예프 주변에 포진한 다른 인물들은 실상 '행동'이 아니라 '작태'를 보여 준다고 할 만큼 희극적이다. 두냐샤는 자신의 건장한 체구와 하녀라는 신분에 맞지 않게 연약하고 가냘픈 귀족 아가씨 흉내를 낸다. 그런 그녀 옆에는 언제든 자살을 하고 싶어질까 봐 권총을 품고 다니며 버클리 철학을 늘어놓는, 자타가 공인하는 '스물둘의 불행' 예피호도프가 붙어서 어설픈 낭만적 사랑의 드라마를 재현한다. 하인임에도 거들먹거리기 좋아하고 러시아를 경멸하는(두냐샤의 구애도 성가셔 한다.) 대신 '외국물'을 동경하는 야샤도 그렇다. 걸핏하면 남의 집에 놀러와 양식을 축낼뿐더러 수시로 (딸 다셴카의 이름과 함께) 니체의 철학을 들먹이고 항상 돈을 꾼 다음 좀처럼 갚지 않는 지주 시메오노프-피시크는 사심 없이 웃긴 인물이다. 한데 그의 땅 위로 갑자기 철도가 지나가

게 된 덕분에 보상금을 받게 되더니(그래도 그동안 진 빚을 갚기에는 부족하다.) 마지막에 그의 땅에서 영국인들에 의해 무슨 하얀 점토가 발견되어(그것을 영국인들에게 임대한다.) 모든 빚을 탕감한다. 항상 '대출' 인생을 살면서 '로또'를 꿈꾸다 정녕 '대박' 터지는 셈이다.

라넵스카야의 딸 아냐의 가정 교사인 샤를로타 역시 웃긴 인물이다. 항상 쇠줄에 묶인 개를 데리고 다니는 그녀는 유랑 극단의 배우였던 부모를 따라 여기저기를 떠돌면서 배운 복화술과 공중제비 등 각종 재주를 부리고 그 덕분에 반쯤은 어릿광대처럼 고용된 것이다. 하지만 실제로는 하는 일도 없을뿐더러 서른은 족히 넘었음에도 정식 여권이 없어서 자신의 정확한 나이도 모른다며 항상 아이처럼 군다. 이런 신세타령을 하며 호주머니에서 오이를 꺼내 먹는 장면(2막, 359~360), 보따리를 들고 갓난애를 달래는 시늉을 하다가 "그러니까 제발, 일자리를 좀 찾아주세요. 난 이제 어떻게 해."(4막, 415)라고 외치는 장면이 미묘하게 웃긴다. 만년 대학생에 (아직 서른도 안 됐음에도!) 대머리인 페탸 트로피모프는 철학과 사상을 빙자하여 헛소리를 늘어놓기 일쑤다. "러시아 전체가 우리의 동산입니다. 지구는 거대하고 아름다워요. 이 지구 위에 멋진 장소는 얼마든지 있습니다."(2막, 379) 그가 아냐와 함께 연출하는 "남녀 관계를 초월"(2막, 379)한, 그런 "사랑보다 위에 있"는(3막, 390) 사랑과 러시아 전체의 미래에 대한 설계는 그 공소함으로 인해 허허로운 웃음을 자아낸다. 노골적으로 라넵스카야의 조롱을 사기도 한다. "우리 사이는 사랑보다 위에 있어요!" 위에 있기는커녕 우리 피르스의 말대로 등신이에요. 그 나이에 애인 하나 없다니!"(3막, 393) 이런 고급 담론과 해프닝(계단에서 넘어진다.)의 충돌이 슬랩스틱 코미디 같은 효과를 낸다.

한편 「벚꽃 동산」의 주된 갈등 축을 영지를 둘러싼 귀족 계급과 과거 농노 계급의 대립으로 본다면 거의 모든 인물을 불행에 빠뜨리는, 소위 악의 축을 담당하는 자가 바로 로파힌(예르몰라이)이다. 그러나 작품 내에서 계급적이고 사회적인 갈등은 별로 도드라지지도 않고 심지어 전무하다고 볼 수도 있다. 옛 주인마님의 도착을 기다리는 동안 로파힌은, 오래전 라넵스카야가 아버지한테 맞아서 생긴 상처를 치료해 주며 아이 방에서 "울지 마라, 꼬마 농부야. 장가갈 때까진 나을 거야."(1막, 330)라고 다독여 준 일을 따사롭게 회상한다. 현재 무대 위에서의 만남도 앞선 인용문이 보여 주듯 날선 대치 관계가 아니라, 서로 익숙하기에 무심하고 심드렁한 (체호프 희곡 특유의!) 공존 관계를 보여 준다. 그는 농노의 후예답게 책만 보면 졸음을 참을 수 없지만 항상 시계를 보면서 어디론가 서두르고 세상의 흐름을 파악하고 그것에 대처하는 능력과 사업수완이 뛰어나다. 무엇보다도 무척 부지런한 그가 나태하고 유유자적한 귀족이 낭만적인 향수 속에 모셔 둔 벚꽃 동산을 손에 넣는 것이야말로 (가령 피시크의 '로또'보다도 더) 세상의 이치다. 누가 영지를 샀느냐는 라넵스카야의 물음에 "제가 샀습니다."라고 짧게 대답한 로파힌은 이내 장광설을 늘어놓는다.

> 로파힌: 제가 샀어요! (중략) 우리가 경매장에 도착해 보니 데리가노프는 벌써 와 있었습니다. 레오니드 안드레예비치(가예프)에게는 겨우 1만 5천밖에 없었는데, 데르가노프는 대뜸 저당액 위로 3만을 더 불렀습니다. (중략) 저당액 위에 내가 9만을 더 얹어서 낙찰을 받은 겁니다. 벚꽃 동산은 이제 내 것입니다! 내 것! (껄껄 웃는다.) (중략) 내 아버지와 할아버지가 무덤에서 일어나 이 모든 일을 보신다면 얼마나 좋을까. 그 예르몰라이가, 걸핏하면 매를 맞던 일자무식의 예르몰라이가, 겨울에도 맨발로 뛰어다니던 바로 그 예르몰라이가 세상에 둘도 없이 아름다운 영지를 산 모습을 본다면 말이에요. 아버지와 할아버지가 노예였던 이곳을, 그분들은 부엌에도 감히 들어갈 수 없었

던 이 영지를 내가 샀습니다. (중략) 모두들 와서 구경하시오, 이 예르몰라이 로파힌이 도끼로 벚꽃 동산을 찍는 모습을, 벚나무들이 땅 위로 쓰러지는 광경을 보러 오시오!(3막, 403~404)

결국 울음을 보이는 라넵스카야에게 그는 "왜, 무엇 때문에 제 말을 듣지 않으셨어요? 착하고 불쌍하신 분, 이젠 돌이킬 수가 없잖아요."(3막, 404)라는 위로의 말을 건네며 눈물마저 글썽인다. 벚꽃 동산을 얻은 기쁨을 감추느라 조심하고 마지막에는 (그토록 아끼는 돈을 들여서!) 이별주도 준비한다. 즉, 그의 눈물이 설령 악어의 눈물일지라도 결코 로파힌의 잘못이 아니며 대체로 그는 평균 이상의 도덕성을 갖춘 인물이다. 주변 사람들에게 곧잘 '마담 로파힌'이라고 놀림 받는 바랴(라넵스카야 부인의 양녀 겸 하녀)에게 끝내 청혼하지 않는 것도 그가 유달리 야비해서가 아니다. 그럼에도 동시에, 라넵스카야의 착하고도 나약한 성정이 희화되는 만큼이나 그의 애면글면하고 분주한 작태도 희화된다. 또한 그녀의(나아가 가예프, 아냐 등) 귀족스러움과 맞물린 게으름이 강조되는 만큼이나 그의 부지런과 맞물린 천박함이 강조된다. 그렇다고 해서 그가 공격적이고 적극적인 '악'의 화신으로 그려지는 것은 결코 아니다. 앞서 인용한, 승리와 환희에 찬 그의 외침이 오히려 희극에 가까운 것도 이 때문이다.

피르스와 체호프의 마지막

「벚꽃 동산」은 서리가 내릴 정도로 추운 날씨인데도 벚꽃이 만개한 5월 인물들의 도착으로 시작해, 8월 22일 벚꽃 동산의 매각 이후 인물들의 떠남으로 끝난다. 4막이 진행되는 내내 가장 웃긴 인물은 피르스인 것 같다. 87세의 고령인 그는 벌써 3년째 귀도 잘 들리지 않을 만큼 속절

없이 늙어 버린 처지지만 여전히 자신을 "부엉이가 크게 울어 대고, 사모바르도 쉴 새 없이 달그락거"릴 만큼 비극적인 "변고"(2막, 376), 즉 농노 해방 이전 그 좋았던 시절, 귀족 저택의 살림을 관장하던 집사로 여긴다. "집에서 저를 장가보낼 무렵, 주인마님의 선친께서는 아직 세상에 태어나지도 않았어요."(2막, 370) 농노 해방령에도 불구하고 자발적인 의지에 따라 이곳에 남은 그였던 만큼 "영지가 팔리면 영감은 어디로 갈 거야?"라는 마님의 물음에 "저야 분부만 하시면 어디라도 갑지요."(3막, 396)와 같은 예의 그 시대착오적인 충성을 다짐한다. 항상 단정한 차림(양복 재킷과 흰 조끼, 구두)을 하고 있고 쉰 줄을 넘긴 도련님의 취침 시간과 복장 때문에 애를 태우고(1막, 349) 집안의 무도회에 예전과 달리 "장군님들이며 남작님들이며 제독님들"은커녕 "우체국 관리나 역장 나부랭이들"(3막, 395)조차 마지못해 참석한 것에 속상해한다. 앞서 살펴본 여러 인물들 속에 어우러진 그의 모습을 한번 보자.

> 가예프: 암…… 이건 물건이야…… (책상을 만져 보고) 경애하는 책장이여! 어언 백 년이 넘도록 선과 정의의 빛나는 이상을 추구해 온 너의 존재를 축복하노라. (중략)
>
> 류보비 안드레예브나: 오빠 여전하시네요.
>
> 가예프: (약간 당황해하며) 공 오른편 구석으로! 잘라 쳐서 가운데로!
>
> 로파힌: (시계를 보고) 자, 저는 가야겠습니다.
>
> 야샤: (류보비 안드레예브나에게 약을 준다.) 지금 약을 드시는 게 좋겠어요…….
>
> 피시크: 약 같은 건 필요 없습니다, 친애하는 부인……. (중략) (알약을 받아 자기 손바닥 위에 놓고 입김을 불어넣는다. 그러고 나서 입에 집어넣고 크바스와 함께 꿀꺽 삼킨다.) 이렇게!

류보비 안드레예브나: (깜짝 놀라며) 아니, 정신 나갔군요!

피시크: 알약을 몽땅 삼켜 버렸습니다.

로파힌: 대단한 목구멍이군.

모두 웃는다.

피르스: 이분이 부활절에 우리 집에 오셔선 오이절임을 반 통이나 드셨어요…….(중얼거린다.)

류보비 안드레예브나: 이 사람이 지금 무슨 얘길 하는 거지?

바랴: 벌써 3년째 저렇게 중얼거려요. 우린 익숙해졌어요.

야샤: 연로하셨으니까.(1막, 346~347)

이미 벚꽃 동산이 처분될 상황임에도 모두 너무나 허허롭고 여유롭다. 이 풍경 속의 피르스는 사람 혹은 등장인물이 아니라 그런 느낌을 주는 기괴하고 웃긴 장식품처럼 보인다. 마지막, 모든 것이 종결되고 집 안에서 부둥켜안고 한동안 흐느껴 울던 오누이(라넵스카야와 가예프)마저 나가자 벚꽃 동산의 저택, 즉 무대 전체가 텅 빈다. 그런데, 몸이 좋질 않아 진작 병원으로 데려가야 했고 다들 그렇게 된 것으로 아는 피르스가 실은 집안에 있다. "노령인 피르스는 수리가 불가능한 관계로 조상님들께 가는 수밖에 없다."(4막, 412) 예피호도프[13]의 '최종적인 견해'는 물론 적확한 것이다.

피르스: (문에 다가가서 손잡이를 만져 본다.) 잠겨 있네. 가 버렸어…….
(소파에 앉는다.) 나를 잊어버리고 갔네……. 괜찮아……. 여기 앉아 있지

---

13   그는 항상 바쁘고 지금도 하리코프로 떠나는 새 주인 로파힌에게 고용되어 이곳에 남는 자이기도 하다.

뭐……. 레오니드 안드레예비치는 분명히 털외투가 아니라 보통 외투를 입고 가셨을 텐데……. (걱정스럽게 한숨을 쉰다.) 내가 보살펴 드리지 못했으니……. 젊은 사람들이란! (뭔가 중얼중얼하지만 알아들을 수 없다.) 인생이 흘러가 버렸어, 산 것 같지도 않은데……. (눕는다.) 눕자……. 이젠 기운도 없고, 남은 게 아무것도 없어, 아무것도……. 에이, 이놈아……. 등신아!(누운 채 꼼짝하지 않는다.)

마치 하늘에서 그러는 것처럼 저 멀리서 줄이 끊어지는 소리가 울렸다가 슬프게 잦아든다. 다시 정적이 찾아온다. 그리고 멀리 동산에서 도끼로 나무를 찍는 소리만 들린다.

막.(4막, 425~426)

밖에서 잠가 놓은 문안에 유폐됨으로써 피르스는 방치와 망각 이상, 심지어 생매장당한 것 같은 느낌마저 준다. 이 황망한 무대, 「벚꽃 동산」뿐 아니라 체호프 인생의 마지막인 이 무대와 마주하여 우리는 어떤 말을 할 수 있을까.

빈 무대는 체호프 드라마투르기의 시작이자 끝이다. 체호프는 약관 20세에 남들이 사용한 낡은 드라마투르기의 잔해들을 잔뜩 주워 모아 대작가로 입신하려는 망상을 꿈꾸었고 당연히 실패했다. 6년 동안 반성한 끝에 그는 텅 빈 무대 위에서 일인극으로 자신의 드라마투르기를 다시 세우기 시작했다. 그리하여 초인적인 재능과 성실성으로 자신의 드라마투르기를 완성한 체호프는 20여 년 동안 빌렸던 무대를 깨끗이 비우고(피르스에 연연할 필요는 없다. 그는 작가가 남긴 조형적 농담이다.) 자신의 등장인물들과 함께 홀연히 극

장을 떠나갔다.[14]

작가의 '조형적 농담'과 그 농담의 정점인 "등신아!"라는 한마디, 텅 빔을 강조하는 음향들은 무대 너머, 극장 바깥 우리의 삶을 겨냥한다. 과연 "어이 없이 재산을 날리고도 태평하기만 한 「벚꽃 동산」의 주인공 들과, 죽음을 목전에 두고 '귀신이 배꼽을 잡을 정도로 우스운' 작품을 쓰기를 꿈꾸는 작가와의 사이에는 어떤 평행적 관계가 있지 않을까?"[15] 요컨대 「벚꽃 동산」의 마지막, 피르스만 남겨진 텅 빈 무대는 우리 삶의 풍경과 닮아 있으되 그것 너머에 존재하는 어떤 찰나적인 유토피아의 음화(陰畵)가 아닌가 싶다.

---

14   박현섭, 「체호프 드라마투르기의 현재적 의의」, 《러시아 연구》, 2005, 14권 2호, 115~116쪽.

15   박현섭, 「체호프 "희극"의 성격과 그 발전 과정에 대한 연구 — 보드빌의 웃음에서 초월의 희극으로」, 1997, 서울대 박사 학위 논문, 108쪽.

참고 문헌

본 연구서는 다음 논문을 대거 수정, 편집한 것이다.

「환상 문학론의 맥락에서 『스페이드 여왕』 다시 읽기」,《러시아 연구》 24-2, 서울대
　　　학교 러시아연구소, 2014.
「고골의 『페테르부르크 이야기』와 근대의 문제」,《슬라브학보》 23-4, 한국슬라브학
　　　회, 2008.
「레르몬토프의 『우리 시대의 영웅』과 서사적 거리의 문제」,《슬라브학보》 21-3, 한국
　　　슬라브학회, 2006.
「투르게네프의 잉여 인간 '햄릿-돈키호테'와 니힐리스트 바자로프」,《러시아어문학
　　　연구논집》 45권, 한국러시아문학회, 2014.
「『까라마조프家의 형제들』에서의 낭만적 부정성(否定性) 연구 ― 이반을 중심으로」,
　　　서울대학교 석사 학위 논문, 1992.
「『카라마조프가의 형제들』에서 파벨 스메르댜코프의 성격적 특수성과 입지」,《러시
　　　아어문학연구논집》 60권, 한국러시아문학회, 2018.
「이반 카라마조프의 시험과 오류」,《외국문학연구》 69호, 한국외국어대학교 외국문
　　　학연구소, 2018. 2.
「문학 속의 소통과 성: 톨스토이와 도스토예프스키」,《러시아 연구》 18-1, 서울대학

교 러시아연구소, 2008.

「체호프의 우수:「지루한 이야기」(1889)와 「검은 수사」(1894)를 중심으로」,《러시아
　　어문학연구논집》 42권, 한국러시아문학회, 2013.

1부　러시아 근대 문학의 형성

1　근대, 인간, 환상: 푸시킨의 『스페이드 여왕』

김연경,「낭만적 아이러니와 В. Ф. 오도예프스키의 『각양각색의 동화들』」,《러시아어
　　문학연구논집》 20집, 2005.

김진영,『푸슈킨: 러시아 낭만주의를 읽는 열 가지 방법』, 서울대학교 출판부, 2008.

박종소,「А. 푸슈킨과 Л. 울리츠카야의 동명 소설「스페이드의 여왕」의 비교에 관한
　　소고」,《러시아 연구》 23-1, 2013.

박혜경,「러시아 낭만주의 산문과 푸쉬킨: 환상소설론」,《러시아 연구》 11-2, 2001.

이현우,「「스페이드 여왕」에서의 환상과 현실」,《러시아어문학연구논집》 20권, 2005.

로지 잭슨, 서강여성문학연구회 옮김,『환상성: 전복의 문학』, 문학동네, 2004.

알렉산드르 푸슈킨, 최선 옮김,『벨킨 이야기/스페이드 여왕』, 민음사, 2002.

А. S. 푸슈킨, 김희숙 옮김,『스페이드의 여왕』, 문학과지성사, 1997.

지그문트 프로이트, 정장진 옮김,「두려운 낯설음」,『예술, 문학, 정신 분석』, 열린책
　　들, 2012.

Белинский, В. Г., "О русской повести и повестях г. Гоголя (〈Арабески〉 и
　　〈Миргород〉)", *Пол. соб. соч. в тринадцати томх*, Том 1. М.: Наука,
　　1953.

Виноградов, В. В., "Стиль 〈Пиковой дамы〉", *О языке художественной прозы*,
　　М.: Наука, 1980.

Достоевский, Ф. М., *Пол. соб. соч. в тридцати томах*, Т. 8, Т. 19, Т. 30-1, Л.:
　　Наука, 1972~1990.

Лотман, Ю. М., *Пушкин*, СПб.: Исусство-СПБ, 1995.

Манн, Ю. В., *Поэтика Гоголя*, М.: Худ. лит., 1988.

Маркович, В., М., "Дыхание фантазии", *Русская фантастическая проза эпохи* романтизма(1820~1840 гг.), Л.: Изд. Ленинградского уни-та, 1990.

Петрунина, Н. Н., *Проза Пушкина(пути эволюции)*, Л.: Наука, 1987.

Пушкин, А. С., *Пол. соб. соч. в десяти томах*, Т. 6, М.: Наука, 1957.

Шмид, В., *Проза как поэзия*, СПб.: ИНАПРЕСС, 1988.

Bayley, J., Pushkin, *A Comparative Commentary*, Cambridge Univ. Press, 1971.

Briggs, A. D. P., *Alexander Pushkin: A Critical Study*, New Jersey: Barnes & Noble Books, 1983.

Brown, E. W., *A History of Russian Literature of the Romantic Period*, Vol. 2, Ardis, Ann Arbor, 1986.

Davydov, S., "The Ace in 'The Queen of Spades'", *Slavic Review*, Vol. 58, No. 2, (Summer), 1999.

Debreczeny, P., *The Other Pushkin: A Study of Alexander Pushkin's Prose Fiction*, Stanford, California: Stanford Univ. Press, 1983.

Greg, R. "Germann the Confessor and the Stony, Seated Countess: The Moral Subtext of Pushkin's 'The Queen of Spades'", *SEER*, Vol. 78, No. 4(Oct.), 2000.

Kodjak, A. "'The Queen of Spades' in the Context of the Faust Legend", *Alexander Puškin: A Symposium on the 17-th Anniversary of His Birth*, NY: NY Univ., 1976.

Rosenshield, G., "Choosing the Right Card: Madness, Gambling, and the Imagination in Pushkin's 'The Queen of Spades'", *PMLA*, Vol. 109, No. 5(Oct.), 1994.

Todorov, T., *The Fantastic: A Structural Approach to a Literary Genre*(Tr.-by R. Howard), Ithaca, N.Y.: Cornell Univ. Press, 1975: Third printing, 1987.

2 우리는 왜 이토록 속물인가: 고골의 『페테르부르크 이야기』

「고골의 작가적 딜레마와 『죽은 혼』」,《러시아 연구》21-1, 서울대학교 러시아연구소, 2011, 1-28.

니콜라이 고골, 조주관 옮김, 『뻬쩨르부르그 이야기』, 민음사, 2002.

_____, 김영국 옮김, 『외투, 코』, 범우사, 2001.

_____, 이기주 옮김, 『코, 외투, 광인 일기, 감찰관』, 펭귄클래식코리아, 2010.

_____, 석영중 옮김, 『친구와의 서신 교환선』, 나남, 2007.

김문황, 「고골 작품 세계에 표출된 악마의 형상」,《노어노문학》16-1, 2003.

김연경, 「도스토예프스키와 근대: 『죄와 벌』을 중심으로」, 《러시아어문학연구논집》 24집, 2007.

양민종, 「고골의 중편 소설 연구: 『뻬쩨르부르그 이야기』에 구연된 구원의 순환 구조를 중심으로」, 서울대학교 석사 학위 논문, 1990.

이경완, 「고골 문학의 아라베스크 시학 연구: 『아라베스끼』 문집을 중심으로」, 서울대학교 박사 학위 논문, 2003.

이장욱, 「고골의 소설과 수사학」, 《러시아어문학연구논집》 11집, 2002.

Белый, А., *Мастерство Гоголя*, М.: МАЛП, 1996.

Бочаров, С. Г., "Вокруг ⟨Носа⟩", *Сюжеты русской литературы*, М.: Языки русской культуры, 1999.

Вайскопф, М. Я., *Сюжет Гоголя: Мифология, Идеология, Контекст*, М.: РГГУ, 2002.

Гиппиус, В., *Гоголь*, СПб.: Издательство "Logos", 1994.

Вересаев, В. В., *Гоголь в жизни*, М.: Московский рабочий, 1990.

Гоголь, Н. В., *Соб. соч. в семи томах*, Т. 2, Т. 3, М.: Худ. лит., 1984.

Гуковский, Г. А., *Реализм Гоголя*, М.-Л.: Худ. лит., 1959.

Зеньковский, В. Н., *В. Гоголь*, СПб.: Изд. "Logos", 1994.

Манн, Ю. В., *Поэтика Гоголя*, М.: Худ. лит., 1988.

_____, *Сквозь видный миру смех: Жизнь Н. В. Гоголя 1809~1835*, М.: МИРОС, 1994.

Маркович, В. М., *Петербургские повести Н. В. Гоголя.*, Л.: Худ. лит., 1989.

Набоков, В. В., *Лекции по русской литературе*, М.: Независимая газета, 1999.

Fusso, S., *Designing Dead Souls: An Anatomy of Disorder in Gogol*, Stanford, California: Stanford Univ. Press, 1993.

Jackson, R. L., "Gogol's "The Portrait: The Simultaneity of Madness, Naturalism, and the Supernatural", *Essays on Gogol: Logos and the Russian Word*, Evanston, Illinois: Northwestern Univ., 1992.

Jenness, R. K., *Gogol's Aesthetics Compared to Major Elements of German Romanticism*, New York: Peter Lang, 1995.

Maguire, R. A., *Exploring Gogol*. Stanford, California: Stanford Univ. Press, 1994.

Obolensky, A. P., "Nicholas Gogol and Hieronimus Bosch", *Russian Review*, Vol. 32, No. 2(Apr)., 1973.

3   '나'의 발견: 레르몬토프의 『우리 시대의 영웅』

김연경, 「도스토예프스키의 환상 소설 「여주인」 연구」, 《러시아 연구》 14-1, 서울대학교 러시아연구소, 2004.

미하일 레르몬토프, 김연경 옮김, 『우리 시대의 영웅』, 민음사, 2010.

―――――, 오정미 옮김, 『우리 시대의 영웅』, 문학동네, 2009.

백준현, 「『현대의 영웅』에 나타난 뻬초린과 운명론의 문제」, 《노어노문학》 13-2, 한국노어노문학회, 2001.

이완 와트, 이시연·강유나 옮김, 『근대 개인주의 신화』, 문학동네, 2004.

이현우, 「푸슈킨과 레르몬토프의 비교 시학: 문학적 태도로서의 애도와 우울증」, 서울대학교 박사 학위 논문, 2004.

홍대화, 「레르몬토프의 소설 『우리 시대의 영웅』에서 시공의 상징적인 의미와 인간에 대한 이해」, 《슬라브학보》 11-1호, 한국슬라브학회, 1996.

―――, 「오네긴과 뻬초린의 악마성 비교 연구」, 《러시아어문학연구논집》 17권, 한국러시아문학회, 2004.

Андроников, И. Л., *Лермонтов: исследования и находки(4-ое издание)*, М: Худ. Лит., 1977.

Белинский, В. Г., "Герой нашего времени. Сочинение М. Лермонтова", *Пол. соб. соч. в тринадцати томх*, Т. 4, Т. 5, М.: Наука, 1954.

Виноградов, В. В., *Стиль прозы Лермонтова*, Ann Arbor: Ardis, 1986.

Герштейн, Е. Г., *Судьба Леромнтова*, М.: Худ. Лит., 1981.

Гинзбург, Л. Я., *О психологической прозе*, М.: INTRADA, 1999.

Григорьян, К. Н., *Лермонтов и его роман 『Герой нашего времени』*, Л.: Наука, 1975.

Дурылин, С. Н., *『Герой нашего времени』 М. Ю. Лермонтова*, М.: Гос. учебнопедагогическое изд. Наркомпроса РСФСР, 1940.

Захаров, В. А., *Летопись жизни и творчества М. Ю. Лермонтова*, М.: Русская панорама, 2003.

Лермонтов, М. Ю., *Соб. Соч. в четырех томах*, Т. 4, Л.: Наука, 1979.

Лермонтовская энциклопедия, М.: Советская энциклопедия, 1981.

Михайлова, Е. Н., *Проза Лермонтова*, М.: Худ. Лит., 1957.

Набоков, В. В., "Предисловие к 『Герою нашего времени』(Перевод С. Таска)", *Лекции по русской литературе*, М.: Изд. Независимя газета, 1999.

Серман, И. З., *Михаил Лермонтов: Жизнь в литературе 1836～1841*, М.: РГГУ, 2003.

Удодов, Б. Т., *М. Ю. Лермонтов: художественная индивидуальность и творческие процессы*, Воронеж: Изд. Воронежского ун-та, 1971.

Эйхенбаум, Б. М., *О литературе*, М.: Московский писатель, 1987.

Goldstein, V., *Lermontov's Narratives of Heroism*, Illinois: Northwestern Univ. Press, 1998.

Kutik, I., *Writing as Exorcism, Evanston*, Illinois: Northwestern Univ. Press, 2005.

Powelstock D., *Becomimg Mikhail Lermontov: The Ironies of Romantic Individualism in Nicholas I's Russia*, Northwestern University Press, 2011.

2부 러시아 문학의 황금시대

4   돈키호테가 되고 싶었던 햄릿: 투르게네프의 『아버지와 아들』

김연경, 「신화화-탈신화화의 메커니즘과 '소설-비극'『악령』」,《러시아어문학연구논집》32, 2009.

레너드 샤피로, 최동규 옮김, 『투르게네프』, 책세상, 2002.

이사야 벌린, 강유원·나현영 옮김, 『낭만주의의 뿌리』, 이제이북스, 2005.

_____, 조준래 옮김, 『러시아 사상가』, 생각의 나무, 2008.

이항재, 「『아버지와 아들』의 갈등 구조 — 바자로프와 아르카디의 갈등을 중심으로」,《러시아어문학연구논집》39, 2012.

_____, 「I. S. 투르게네프의 '러시아의 햄릿들'에 대하여」,《러시아어문학연구논집》42, 2013.

이반 투르게네프, 이항재 옮김, 『아버지와 아들』, 문학동네, 2011.

_____, 이항재 옮김, 『첫사랑』, 민음사, 2003.

마르틴 하이데거, 박찬국 옮김, 『니체와 니힐리즘』, 지성의 샘, 1996.

Батюто А. И., *Тургенев-романист*, Л.: Наука, 1972.

Бялый Г. А., *Тургенев и русский реализм*, М.-Л.: 1962.

Курляндская Г. Б., *И. С. Тургенев и русская литература*, М.: Просвещение, 1980.

Лебедев Ю. В., *Тургенев*, М.: Молодая гвардия, 1990.

Манн Ю. В., *Тургенев и другие*, М.: РГГУ, 2008.

Назарова Л. Н., *Тургенев и русская литература конца XIX-начала XX в.*, Л.: Наука, 1979.

Недзвецкий В. А., *И. С. Тургенева: логика творчества и менталитет героя*, М.:МГУ, 2011.

Тургенев И. С., *Пол. соб. соч. и писем в тридцати томах.*, М.: Наука, 1979, Соч. ТТ. 3, Т. 4, Т. 5, Т. 7, Т. 11. Писма. Т. 5.

Чалмаев В. А., *И. С. Тургенев: жизнь и творчество*, Тула: Приокское книжное издательство, 1989.

Ambrose K., "Turgenev's Representation of the 'New People'", *Turgenev: Art, Ideology and Legacy*(ed. by R. Reid and J. Andrew), Amsterdam-New York: Rodopi, 2010.

Freeborn R., *The Russian Revolutionary Novel*, Cambridge Univ. Press, 1985.

Printchett V. S., *The Gentle Barbarian*, Random House New York, 1977.

Seeley F. F., *Turgenev: A Reading of his Fiction*, Cambridge Univ. Press, 1991.

5   죄와 벌, 그리고 구원: 도스토예프스키의 『카라마조프가의 형제들』

권철근, 「도스토예프스키 장편 소설 연구: 겸허와 오만의 인간학」, 한국외국어대학교 출판부, 2006.

김연경, 「『까라마조프家의 형제들』에서의 낭만적 부정성(否定性) 연구 ─ 이반을 중심으로」, 서울대학교 석사 학위 논문, 1999.

_____, 「도스토예프스키와 근대 ─ 『죄와 벌』을 중심으로」, 《러시아어문학연구논집》 24권, 한국러시아문학회, 2007.

도스토예프스키, 김연경 옮김, 『카라마조프가의 형제들』, 민음사, 2007.

_____, 김희숙 옮김, 『카라마조프가의 형제들』, 문학동네, 2018.

_____, 이대우 옮김, 『카라마조프가의 형제들』, 열린책들, 2009.

_____, 김학수 옮김, 『카라마조프가의 형제들』, 범우사, 1995.

박영은, 「표도로프 사상에 대한 도스토예프스키의 예술적 반향: 아버지 '살해'의 시대에서 '부활'의 시대를 향한 인류 변형론」, 《슬라브연구》 21권 2호, 2005.

오종우, 「거룩한 희극 『카라마조프 형제』」, 《러시아 연구》 17권 1호, 2007.

윤새라, 「법과 정의: 『카라마조프 형제들』과 『부활』 비교 연구」, 《중소연구》 41-2 한양대학교, 2017.

Бахтин, М. М., *Проблемы поэтики Достоевского*, М.: Советская Россия, 1979(4-е издание), 196~199.

Бачинин В. А., *Достоевский: метафизика преступления*, СПб.: Изд. СПбГУ, 2001.

Есаулов И. А., *Категория соборности в русской литературе*, Изд. Петрозаводского уни-та, 1995.

Ким Ю. К., *Типология двойников в творчестве Ф. М. Достоевского и повесть* 「Двойник」(1846/1866), М.: МПГУ, 2003.

Ковач, А., "Иван Карамазов: Фауст или Мефистофель?", *Достоевский: материалы и исследования*, Л.: Наука, 1997. Т. 14.

Мочульский, К. В., *Гоголь. Соловьев. Достоевский*, М.: Республика, 1995.

Чирков Н. М., *О стиле Достоевского*, М.: Наука, 1966.

Fanger, D., *Dostoevsky and Romantic Realism*, Illinois: Northwestern Univ. Press, 1965.

Frank, J., *Dostoevsky: The Mantle of the Prophet, 1871~1881*, Princeton Univ. Press, 2002.

Freud, S. "Dostoevsky and Parricide", *Dostoevsky: A Collection of Critical Essays*(ed. by R. Wellek), Prentice-Hall, Inc., Englewood Cliffs, N. J., 1962.

Girard, R., *Resurrection from the Underground: Feodor Dostoevsky*(tr.-ed by J. G. Williams.), Michigan State Univ. Press, 2012.

Holquist, M., *Dostoevsky and the Novel*, Princeton Univ. Press, 1977.

Jackson, R. L., *The Art of Dostoevsky: Deliriums and Nocturnes*, Princeton Univ. Press, 1981.

Jones, M. V., *Dostoevsky and Dynamics of Religious Experience*, L.: Anthem Press, 2005.

Kantor V., "Pavel Smerdyakov and Ivan Karamazov: The problem of temptation", *Dostoevsky and the Christian Tradition*, Cambridge Univ. Press, 2001.

Knapp, L., *The Annihilation of Inertia: Dostoevsky and Metaphysics*, Illinois: Northwestern Univ. Press, 1996.

Likásc, G., "Dostoevsky", *Dostoevsky: A collection of critical essays*. Prentice-Hall, Inc. Englewood Cliffs, N. J. 1962, ed. by R. Wellek, 146~158.

Seeley, F. F., "Ivan Karamazov", *New Essays on Dostoevsky*(ed. by Malcolm V. Jones and Garth M. Terry), Cambridge Univ. Press, 1983.

Terras V., *Reading Dostoevsky*, Wisconsin Univ. Press, 1998.

Yarmolinsky A., *Dostoevsky: His Life and Art*, New York: Grove Press, 1957.

6 생활의 발견, 결혼의 생리학: 톨스토이의 『안나 카레니나』

게오르그 루카치, 반성완 옮김, 『소설의 이론』, 심설당, 1998.

김연경, 「톨스토이의 『전쟁과 평화』와 생활 — 일상의 힘」, 《외국문학연구》 75, 한국외국어대학교 외국문학연구소, 2019.

얀코 라브린, 이영 옮김, 『톨스토이』, 한길사, 1997.

이사야 벌린, 강주헌 옮김, 『고슴도치와 여우』, 애플북스, 2007.

빅토르 쉬클롭스키, 이강은 옮김, 『레프 톨스토이』(2), 나남, 2009.

박영은, 「톨스토이의 『안나 카레니나』의 문체에 미친 『마담 보바리』의 영향」, 《비교문학》 Vol. 41, 한국비교문학회, 2007.

조지 스타이너, 윤지관 옮김, 『톨스토이냐 도스토예프스키냐』, 종로서적, 1983.

레프 톨스토이, 연진희 옮김, 『안나 카레니나』, 민음사, 2009.

_____, 박형규 옮김, 『안나 카레니나』, 문학동네, 2010.

_____, 윤새라 옮김, 『안나 카레니나』, 펭귄클래식코리아, 2011.

_____, 이철 옮김, 『안나 카레니나』, 범우사, 1999.

_____, 이명현 옮김, 『안나 카레니나』, 열린책들, 2018.

슈테판 츠바이크, 원당희·이기식·장영은 옮김, 『천재와 광기』, 예하, 1993.

Бычков, С. П., *Л. Н. Толстой*, М.: Худ. лит., 1954.

Гусев, Н. Н., *Л. Н. Толстой: материалы к биографии с 1828 по 1855 год*, М.: Наука, 1954.

Мейлах, Б. С., *Уход и смерть Льва Толстого*, М.-Л. : Худ. лит., 1960.

Мережковский, Д. С., *Л. Толстой и Достоевский. Вечные спутники*, М.:

Республика, 1995.

Толстой, Л. Н., *Соб. соч. в двадцати двух томах*, Т. 1, Т. 7, Т. 8, Т. 9, Т. 12, Т. 13, М: Худ. лит., 1978~1985, 220.

Christian, R. F., *Tolstoy: A Critical Introduction*, London: Cambridge Univ. Press, 1969.

Lukacs, G., "Tolstoy and the Development of Realism", *Tolstoy: A Collection of Critical Essays*, ed. by R. E. Matlaw, Englewood Cliffs, N. J.: Prentice-Hall, Inc., 1967.

_____, "Tolstoy and the Attempts to Go Beyond the Social Forms of Life", *Leo Tolstoy*, ed. by H. Bloom, New York-Philadelphia: Chelsa House Publishers, 1986.

H. McLean(ed. by), *In the Shade of the Giant: Essays on Tolstoy*, Berkeley·Los Angeles· London: California Uviv. Press.

Orwin, D. T.(ed. by), *The Cambridge Companion to Tolstoy*, Cambridge Univ. Press, 2002.

Simmons, E. J., *Tolstoy*, London & Boston: Routledge & Kegan Paul, 1973.

7   우수의 윤리학: 체호프의 단편 소설과 희곡

강명수, 「체호프의 사상적인 중편 소설 장르에 나타난 풍경의 인식론적 기능」, 《슬라브학보》 17-2, 한국슬라브학회, 2002.

_____, 「주인공과 관념의 차원에서 살펴본 똘스또이와 체호프의 예술 세계」, 《슬라브학보》 22-2, 한국슬라브학회, 2007.

김연경, 「체호프의 지식인-관념 소설과 6호실(1892)」, 한국러시아문학회, 《러시아어문학연구논집》 50권, 2015.

_____, 「체호프의 「결투」(1891): 낭만주의, 잉여 인간, 패러디」, 《노어노문학》 28-3, 한국노어노문학회, 2016.

백준현, 「체홉과 сказка ── 「내기」, 「지루한 이야기」의 сказка적 특성과 그 구조적 변형의 의미」, 《러시아 연구》, 7권, 서울대학교 러시아연구소, 1997.

석영중, 『뇌를 훔친 소설가』, 예담, 2011.

오종우, 「안톤 체홉과 문학의 진실」, 《러시아어문학연구논집》, 14권, 2003.

안톤 체호프, 『체호프 단편선』, 박현섭 옮김, 민음사, 2004.

_____, 오종우 옮김, 『개를 데리고 다니는 부인』, 열린책들, 2004.

_____, 안지영 옮김, 『사랑에 관하여』, 펭귄클래식코리아, 2010.

_____, 박현섭 옮김, 『체호프 희곡선』, 을유문화사, 2012.

_____, 김규종 옮김, 『체호프 희곡 전집』, 시공사, 2010.

_____, 오종우 옮김, 『벚꽃 동산』, 열린책들, 2009.

_____, 강명수 외 옮김, 『안톤 체호프 선집』(총 5권), 범우사, 2005.

Громов М. П., *Книга о Чехове*, М.: Современник, 1989.

Дмитриева Н. А., *Послание Чехова*, М.: Прогресс-Традиция, 2007.

Катаев В. Б., *А. П. Чехов. Энциклопедия*, М.: Просвещение, (сост. и науч. ред.) 2011.

Малюгин Л. и Титович И., *Чехов: повесть-хроника*, М.: Советский писатель, 1983.

Михайловский Н. К., "Кое-что о г-не Чехове", 접속일: 2012. 09. 07. http://az.lib.ru/m/mihajlowskij_n_k/text_0110.shtml.

Сухих И. Н., *Проблемы поэтики Чехова*, СПб.: Филологический факультет СПбГУ. 2007.

Твердохлебов И. Ю.,(состав.) *Летопись жизни и творчества А. П. Чехова, 1889-апрель 1891*, Т. 2, М.: ИМЛИ РАН, 2004.

Чехов А. П., Пол. соб. соч. и писем в тридцати томах, М.: Наука, 1977.

Чехов М. П., *Вокург Чехова: встречи и впечатления*, СПб.: Азбука-классика, 2010.

Чуковский К. И., *О Чехове. Человек и мастер*, М.: Русский путь, 2008.

Эткинд Е. Г., "А. П. Чехов", ⟨*Внутренний человек*⟩ и *внешняя речь: очерки психопоэтики русской литературы XVIII-XIX веков*, М.: Языки русской культуры, 1999.

Finke, M. C., *Seeing Chekhov: Life and Art*, New York: Cornell Univ, 2005.

Hingly, R., *A New Life of Anton Chekhov*, London: Oxford Univ. Press, 1976.

Loehlin, J. N., *The Cambridge Introduction to Chekhov*, New York: Cambridge Univ. Press, 2010.

Rayfield, D., *Understanding Chekhov: A Critical Study of Chekhov's Prose and Drama*, Wisconsin Univ. Press, 1999.

19세기 러시아 문학 산책

근대, 인간, 소설, 속악

1판 1쇄 찍음 2020년 8월 7일
1판 1쇄 펴냄 2020년 8월 14일

지은이 김연경
발행인 박근섭·박상준
펴낸곳 (주)민음사

출판등록 1966. 5. 19. 제16-490호
주소   서울시 강남구 도산대로1길 62 강남출판문화센터 5층 (06027)
대표전화 02-515-2000 | 팩시밀리 02-515-2007
홈페이지 www.minumsa.com

ISBN 978-89-374-4433-3 93890

* 본 연구서는 2007년 서울대 '민음인문학 저술 기금'의 지원을 받아 쓰였음.

* 잘못 만들어진 책은 구입처에서 교환해 드립니다.